U0858438

万寿寺

王小波 著

浙江文艺出版社
Zhejiang Literature & Art Publishing House

图书在版编目（CIP）数据

万寿寺 / 王小波著. —杭州：浙江文艺出版社，2016.1（2016.2重印）

ISBN 978-7-5339-4426-1

Ⅰ.①万… Ⅱ.①王… Ⅲ.①长篇小说—中国—当代 Ⅳ.①I247.5

中国版本图书馆CIP数据核字（2015）第308175号

责任编辑　闻　艺
特约监制　赵　菁　肖　蕊
特约编辑　胡瑞婷
封面设计　所以设计馆

万寿寺
王小波　著

出版发行　浙江文艺出版社
地　　址　杭州市体育场路347号　邮编 310006
网　　址　www.zjwycbs.cn
经　　销　浙江省新华书店集团有限公司
印　　刷　北京盛通印刷股份有限公司
开　　本　880mm × 1230mm 1/32
字　　数　200千字
印　　张　10.5
插　　页　2
版　　次　2016年1月第1版　2016年2月第2次印刷
书　　号　ISBN 978-7-5339-4426-1
定　　价　42.00元

目 录

第一章

一

1

莫迪阿诺在《暗店街》里写道："我的过去一片朦胧……"这本书就放在窗台上，是本小册子，黑黄两色的封面，纸很糙，清晨微红色的阳光正照在它身上。病房里住了很多病人，不知它是谁的，我观察了许久，觉得它像是件无主之物，把它拿到手里来看；但心中惕惕，随时准备把它还回去。过了很久也没人来要，我就把它据为己有。过了一会儿，我才骤然领悟到：这本书原来是我的。这世界上原来还有属于我的东西——说起来平淡无奇，但我确实没想到。病房里弥漫着水果味、米饭味、汗臭味，还有煮熟的芹菜味。在这个拥挤、闭塞、气味很坏的地方，我迎来了黎明。我的过去一片朦胧……

病房里有一面很大的玻璃窗。每天早上，阳光穿过不平整的窗玻璃，在对面墙上留下火红的水平条纹；躺在这样的光线里，有如漂浮在熔岩之中。本来，我躺在这张红彤彤的床上，看那本书，感到心满意足。事情忽然急转而下，大夫找我去，说道，你可以出院了。医院缺少床位，多少病人该住院却进不来——听他的意思，好像我该为此负责似的。我想要告诉他，我是出于无奈（别人用汽车撞了我的头）才住到这里的，但他不像要听我说话的样子，所以只好就这样了。

此后，我来到大街上，推着一辆崭新的自行车，不知该到哪里去。一种巨大的恐慌，就如一团灰雾，笼罩着我——这团雾像个巨大的灰毛老鼠，骑在我头上。早晨城里也有一层雾，空气很坏。我自己也带着医院里的馊味。我总觉得空气应该是清新的，弥漫着苦涩的花香——如此看来，《暗店街》还在我脑中作祟……

莫迪阿诺的主人公失去了记忆。毫无疑问，我现在就是失去了记忆。和他不同的是，我有张工作证，上面有工作单位的地址，循着这个线索，我来到了“西郊万寿寺”的门前。门洞上方有“敕建万寿寺”的字样，而我又不是和尚……这座寺院已经彻底破旧了。房檐下的檩条百孔千疮，成了雨燕筑巢的地方，燕子屎把房前屋后都变成了白色的地带，只在门前留下了黑色的通道。这个地带对人来说是个禁区。不管谁走到里面，所有的燕巢边上都会出现燕子的屁股，然后他就在缤纷的燕粪里，变成一个面粉工人。燕子粪的样子和挤出的儿童牙膏类似。院子里有几棵白皮松，还有几棵老得不成样子的柏树。这一切似曾相识……我总觉得上班的地点不该这样老旧。顺便说一句，工作证上并无家庭住址，假如有的话，我会回家去的，我对家更感兴趣……万寿寺门前的泥地里混杂着砖石，掘地三尺也未必能挖干净。我在寺门前逡巡了很久，心里忐忑不安，进退两难。直到有一个胖胖的女人经过。她从我身边走过时抛下了一句：进来呀，愣着干啥？这几天我总在愣着，没觉得有什么不对。但既然别人这么说，愣着显然是不对的。于是我就进去了。

出院以前，我把《暗店街》放在厕所的抽水马桶边上。根据我的狭隘经验，人坐在这个地方才有最强的阅读欲望。现在我后悔了，想要回医院去取。但转念一想，又打消了这个主意。把一本读过的书留给别人，本是做了一件善事；但我很怀疑自己真有这么善良。本来我在医院里住得好好的，就是因为看了这本书，才遇到现在的灾难。我对别的丧失记忆的人有种强烈的愿望，想让他们也倒点霉——丧失了记忆又不自知，那才是人生最快乐的时光……

对于眼前这座灰蒙蒙的城市，我的看法是：我既可以生活在这里，也可以生活在别处——可以生活在眼前这座水泥城里，走在水泥的大道上，呼吸着尘雾；也可以生活在一座石头城市里，走在一条龟背似的石头大街上，呼吸着路边的紫丁香。在我眼前的，既可以是这层白内障似的、磨砂灯泡似的空气，也可以是黑色透明的、像鬼火一样流动着的空气。人可以迈开腿走路，也可以乘风而去。也许你觉得这样想是没有道理的，但你不曾失去过记忆——在我衣服口袋里，有一张工作证，棕色的塑料皮上烙着一层布纹，里面有个男人在黑白相片里往外看着。说实在的，我不知道他是谁。但是，既然出现在我口袋里，除我之外，大概也不会是别人了。也许，就是这张证件注定了我必须生活在此时此地。

2

早上，我从医院出来，进了万寿寺，踏着满地枯黄的松针，走进了配殿。我真想把鞋脱下来，用赤脚亲近这些松针。古老的榆树，矮小的冬青丛，都让我感到似曾相识；令人遗憾的是，这里有股可疑的气味，与茅厕相似，让人不想多闻。配殿单有个隔出来的小房间，房间里有张桌子，桌子上堆着写在旧稿纸上的手稿。这些东西带着熟悉的气息迎面而来——过去的我带着重重叠叠的身影，飘扬在空中。用不着别人告诉，我就知道，这是我的房间、我的桌子、我的手稿。这是因为，除了穿在身上的灰色衣服，这世界上总该有些属于我的东西——除了有些东西，还要有地方吃饭，有地方睡觉，这些在目前都不紧要。目前最要紧的是，有个容身的地方。坐在桌子后面，我心里安定多了。我面前还放了一个故事。除了开始阅读，我别无选择了。

“晚唐时，薛嵩在湘西当节度使。前往驻地时，带去了他的铁枪。”故事就这样开始了。这个故事用黑墨水写在我面前的稿纸上，笔迹坚挺有力。这种纸是稻草做的，呈棕黄色，稍稍一折就会断裂，散发着轻微的霉味。我面前的桌子上有不少这样的纸，卷成一捆捆的，用橡皮筋扎住。随手打开一卷，恰恰是故事的开始。走进万寿寺之前，我没想到会有这么多故事。可以写几个字来对照一下，然后就可认定是不是我写了这些故事。但我觉得没有必要。在医院里醒来时，我左手的食指和中指上，都有黑色的墨迹。这说明我一直用黑墨水来写字。在我桌子上，有一个笔筒，里面放满了蘸水钢笔，笔尖朝上，像一丛龙舌兰的样子；笔筒边上放着一瓶中华牌绘图墨水。坐在这个桌子面前，我想到：假如我不是这个故事的作者，也不会有别人了，虽然我一点不记得这个故事。这些稿子放在这里，就如医院窗台上的《暗店街》。假如我不来认领，就永无人来认领。这世界上之所以会有无主的东西，就是因为有人失去了记忆。

手稿上写道：盛夏时节，在湘西的红土丘陵上，是一片肃杀景象；草木凋零，不是因为秋风的摧残，却是因为酷暑。此时山坡上的野草是一片黄色，就连水边的野芋头的三片叶子，都分向三个方向倒下来；空气好像热水迎面浇来。

山坡上还刮着干热的风。在一只杀好去毛的鸡皮上涂上盐，用竹竿挑到风里去吹上半天，晚上再在牛粪火里烤烤，就可以吃了。这种鸡有一种臭烘烘的香气。除了风，吃腐肉的鸟也在天上飞，因为死尸的臭味在酷热中上升，在高空可以闻到。除了鸟，还有吃大粪的蜣螂，它们一改常态，嗡嗡地飞了起来，在山坡上寻找臭味。除了蜣螂，还有薛嵩，他手持铁枪，出来挑柴火。其他的生灵都躲在树林里纳凉。远远看去，被烤热的空气在翻腾，好像一锅透明的粥，这片山坡就在粥里煮着——这故事开始时就是这样。

在医院里，我那张床就很热，我一天到晚都像在锅里煮着，但我什么都不记得，也就什么都不抱怨，连个热字都说不出，只觉得很快乐。我不明白，热有什么可抱怨的呢？这篇稿子带有异己的气味。今天早上我遇到了很多东西：北京城、万寿寺、工作证、办公室，我都接受下来了。现在是这篇手稿——我很坚决地想要拒绝它。是我写的才能要，不是我写的——要它干啥？

手稿上继续写道：薛嵩穿着竹笋壳做的凉鞋，披散着头发，把铁枪扛在肩上，用一把新鲜的竹篾条拴在腰上，把龟头吊起来，除此之外，身上一无所有。现在正是盛夏时节。假如是严冬，景象就有所不同：此时湘西的草坡上一片白色的霜，直到中午时节，霜才开始融化，到下午四点以后，又开始结冻，这样就把整个山坡冻成了一片冰，绿色的草都被冻在冰下，好像被罩在透明的薄膜里——原稿就是这样的，但我总怀疑亚热带地方会有这样冷——薛嵩穿着棉袍子出来，肩上扛着缠了草绳的铁枪——如果不缠草绳子，就会粘手。他还是出来挑柴火。春秋两季他也要出来挑柴火——因为要吃饭就得挑柴火——并且总是扛着他的大铁枪。

我依稀记得，自己写到过薛嵩，每次总是从红土丘陵的正午写起，因为红土丘陵和正午有一种上古的气氛，这种气氛让我入了迷。此处地形崎岖，空旷无人，独自外出时会感到寂寞：在山坡上走着走着，忽然觉得天低了下来，连蓝天带白云都从天顶扣下来，天地之间因而变得扁平。再过一会儿，天地就会变成一口大碗。薛嵩独自一人走在碗底，他觉得自己就如一只捣臼里的蚂蚁，马上就会被粉碎，便情不自禁地丢掉了柴捆，倒在地上打起滚来。滚完以后，再挑起柴来走路，走进草木茂盛的寨子，钻进空无一人、黑暗的竹楼。此时寂寞不再像一种暧昧的癫狂，而是变成了体内的刺痛。后来，薛嵩难以忍受，就去抢了红线为妻。这样他就不会被寂寞穿透，也不会被寂寞粉碎。如果感到寂寞，就把红线抱在怀里，就如胃疼的人需要一个暖水袋。如果这样解释薛嵩，一切都进行得很快。但这样的写法太过直接，红线在此时出现也为时过早。这就是只写红土丘陵和薛嵩的不利之处。所以这个故事到这里截止，从下一页开始，又换了一种写法。

读到薛嵩走在红土丘陵上，我似乎看到他站在苍穹之下，蓝天、白云在他四周低垂下来，好似一粒凸起的大眼球。这个景象使我感到亲切，仿佛我也见到过。只可惜由此再想不到别的了。因此，薛嵩就担着柴火很快地走了过去，正如枪尖刺在一块坚硬的石头上，轻飘飘地滑过了……如你所见，这种模糊的记忆和手稿合拍。看来这稿子是我写的。

既然已经有了一个属于我的故事，把《暗店街》送给别人也不可惜。但我不知道谁是薛嵩，也不知道谁是红线；正如我不知道谁是莫迪阿诺，谁是居伊·罗朗。我更不知道自己是谁。

3

正午时分的山坡上，罩着一层蓝黝黝的烟雾。走在这种烟雾里，就是皮肤白皙的人也会立刻变得黝黑，就是牙色焦黄的人也会立刻牙齿洁白，头发笔直的人也会变得有点卷发——手稿上这样写，仿佛嫌天还不够热——薛嵩在山坡上走，渐渐感到肩上的铁枪变得滚烫，好像是刚从熔炉里取出来。这根铁棍他是准备做扁担用的，除了烫手之外，它还有一种不便之处——那东西有三十多斤重，用来做扁担很不适用。但是他决不肯把任何扁担扛在肩上。在铁枪的顶端，有个不大锋利的枪头，还有一把染红了的麻絮。如果你不知道这是枪缨，一定会把这杆枪的性质看错，以为它不是一件兵器，而是一根墩布。在他的肚脐前面，一根竹篾条，好像吊了个大蘑菇。他就这样走下山坡，去找他的柴捆。

薛嵩的身体颀长、健壮，把它裸露出来时，他缺少平常心。当他赤身裸体走在原野上时，那个把把总是有点肿胀，不是平常的模样，所以他小心翼翼地避开一切低洼的地方。低洼的地方会有水塘，里面满是浓绿色的水。一边被各种各样的脚印搅成黑色的污泥，另一边长满了水芋头、野慈姑，张开了肥厚的绿叶，开着七零八落的白花。只听哗啦一声水响，叶子中间冒出一个女孩的头来。她直截了当地往薛嵩胯下看来，然后哈哈笑着说：瞧你那个模样！要不要帮帮你的忙？成熟男性的这种羞辱，总是薛嵩的噩梦。等他谢绝了帮忙之后，那女孩就沉下水去。在混浊的水面上，只剩下一根掏空的芦苇竖着，还有一缕黑色的头发。在亚热带的旱季，最浑的水里也是凉快的。薛嵩发了一会儿愣，又到山脊上走着，找到了自己的柴火捆，用长枪把它们穿成一串，挑回家来，蜣螂也是这样把粪球滚回家。此时他被夹在一串柴捆中间，像一只蜈蚣在爬。他被柴火挤得迈不开步子，只能小步走着，好像一个穿筒裙的女人。假如有一阵狂风吹来，他就和柴捆一起在山坡上滚起来。故事虽然发生在中古，但因为地方偏僻，有些上古的景象。

我对这个故事有种特殊的感应，仿佛我就是薛嵩，赤身裸体走进湘西的炎热，就如走入一座灼热的砖窑；铁枪太过沉重，嵌进了肩上的肉。至于腰间的篾条，它太过紧迫，带着粗糙勒进了阴茎的两侧——这好像很有趣。更有趣的是有个苗族小姑娘从水里钻出来要帮我的忙。但作者对这故事不是全然满意，他说：这是因为薛嵩是孤零零的一个人。孤零零一个人的故事必定殊为无趣，所以这个故事又重新开始道：晚唐时节，薛嵩曾住在长安城里。

长安城是一座大得不得了的城市，周围围着灰色的砖墙。墙上有一些圆顶的城门洞，经常有一群群灰色的驴驮着粮食和柴草走进城里来。一早一晚，城市上空笼罩着灰色的雾，在这个地方买不到漂白布，最白的布买到手里，凑到眼前一看，就会发现它是灰的。这种景象使薛嵩感到郁闷，久而久之，他变得嗓音低沉。在冷天里他呵出一口白气，定睛一看，发现它也是灰的。这样，这个故事就有了一个灰色的开始，这种色调和中古这个时代一致。在中古时，人们用灶灰来染布，妇女用草灰当粉来用，所以到处都是灰色的。薛嵩总想做点不同凡响的事情。比方说，写些道德文章，以便成为圣人；发表些政治上的宏论，以便成为名臣；为大唐朝开辟疆土，成为一代名将。他总觉得后一件事情比较容易，自己也比较在行。这当然是毫无根据的狂想……

后来，薛嵩买到了一纸任命，到湘西来做节度使。节度使是晚唐时最大的官职，有些节度使比皇帝还要大。薛嵩觉得自己中了头彩，就变卖了自己的万贯家财，买了仪仗、马匹和兵器，雇用了一批士兵，离开了那座灰砖砌成的大城，到这红土山坡上建功立业。后来，他在这片红土山坡上栽了树，种了竹子，建立了寨子，为了纪念自己在长安城里那座豪华住宅，他把自己的竹楼盖成了三重檐的式样，这个式样的特点是雨季一来就漏得厉害。他还给自己造了一座后园，在园里挖了一个池塘，就这样住下去；遇到了旱季里的好天气，就把长了绿霉的衣甲拿出来晒。过了一些年，薛嵩和他的兵都老了。薛嵩开始怀念那座灰色的长安城，但他总也不会忘记建功立业的雄心。

与此同时，我坐在万寿寺的配殿里，头顶上还有一块豆腐干大小的伤疤。这块疤正在收缩，使我的头皮紧绷绷。我和薛嵩之间有千年之隔，又有千里之隔。如果硬要说我们之间有什么关系，实在难以想象。但我总要把自己往薛嵩身上想——除了他，我不知还有什么可供我来想象：过去我可能到过热带地方，见过三重檐的竹楼，还给自己挖过一个池塘。我在那里怀念眼前这座灰色的北京城，并且总不能忘记自己建功立业的决心——这样想并非无理。但假如我真的这样想过，就是个蠢东西。

过去某个时候，薛嵩的故事是在长安城里开始的，到了湘西的红土山坡上，才和现在的开始会合。这就使现在的薛嵩多了一个灰色的回忆，除此之外，还多了一些雇佣兵。我觉得这样很好，人多一点热闹。

薛嵩部下的雇佣兵在找到雇主之前是一伙无赖，坐在长安城外晒太阳——从早上起来，就坐在城门口，要等很久才能等到太阳。这样看来，太阳好像很宝贵，但现在去晒，肯定要起痱子。长安城门口有一排排的长条凳，上面坐满了这种人，脚下放着一块牌子，写着：愿去南方当兵，愿去北方当兵，或者是愿去任何地方当兵；在这行字下面是索要的安家费。薛嵩既然付得起买官的钱，也就付得起雇佣兵的安家费。当然，这些钱不能白给，当场就要请刺字匠在这些兵脸上刺字，在左颊上刺下“凤凰军”，在右颊上刺下“亲军营”。这些刺下的字就是薛嵩和他们的契约。有了这六个字作保证，薛嵩觉得有了一批自己人，再不是孤零零的。不幸的是这个刺字匠和这些兵认识，所以把字迹刺得很浅，还没等走到湘西，那些字迹就都不见了，于是薛嵩又觉得自己是孤零零的一个人了。

在这种情况下，薛嵩当然觉得自己钱花得不值，想要请人来在士兵脸上补刺，但那些兵都不干，并且以哗变相威胁。此时薛嵩干出了一件不雅的事情：他把裤子脱了下来，请他们看他的屁股。薛嵩为了和士兵同甘共苦，并且表示扎根湘西的决心，也请刺字匠刺了两行字，左边的是“凤凰军”，右边的是“节度使”。但他以为自己是朝廷大员，这些字不能刺在脸上，所以刺在了屁股上。不幸的是，屁股上的字也不能打动那些雇佣兵。而且这两行字刺得非常之深，一辈子都掉不了。所以，这会是薛嵩的终身笑柄。那些兵看了这些字就往上面吐吐沫。我觉得自己能够看到那两行字，是扁扁的隶书，就像写在象棋子上的字。而且我有一种难以抑制的冲动，想要脱下裤子，看看自己的屁股。之所以没有这样办，是因为这间房子里没有镜子。另外，这间房子也不够僻静。假如有人撞见我做这个举动，我就不好解释自己的行为……

4

有一段时间，薛嵩的屁股甚为白皙，那些黑字嵌在肉里，好像是黑芝麻摆成的。现在薛嵩虽然已经晒黑，但那些字还是很清楚。他只好拿墨把屁股上的字涂掉。在那个赤裸裸的红土山坡上，一切都一览无余，长着一个黑屁股，看上去的确可笑，但总比当个屁股上有字的节度使要好些。薛嵩还给每个兵都出了甲杖钱，足够他们买副铁甲，但是他们买的全是假货，是木片涂墨做成的，穿在身上既轻便，又凉快。可惜的是路上淋了几场雨，就流起了黑汤，还露出了白色木头底。薛嵩说：穿木甲去打仗，你们可是拿自己的生命去开玩笑哪！但那些兵脸上露出了蒙娜丽莎般的微笑。等薛嵩转过头去，那些兵就纵声大笑，拍着肚子说：打仗！谁说我们要去打仗！那些兵一听说打仗，就好像听到了天大的笑话。这说明，虽然他们是士兵，但不准备打仗。他们给自己盖房子、抢老婆却很在行。

雇佣兵最擅长的不是打仗，也不是盖房子和抢老婆，而是出卖，但薛嵩不知道这一点。统帅手下有了雇佣兵，就如一般人手里有了伪钞，最大的难题是把它打发掉。想要使这些人在战场上死掉，需要最高超的指挥艺术，很显然，这种艺术薛嵩并不具备。我听说有些节度使用骑兵押雇佣兵去打仗，但是不管用，那些人在战场上跑得比骑兵还快。还有些节度使用雇佣兵守寨子，把他们锁在栅栏上，但也不管用。敌方来打寨时，一个雇佣兵也见不到。因为他们像土拨鼠一样在脚下打了洞，一有危险就钻进洞里藏起来。所以最好把地面也夯实，灌上水泥，让他们打不动洞，但这样做太费工了。我还听说有些最精明的节度使手下有“长杆队”这样的兵种，由可靠的基干士兵组成，手持坚硬的木杆，杆端有铁索，锁住雇佣兵的脖子，用这种方式把雇佣兵推向阵前，只有在这种情况下，雇佣兵才会进入交战。长杆队的士兵还必须非常机警，因为稍不小心，就会变成自己被锁上长杆，被雇佣兵推向敌阵。除了不肯打仗，雇佣兵还很喜欢闹事：闹军饷、闹伙食、闹女人，等等。薛嵩率领着这支队伍刚刚到了湘西，就被人闹了一次，打出了满头的青紫块。具体地说，是一些圆圆的大包，全是中指的指节打出来的。被人敲了这么多的包，薛嵩会不会很疼，我不知道。因为我已把自己视为薛嵩，我很不喜欢这个情节。我还觉得让那些兵这样猖狂很不好。

薛嵩手下这伙雇佣兵从长安城跟薛嵩跋山涉水，到凤凰寨来。当时薛嵩骑在马上，手里拿着一张上面发下来的地图，注明了他管辖的疆域。结果他发现这片疆域是一片荒凉的红土山坡，至于凤凰寨的所在，竟是一个红土山包。总而言之，这是一片一文不值的荒地，犯不上倾家荡产去买。那些雇佣兵见了这片山坡，鼓噪一声，就把薛嵩从马上拉了下来，拔掉他的头盔，在他头上大打凿栗。打完以后却都发起愣来，因为四方都是旷野——如前所述，这些人擅长出卖，但现在竟不知把薛嵩出卖给谁。因为没有买主，他们又给薛嵩戴上了头盔，把他扶上马去，听他的命令。薛嵩命令说：住下来。他们就住了下来，当然心里不是很开心，因为要开河挖渠，栽种树木，还要在山坳里种田。那些二流子从来没做过如此辛苦的工作，加之水土不服，到现在已经死了一半，还剩一半。我已经说过，让手下的雇佣兵死掉，是让所有节度使头疼的难题，所以薛嵩的这种成绩让大家都羡慕。正因为有了这种成绩，薛嵩不大受手下将士的尊重。假如没有这些成绩，也不可能受他们的尊重。这样，这个故事从灰色开始，现在又变成红色的了。

二

1

我在万寿寺里努力回忆。有关自己，所能想起的只是如下这些：我头上裹着绷带，在病房里乐呵呵地躺着时，有个护士告诉我说，我骑了一辆自行车，被一辆面包车撞倒了，这辆面包车在我头盖骨上撞了一个坑，使我昏迷不醒，我就乐呵呵地相信了。现在我才知道：这是别人告诉我的事，我自己并不记得；而且我不能人家说什么就听什么，最起码得问问那开车的为什么要撞我——所以，必须要自己有主见。有一段时间我怀疑自己是薛嵩，但眼前无疑是二十世纪。此时我在万寿寺里，火红的阳光正把对面的屋影压低，投在我面前的窗户纸上。我不该无缘无故来到这里，总得有个前因才对。

有关万寿寺，我的看法是：这地方不坏。院子古朴、宽敞，长满了我所喜欢的古树，院子打扫得很干净，但有一股令人疑惑的臭味，刺鼻子、刺眼睛。房子上装着古老的窗棂，上面糊着窗户纸。像这样的窗子，冬天恐怕要冷的，但那是冬天的事情。眼下的问题是：这是个什么地方，我到这里来干什么。虽然这是一座寺院，但没有僧人出现，我自己也不是和尚。这一切都漫无头绪，唯一的头绪是我被一辆面包车撞了。还有一个问题是：那个开面包车的人和我到底有何仇恨，要这样来害我……

据说，对方出了我的医药费，赔了我一辆崭新的自行车，还赔了一套新衣服，这件事就算了结了。出院之前，我对大夫说，我好像还失掉了记忆。他笑了一笑，说道：适可而止吧。然后毅然决然地给我开了半个月的病假条。这个大夫又白又胖，长着很长的鼻毛……我对他说的话、做的事一点都不懂。但我还是觉得，他不信任我。可能他受了开车的什么好处——想到了此处，我露出了微笑，觉得自己已经很奸诈了。

现在我猛然领悟，医生怀疑我之所以假称丧失记忆，是想让对方赔偿更多的东西。其实我没有这样想。我不想对方赔偿什么，不过是想打听一下我该做什么，到哪里去。为了证明我的诚意，我把病假条拿了出来，撕得粉碎。我想给自己倒点水喝，却发现暖瓶盛了一些污浊的冷水。然后，我坐了下来，疑虑重重地看着那个暖瓶，终于想到，这里既然有暖瓶，肯定有地方能打到开水，于是起身拿了暖瓶出去，终于在角落里找到了那个小锅炉——取得了一个小小的胜利，感到很快乐。假如我不曾失掉记忆，就不能取得这个胜利，也不能得到这个快乐——所以，失掉记忆也不全然是坏事。总想着自己丧失了记忆，才全然是坏事。

现在，在万寿寺里，我读到这样的故事：“过去有一天，薛嵩到山坡上去担柴，回寨的道路却不止一条。他的寨子是一片亚热带的林薮，盘踞在红土山坡上，如果从高空看去，这地方像个大旋涡，一圈圈长着大青树、木菠萝、山梨树，这些树呈现出成熟的绿色；在树之间长满了龙竹、苦竹、凤尾竹，这些竹子呈现出新嫩的绿色；在竹丛之间长满了仙人掌、霸王鞭、龙舌兰，这些林荫中的植物呈现出蓝色。在仙人掌之间长满了茅草，在茅草下面是绿色的苔藓，在苔藓下面是霉菌生长的所在。至于还有什么在霉菌下面生长，它们是什么颜色，我就看不到了。在林带里，盘旋着可供大队人马通行的红土大路，上面铺着米黄色的沙石。在大路两边，岔出无数单人行走的小路，这些小路跨沟越坎，穿进了林荫。小路两面有猪崽子走的路，有时是一道印满了蹄印的泥沟，有时是灌木丛上的缺口。在猪崽子走的路边，有蛇行的小道——在压弯的茅草上面有蜿蜒的痕迹。在蛇行的小道边上，有蚂蚁的小道——蚁道绕开了绵密的草根。在蚁道的两侧，理当还有更细微的小道，但不是人眼可以看到的。薛嵩像一串活动的柴捆一样从大路上走过，越走近旋涡的中心，道路就越窄，两边的林荫也越逼近。最后出现在他面前的，是一道真正的壕沟，沟壁有卵石砌的护坡。在壕沟对面，有一道真正的营栅，是一排无头树组成的，树干上长出了密密层层的嫩枝条。壕沟正面是一道吊桥。这道吊桥是用十六根梨树扎的木排做成的，由碗口粗的青藤吊着。不幸的是它是吊不起来的，因为梨树在壕沟两端都生了根。这些树还结了一些梨，但都结在了桥下面，不下到沟里就摘不到。”

我也不记得这片亚热带的林薮，但这不是别人告诉我的事情，这是我自己告诉我的事情。比之别样的事情，这件事更可相信。所以，我宁可相信以前有一个薛嵩担着柴捆从两面生根的吊桥上走过，也不相信我骑在自行车上被汽车撞倒了——虽然我头上有个很大的伤疤，但它也可以是被人打出来的——假如大夫受了打人凶手的好处，就会这样来骗我，帮他开脱罪责。这样一想，我又觉得自己还不够奸诈。奸诈这件事，只要开了头，就不会有够。

薛嵩挑着柴捆从吊桥上走了过去，在大青树的环抱之下，眼前是个小小的圆形广场。在阴暗的光线下，有座草棚，草棚下面，有个黑色大漆的案子，两端木架上放着薛嵩的铠甲、弓箭、仪仗等破烂发霉的东西。这里是薛嵩心中的圣地。广场的侧面有夯土而成的台子，台上有木板房，这是薛嵩心目中的另一个圣地。这两个地方都是军队凝聚力的源泉，是凤凰寨的中枢。

他把柴捆卸在木板房的屋檐下，拉开纸糊的拉门，走了进去，坐在木头地板上，解开拴住龟头的竹篾。等了一会儿，不见有人来，就用手掌拍击起地板来了。假如我的故事如此开始，那天下午薛嵩没有回到自己家里，而是走到寨心去了。需要说明的是，这座木板房里住了一个营妓。看到此处，我也恍然大悟：原来，薛嵩手下是一帮无赖。没有女人的地方，无赖们怎么肯来呢。

薛嵩坐在寨中心的木板房子里，用手叩着地板，从屏风后面跑出一个女人来。她描眉画目，头上有一个歪歪倒倒的发髻，身上穿着紫花的麻纱褂子，匆匆忙忙束着腰带，脚下踏着木屐，跑到薛嵩面前匍匐在地，细声叫道：大人。她愿意给薛嵩用黄泥的小炉子烧一点茶，但他拒绝了。她还愿意为薛嵩打扇，陪他坐一会儿，他也拒绝了。如前所述，薛嵩赤身裸体，像个野蛮人——虽然他已经把龟头从竹篾条上解下来了。这种装束使他决定使事情简单一些，所以他做了一个坚决的手势：左掌举平，掌心向下，朝前平伸着。这个女人平躺下来，叉开两腿，两手平摊，躺成一个大字形。于是薛嵩膝行前进，进到那女人的两腿之间，帮她除去脚上的木屐和袜子——她的脚因为总穿木屐，所以足趾变成了蟹爪形——并且解开她的腰带，让她身体的前半面袒露出来，她的身体当然像粉雕玉琢一样地白。至于模样，可能是这样：大腿有点过粗，腹部的皮有点松懈，乳房头上尖尖的，整个胸部是个W形，但也可能不是这样。薛嵩憋住一口气，插了进去，这仿佛是打开了语言的禁忌。那个女人开始和他聊起来：你怎么老不来呀？这么热的天，怎么还出来？等等。但薛嵩憋着气，一声都不吭。

这位妓女十分白皙：不但脸色白，连嘴唇都白。眉毛几近透明，只带有一点点淡黄色，浑身上下到处可以见到蓝色的血管，只是这些血管全都很粗，全都曲张着，好像打着滚。她好像笼罩在一团白雾里，显得比较年轻，实际上是个老太太。在凤凰寨的中心，一切都是绿色的：首先，一切都笼罩在一片绿荫之下；其次，到处长满了绿色的青苔，就是待在白色的纸门后面，浓绿的光线还是透过了窗子纸，沁到房子里来。在这间房子里，薛嵩黝黑的身体变成了青铜色，而妓女苍白的身体上好像布满了细碎的绿点，好像某一种瓷砖——当然，这只是一种错觉，假如凑近了去看，却看不到任何的绿点。除此之外，空气也潮湿得像油一样，这使薛嵩感觉自己悬浮在绿油当中，一切都变得缓慢，甚至就要停止了。在这绿色的一团里，有一股浓郁的水草气。一切都归于沉寂，但真正沉寂下来时，又听到远处水牛在"哞哞"地叫，那种声音很沉重，很拖沓；近处的青蛙在"呱呱"地叫，这种声音很明亮，很紧凑。而那女人却一声不吭了。她还闭上了眼睛，好像一个死人。

整个凤凰寨泡在一片绿荫里，此地又是绿荫的中心。就是待在屋里，也感到了绿色的逼迫。薛嵩鹰钩鼻子斗鸡眼，披着一头长发，正在奋发有为的年纪。在做爱时他也想要有所作为——他在努力做着，想给对方一点好的感觉。所谓努力，就是忘掉了自己在干什么，只顾去做；与此同时，听着青蛙叫和水牛叫。但对方感觉如何，他一点都不知道。这就使他感觉自己像个奸尸犯。那女人长了一张刀一样的长脸，闭上眼以后，连一根睫毛都不动，我想，这应该可以叫作冷漠了。后来，她在铺板上挪动了一下头，整个发髻就一下滚落下来。原来这是个假头套。在假发下面她把头发剃光，留下了一头乌青的发茬。她急忙睁开眼睛，等到她从薛嵩的眼色里看出发髻掉了，这件事已经不可挽救。她伸出手去，把头套抓在手里，对薛嵩负疚地说道：没办法，天气热嘛。这话大有道理，在旱季里，气温总在三十七八度以上，总顶着个大发髻是要长痱子的。头套的好处是有人时戴上，没人的时候可以摘下来。薛嵩看到了一个又青又亮的和尚头，这种头有凉爽的好处。除此之外，他又发现她的小腿和身上的肤色不同，是古铜色的，而且有光泽。这说明她经常跑出去，光着腿在草丛里走过。这两件事使薛嵩感到沮丧，这样一个女人叫他感觉不习惯。他很快地疲软下来。那个老娼妓用粗哑的嗓子讲起话来：弄完了吗？快点起来吧，热死了！于是薛嵩说道：我就不热吗？然后就爬到一边去，傻愣愣地不知道自己干了些什么。与此同时，他感到心底在刺痛。

2

如果用灰色的眼光来看凤凰寨，它应该是座死气沉沉的兵营。在寨栅后面，是死气沉沉的寨墙，在寨墙后面，是棋盘似的道路和四四方方的帐篷，里面住着雇佣兵。在营盘的正中，住着那个老妓女，她像一个纸糊没胎的人形，既白，又干瘪。在她脸上，有两道牦牛尾巴做的假眉毛，尾梢从两鬓垂了下来。一开始，凤凰寨就是这样的，像一张灰色的棋盘上有一个孤零零的白色棋子。只可惜那些雇佣兵不满意，一切就发生了变化。这个故事除了红色，又带上了灰色以外的色彩。手稿的作者就这样横生起枝节来……

那个老营妓当初和这些雇佣兵一起来到凤凰寨，在前往湘西的行列里，她横骑在一匹瘦驴身上，头上束了一条三角巾，戴了一顶斗笠，下身穿着束着裤脚的裤子，脸上敷了很厚的粉，一声不吭，也毫无表情。这女人长了一个尖下巴，眉心还有一颗痣。在行军的道路上，那些士兵轮流出列，跑到队尾去看她，然后就哈哈大笑，对她出言不逊，但她始终一声也不吭，保持了尊严。据说，薛嵩买下了湘西节度使的差事之后，也动了一番脑子，还向内行请教过。所有当过节度使的人一致认为，在边远地方统率雇佣军，必须有个好的营妓，她会是最重要的助手。为此薛嵩花重金礼聘了最有经验的营妓，就是这个老婆子。当然，走到路上听到那些雇佣兵起哄，薛嵩又怀疑自己被人骗了，钱花得不值。但那个女人什么都没说，她对自己很有信心。任凭尘土在她周围飞扬——假如有只苍蝇飞过来要落在她脸上，她才抬起一只手去撵它；一直来到红土山坡底下，她才从驴背上下来，坐在自己的行李上，看男人工作，自己一把手都不帮。顺便说一句，她做生意，也就是和男人干事时，也是这样：不该帮忙时绝不帮忙，需要帮忙时才帮忙。

后来，薛嵩率领着手下的士兵修好了寨子，也给她修好了房子，这女人就开始工作：按照营规，她要和节度使做爱，并且要接待全寨每一个出得起十文铜钱的人，不管他是官佐还是士兵，是癞痢还是秃子，都不能拒绝。一开始那帮无赖都不肯到她那里去，还都说自己不愿冒犯老太太。但后来发现再无别处可去，也就去了。这个女人埋头苦干，恪守营规，赢得了大家的尊敬。开头她每五天就要和全寨所有的人性交一次，这是十分繁重的工作，但她也赚了不少铜钱。顺便说一句，这种工作的繁重是文化意义上的，从身体意义上说就蛮不是这样，因为干那事时，她只是用头枕着双手躺着。虽然她也要用这些铜钱向士兵们买柴买米，但总是赚得多，花得少。

后来事情就到了这种地步，全寨子里的铜钱全被她赚了来，堆在自己的厢房里，这寨子里的铜钱又没有新的来源，所以她就过得十足舒服：白天她躺在家里睡大觉，到了傍晚，她数出十文铜钱，找出寨里最强壮、最英俊的士兵，朝他买些柴或米；当夜就可以和他同床共枕，像神仙一样快活，并且把那十文钱又赚了回来。就如丘吉尔所说，这是她最美好的时刻[1]，而且整个凤凰寨也因此变得井然有序。这位营妓从来不剪头发，也不到外面去，不管天气是多么炎热，屋里是多么乏味。由于她的努力，整个凤凰寨变成了长安城一样的灰色。

薛嵩和他的人在凤凰寨里住了好几年了，所以这里什么都有，有树木和荒草、竹林、水渠等，有男人和女人，到处游逛的猪崽子、老水牛，还有一座座彼此远离的竹楼，这一点和一座苗寨没有什么区别；还有节度使、士兵、营妓，这一点又像座大军的营寨，或者说保留了一点营寨的残余。这就是说，老妓女营造的灰色已经散去，秩序已经荡然无存了。

在这个时刻，凤凰寨是一个树木、竹林、茅草组成的大旋涡，在它的中心，有座唐式的木板房子，里面住了一个妓女——这是合乎道理的：大军常驻的地方就该有妓女。在木板房子的周围，有营栅、吊桥，等等。所以，只有在这个妓女身上时，薛嵩才觉得自己是大唐的节度使，这种感觉在别的地方是体会不到的。而这个妓女，如我所说，是个奶子尖尖的半老徐娘，假如真是这样的话，等到薛嵩坐起来时，她也坐了起来，戴好了假头套，拉拢了衣襟，就走到薛嵩身边坐下，帮他揉肩膀、擦汗，然后取过那根竹篾条，拴在他腰

1 丘吉尔的战时演说。

上，并且把他的龟头吊了起来；然后把纸拉门拉开，跪在门边，低下头去。薛嵩从屋子里走出去，默不作声地担起了柴担走开了。此时他的柴担已经轻了不少——有半数柴捆放在妓女的屋檐下了。

我写过，这个女人很可能不是半老徐娘。她是一个双腿修长、腰身纤细、乳房高耸的年轻姑娘。在这种情况下，她不会戴上假发、穿上衣服，更不会给薛嵩揉肩膀。用她自己的话来说：我这么年轻漂亮，何必要拍男人的马屁？她站起身来，溜溜达达地走到门口，从桑皮纸破了的地方往外看，与此同时，她还光着身子、秃着头；这颗头虽然剃出了青色，但在耳畔和脑后的发际，还留了好几绺长长的头发。这就使她看起来像个孩子……后来她猛地转过身来，用双手捧住自己的乳房，对薛嵩没头没脑地说，还能风流好几年，不是吗？然后就自顾自地走到屏风后面去了。与此同时，那件麻纱的褂子、假发、袜子和木屐，等等，都委顿在地上，像是蛇蜕下的皮。薛嵩自己拴好了竹篾条，心中充满了愤懑，恶狠狠地走出门去，把那担柴全部挑走了。这个妓女的年龄不同，故事后来的发展也不同。在后一种情况下，薛嵩深恨这个妓女，老想找机会整她一顿；在前一个故事里就不是这样。如果打个比方的话，前一个故事就像一张或是一叠白纸，像纸一样单调、肃穆，了无生气；而后一个故事就像一个半生不熟的桃子。在世间各种水果中，我只对桃子有兴趣。而桃子的样子我还记得，那是一种颜色鲜艳的心形水果……

3

必须说明，“丘吉尔的战时演说”是原稿上的注。我现在不记得谁是丘吉尔，而且并不感到羞愧，我也不知道该不该为此感到羞愧——凤凰寨里原来只有一个奶袋尖尖的老妓女。现在多出一个年轻姑娘，这说明情况有了一些变化。现在凤凰寨里不但有一个老营妓，又来了一个新营妓。理由很简单，那些二流子兵对薛嵩说：老和一个老太太做爱没什么味道。薛嵩觉得这些兵说得对，就掏出最后的积蓄，又去请了一个妓女。这样一来，就背叛了原来的营妓，也背叛了自己。因为这个新来的女孩一下就摧毁了老妓女建立的经济学秩序。除此之外，她还常在日暮时分坐在走廊下面，左边乳房在一个士兵手里，右边乳房在另一个士兵手里，自己左右开弓吻着两个不同的男人，完全不守营规。这样一来，寨子里就变得乱糟糟的。那些二流子常为了她争风吃醋打架，纪律荡然无存。就连薛嵩自己，也按捺不住要去找这个年轻的姑娘。因为在做爱时，她总是津津有味地吃着野李子，有时会猛然抱住他，用舌头把一粒李子送到他嘴里，然后又躺下来，小声说道：“吃吧，甜的！”当然，这粒李子她已吃掉一半了。总之，这女孩很可爱。但薛嵩觉得找她对自己的道德修养有害。每次去过那里，他都有一种内疚、自责的心情。这就是他要揍她的原因。

在后一个故事里，那天晚上薛嵩击鼓召集他的士兵，在寨子中心升起一堆火来，把一个烧黑了的锅子吊到火焰上。这些兵披散着头发，是一些高高矮矮的汉子，有的腿短，有的头大，有的脸上有刀疤，有的上腹部高高地凸起来，聚在一起喝了一点淡淡的米酒，就借酒撒疯，把木板房里的姑娘拖出来，绑在大树上，轮流抽她的背，据说是惩罚她未经许可就剃去了头发。揍完以后又把她解下来，让她在火堆边上坐下，用新鲜的芭蕉树芯敷她的背，还骗她说：揍她是为她好。这个姑娘在火边坐得笔直——这是因为如果躬着身子，背上的伤口就会更疼——小声啜泣着，用手里攥着的麻纱手绢，轮流揩去左眼或右眼的泪。这块手绢她早就攥在手心里，这说明她早就知道用得着它。这个女孩跪在一捆干茅草上，雪白的脚掌朝外，足趾向前伸着，触到了地面，背上一条红、一条绿。红就无须解释，绿是因为他们用嫩树条来抽她的脊梁，有些树条上的叶子没有摘去。如前所述，她身子挺得笔直，头顶一片乌青，但是发际的软发很难剃掉，所以就一缕缕地留在那里，好像一种特别的发式。从身后看去，除了臀部稍过丰满之外，她像个男孩子，当然，从身前看来，就大不一样。最主要的区别有两个：其一是她胯下没有用竹篾条拧起来的一束茅草、嫩树条，如薛嵩所说，用

"就便器材"吊起来的龟头；其二就是她胸前长了两个饱满的乳房，在心情紧张时，它们在胸前并紧，好像并排的两个拳头，现在就是这个样子。在疲惫或者精神涣散时，就向两侧散开，就如别人的眉头会在紧张时紧皱，在涣散时松开。这个女孩除了擦眼泪，还不时瞪薛嵩一眼，这说明她知道挨揍是因为薛嵩，更说明她一点也不相信挨揍是为了自己好。而薛嵩回避着她的目光，就像小孩子做错了事情后回避父母。后来，小妓女从别人手里接过那个小漆碗，喝了碗里的茶——茶水里有火味，碗底还有茶叶，连叶带梗，像个表示和平的橄榄枝。喝下了这碗水，她的心情平静一点了。

到目前为止，我的故事里有一个长安来的纨绔子弟，有一伙雇佣兵，有一个老妓女，有一个小妓女，还有一个叫作红线的女孩，但她还没有出现。我隐约感到这个故事开头拖沓、线索纷乱，很难说出它隐喻着些什么。这个故事就这样放在这里吧。

三

1

我终于走出房子，站在院子中央，和进来的人打招呼。

有很多人进来，我谁都不认识——我总得认识一些别人才对。在医院里，常从电视上看到有人这样做：站在大厅的门口，微笑着和进来的人握手——但病友们说这个样子是傻帽，所以我控制了自己，没把手伸出去，而是把它夹在腋下，就这样和别人打招呼，有点像在电视上见过的希特勒。不用别人说，我自己也觉得这样子有点怪。

现在似乎是上班的时节，每隔几分钟就有一个人进来。我没有手表，不知道是几点。但从太阳的高度来看，大概是十点钟。看来我是来得太早了。我对他们说：你早。他们也说：你早。多数人显得很冷淡，但不是对我有什么恶意，是因为这院子里的臭气。假如你正用手绢捂住口鼻，或者正屏住呼吸，大概也难以对别人表示好意。最后进来一个穿黄色连衣裙的女孩。她一见到我，就把白纱手绢从嘴上拿了下来，瞪大了眼睛说：你怎么出来了，你？这使我觉得自己是个诈尸的死人。这个姑娘圆脸，眼睛不瞪就很大，瞪了以后，连眼眶都快没有了。我觉得她很漂亮，又这样关心我，所以全部内脏都蠢蠢欲动。但她马上又转身朝门口看去，然后又回过头来说：她到医院去看你了，一会儿就来。我不禁问道：谁？她娇嗔地看了我一眼说：小黄嘛，还有谁。我谨慎地答道：是吗……但是，小黄是谁？她马上答道：讨厌，又来这一套了。然后用手绢罩住鼻子，从我身边走开。

我也转过身去，背对着恶臭，带着很多不解之谜走回自己屋里。有一位小黄就要来看我，这使我深为感动。遗憾的是，我不知道她是谁。那位黄衣姑娘说我“讨厌，又来这一套”，不知是什么意思。这是不是说，我经常失去记忆？假如真是这样，那就是说，有辆面包车老来撞我的脑袋——不知它和我有何仇恨。这只能说那辆车讨厌，怎么能说是我讨厌呢？

坐在凳子上，我又开始读旧日的手稿，同时把我的处境往好处想。在《暗店街》里，主人公费尽一生的精力来找自己的故事，这是多么不幸的遭遇。而我不费吹灰之力就找到了，这是多么幸运的遭遇。从已经读过的部分判断，我是个不坏的作者，我很能读得进去。但我也希望小黄早点到来……虽然我还不知他是谁，是男还是女。

在凤凰寨里，这个小妓女经常挨揍，因为此地是一所军营，驻了一些雇佣兵。为此应该经常惩办一些人，来建立节度使的权威。他对别人进行过一些尝试，但总是不成功。比方说：薛嵩在红土山坡上扎寨，虽然开了一些小片荒，但还是难以保障大家的口粮。好在大唐朝实行盐铁专卖，这样他就有了一些办法。每个月初，他都要开箱取出官印，写一纸公文，然后打发一个军吏、一个士兵，到山下的盐铁专卖点领军用盐，然后再用盐来和苗人换粮食。等到这两个人回来，薛嵩马上就击鼓升帐，亲自给食盐过磅，检查他们带回来的收据，然后就会发现军吏贪污。顺便说一句，军吏就是现在的司务长，由有威信的年长士兵担任。在理论上，他该是薛嵩的助手，实际上远不是这样。

等到查实了军吏贪污有据，薛嵩感到很兴奋：因为他总算有了机会去处置一个人。他跳了起来，大叫道：来人啊！给我把这贪污犯推出去，斩首示众！然后帐上帐下的士兵就哄堂大笑起来。薛嵩面红耳赤地说：你们笑什么？难道贪污犯不该杀头吗？那些人还接着笑。那个军吏本人说：节度使大人，我来告诉你吧。军吏不贪污，还叫作军吏吗？那些士兵随声附和道：是啊，是啊。薛嵩没有办法，只好说：不杀头，打五十军棍吧。那个军吏问：打谁？薛嵩答道：打你。军吏斩钉截铁地说：放屁！说完自顾自地走开了。薛嵩只好不打那个军吏，转过头去要打那个同去的士兵。那个兵也斩钉截铁地回答道：放屁！说完也转身走了。这使薛嵩很是痛苦，他只好问手下的士兵：现在打谁？那些兵一齐指向小妓女的房子，说道：打她！那个小妓女坐在自己家里，隔着纸拉门听外面升帐，听到这里，就连忙抓住麻纱手绢，嘴里嘟囔道：又要打我，真他妈的倒霉！后来她就被拖出去，扔在寨心的地上，然后又坐起来，从嘴里吐出个野李子的核来，问道：打几下？别人说，要打她五十军棍。她就高叫了起来：太多了！士兵们安慰她道：没关系，反正不真打。说完就把她拖翻在满是青苔的地面上，用藤棍打起来了。虽然薛嵩很重视礼仪，但他总是中途退场，因为他看不下去。这已经不是惩罚人的仪式，成了某种嬉戏。总而言之，自从到了凤凰寨，薛嵩没有杀过一个手下人，他只杀了一个刺客。他也没打过一个手下的人，除了那个小妓女。她每隔一段时间就要被从草房里拖出去打一顿，虽然不是真打。这使薛嵩感到自己的军务活动成了一种有组织的虐待狂，而且每次都是针对同一个对象，这让他自己都觉得不好意思了。

后来，有一些人在我门前探头探脑，问我怎么出院了；说完这些话，就一个个地走了。最后，有一个穿蓝布制服、戴蓝布制帽的人走到我房子里来，回避着我的注视，把一份白纸表格放在我桌子上，说道：小王，有空时把这表格再填一填。然后他就溜走了。这个人有点娘娘腔，长了一脸白胡子茬，有点面熟……稍一回忆，就想到今天早上在院子里见过他三四次。他总是溜着墙根走路，但根据我的经验，墙脚比院子中间臭得更厉害，所以这个人大概嗅觉不灵敏。虽然刚刚认识，但我觉得他是我们的领导。我的记忆没有了，直觉却很强烈。由这次直觉的爆发，我还知道了有领导这种角色。你看，我还不知道自己是谁，就知道了领导；不管多么苛刻的领导，对此也该满意了……

这份表格已经填过了，是用黑墨水填的，是我的笔迹，但不知为什么还要再填。经过仔细判读，我发现了他们为什么要把这表格给我送回来。在某一栏里，我写下了今年计划完成的三部书稿，其一是《中华冷兵器考》，有人在书名背后用红墨水打了一个问号。其二是《中华男子性器考》，后面有两个红墨水打上的问号。其三是《红线盗盒》（小说），下面被红墨水打了双线，后面还有四个字的评语："岂有此理！"这说明这样写报告是很不像话的，所以需要重写。但到底为什么这是很不像话的，我还有点不明白。这当然要加重我的焦虑……

有关我的办公室，需要仔细说明一下：这间房子用方砖墁地，但这些砖磨损得很厉害，露出了砖芯里粗糙的土块。我的办公桌是个古老的香案，由四叠方砖支撑着。案面上漆皮剥落之处露出了麻絮，在案子正中有一块裁得四四方方的黑胶垫。案上还有一瓶中华牌的绘图墨水，是黑色的。旁边的笔筒里插了一大把蘸水笔。还有个四四方方、笨头笨脑的木凳子放在案前，凳子上放了一个草编的垫子。桌上堆了很多旧稿纸，有些写满了字，有些还是空白。虽然有这些凌乱之处，但这间房子尚称整洁，因为每件家具都放得甚正，地面也清扫得甚为干净。可以看出使用这间房子的人有点古板，有点过于勤俭，又有点怪癖。此人填了一份很不像话的报告，这份报告又回到了我手里。我该怎么办，是个大问题。我急切地需要有个人来商量一下，所以就盼着小黄快来。我不知小黄是谁，所以也不知能和他（或她）商量些什么。

2

我忽然发现，我对自己所修的专业不是一无所知，这就是说，记忆没有完全失去——我所在的地方，是在长河边上。这条河是联系颐和园和北京内城的水道，老佛爷常常乘着画舫到颐和园去消夏。所谓老佛爷，不过是个黄脸老婆子。她之所以尊贵，是因为过去有一天有个男人，也就是皇帝本人，拖着一条射过精、疲软的鸡巴从她身上爬开。我们所说的就是历史，这根疲软的鸡巴，就是历史的脐带。皇帝在操老佛爷时和老佛爷在挨操时，肯定都没有平常心：这不是男女做爱，而是在创造历史。我对这件事很有兴趣，有机会要好好论它一论……因为那个老婆子需要有条河载她到颐和园游玩，在中途又要有个寺院歇脚，因此就有了这条河、这个寺院；在一百年后，这座寺院作为古建筑，归文物部门管理；而我们作为文史单位，凭着一点老关系，借了这个院子，赖在里面。这一切都和那根疲软了的鸡巴有某种关系。老佛爷对那根鸡巴，有过一种使之疲软的贡献，故而名垂青史。作为一个学历史的人，这条处处壅塞的黑水河，河上漂着的垃圾，寺院门上那暗淡、釉面剥落的黄琉璃瓦，那屋檐上垂落的荒草，都叫我想起了老佛爷，想到了历史那条疲软了的脐带。诚然，这条河有过刚刚疏浚完毕的时刻，这座寺院有过焕然一新的时刻，老佛爷也有过青春年少的时刻，那根脐带有过直愣愣、紧绷绷的时刻。但这些时刻都不是历史。历史疲惫、瘫软，而且面色焦黄，黄得就像那些陈旧的纸张一样。很显然，我现在说到的这些，绝不是今天才有的想法，但现在想起来依旧感到新奇。

现在总算说到了凤凰寨的男人为什么要把龟头吊起来：这是一种礼节，就如十七世纪那些帆缆战舰鸣礼炮。一条船向另一条船表示友好，把装好的炮都放掉，含义是：我不会用这些炮来打你。红土山坡上的男人把自己的龟头吊了起来，意在向对方表示，我不会用这东西来侵犯你。当然，放掉的炮可以再装上，吊起的龟头也可以放下来，但总是在表示了礼节之后。因为此地有一种上古的气氛，所以男人们对自己的龟头也是潦草行事，随便地一吊；它也就死气沉沉地待在那里，像一条死掉多年、泡在福尔马林里的老鲇鱼。

因为是大地方来的人，薛嵩对“就便器材”甚是考究，每天晚上都要砍一节嫩竹，把它破成一束竹条，浸到水塘里，使之更加柔软。这东西是一次性使用，撒尿或做爱时解下来，就要换一根新的。在家里时，薛嵩总是拿着那捆竹条，行坐皆不离手。出门时，他把它挂在铁枪上。用这种篾条吊着，它显得多少有点生气，虽然依然像条老鲇鱼，但死后的时间短了一些。后来他就用这束竹条抽了那小妓女的脊背。经过漫长的一天，竹条只剩了三四根，抽起人来特别疼。那女孩挨了一下，抽搐着从树干上扬起头来，说道：薛嵩！真狠哪你。这使薛嵩感到不好意思，差点把竹条扔掉，去捡根别人用过的柳条。但转念一想：我是为了她好。就继续用竹条抽下去。又抽了三四下，才走到一旁，把她让给别人。

这个女孩子面朝大树站着，双臂环抱着大树，手腕用“就便器材”捆在一起。这个就便器材是一把青芦苇，拧成绳子状；捆妇女儿童可以，捆男人就不把牢。在大树底下，有裸出地面的树根，还有青苔细泥。那女孩在树根和青苔上踱步，状似在健身自行车上或跑步机上锻炼身体。薛嵩看着这一切，沉思着，忽然用竹条在自己腿上抽了一下——这种疼痛虽然厉害，但还不是无法忍受。然后他放了心，觉得自己还不算过分。如果我说，薛嵩在构思一篇名为“以就便器材刑责违纪人员的若干体会”的军事论文，就未免过分，但他的确是在想着一些什么；这如我也在考虑《中华男子性器考》应该怎么写……

后来有个兵报告说：打完了！还干点啥？薛嵩说：放了她！人们把她放开，她的手腕上有两条绿色的环形。她想到山涧里洗去，但别人劝止道：别去。着了露水，伤口要化脓。其实也没有什么伤口，但总要这么一说来表示关心。所以她就用麻纱手绢蘸了树叶上的露水，揩去了手腕上的绿印。此时她的大腿、腹部还有乳房上满是青苔和碎树皮；有个兵从地上拔了一把羊胡子草，帮她把这些擦去。她很快接过了那把草，说道：谢谢，自己来。总而言之，在她走到火堆边上自己座位上之前，很是忙碌了一阵，这个女孩是忙碌的中心。这种忙碌带有一点驾轻就熟的意味。此时薛嵩孤零零地坐在火堆边上，体会到了作为将帅和领袖的寂寞，心里默默地想：我又把她揍了一顿。这样，这一章就有了一个灰色的开始。接下去它还要灰得更厉害。那天晚上，薛嵩揍着小妓女，心里却在想着老妓女。每抽一下，他都把头转向老妓女的木板房，想要看出她是否坐在纸门后面，透过门缝看这件事；但因为天色已暗，那房子里又没有点灯，所以他眼睛瞪得都要瞎了，还是什么都没看见。

3

如前所述，在凤凰寨的中心，有座夯土而成的平台。需要说明的是，这座高台的四周有卵石砌成的护坡，以防它被雨水淋垮；台上有座木板房，用树皮做房顶。树皮上早已生了青苔，正在长出青草来。在木板房子里住了一个妓女，或年老或年轻，或敬业或不敬业，或把男人叫作“官人”“大人”，或叫作：“喂，你！”这是个矛盾，所以在凤凰寨里，实际上有两个妓女——这么大的寨子，只有一个营妓是不够的。这就是说，寨里有两座木板房子、两个夯土的平台，并肩而立。这样解决矛盾，可称为高明。在这两座房子后面，有两个不同的花园，前一个妓女的园子里，有碎石铺成的小路，有一座小小的圆形水池，里面栽了一蓬印度睡莲。在长安城里，可以买到印度睡莲的种子，但要把它遥迢地带来。除了小径和水池，所有的地面都铺上了沙子，以抑制杂草。特别要指出的是，花园的一角有一口深不可测的枯井，为了防止井壁坍塌，还用石块砌住了，枯井上铺了一块有洞的厚木板，厚木板四面是个薄板钉成的小亭子。你可能已经想到，这是一种卫生设备，直言不讳地说，这是一个厕所。那位老妓女在其中便溺之时，可以听到地上遥远的回声。花园里当然还种了些花草，但已经不重要，总之，那老妓女得暇时，就收拾这座花园。而那位年轻姑娘的后园里长满了野芭蕉、高过头顶的茅草、乱麻秆、旱芦苇等，有时她兴之所至，就拿刀来砍一砍，砍得东一片西一片，乱七八糟。更可怕的是她在这后园乱草里屙野屎。离后园较远处，有一棵笔直的木菠萝树，看来有三五十岁，长得非常之高。有一根藤子，或者是树皮绳，横跨荒园，一头拴在树干分杈，另一头拴在屋柱上。树上有个藤兜，只要没有人来，那女孩就顺着藤子爬到藤兜里睡懒觉。

对于这种区别，手稿里有种合理的解释：老妓女是先来的，在她到来之前，寨中并无妓女。薛嵩督率手下人等修好了房子，并且认真建了一座花园，迎接她的到来。小妓女是后来的，此时薛嵩等人已修了一座花园，有点怠倦。除此之外，他们是在老妓女的监视之下修筑房舍，太用心会有喜新厌旧的罪名。总而言之，先到或后到凤凰寨，待遇就会有些区别。当然，你若说我在影射先到或后到人世上，待遇会有区别，我也没有意见，因为一部小说在影射什么，作者并不知道。那天晚上因为不敬业而受责的是小妓女，但是薛嵩执意要把她绑到老妓女门前的树上抽。这说明，薛嵩还有更深的用意。

手稿中说，薛嵩他们打那女孩子的原因是：她剃了头，装了假头套。在这座寨子里，随便剃头是犯了营规。但那个老妓女也剃了头，就没人打她。他们打过了那女孩，又把她放开，让她坐在火堆边上。过了一些时候，她疼也疼过了，哭也哭过了，心情有所好转，就说：喂，你们！谁想玩玩？在座的有不少人有这种心情，就把目光投向薛嵩。薛嵩想，我没有理由反对，就点了点头。于是一个大兵转过身来，把后腰上竹篾条的扣对准她，说道：解开！那女孩伸手去解，忽而又把手撤回来，在他背上猛击一下道：你刚还打过我哪！我干吗要给你“解开”！薛嵩暗暗摇头，从火堆边走开，心里想着：这女孩被打得还远远不够；但他对打她已经厌烦了。

不久之前，我在医院里从电视上看到一部旧纪录片。里面演到“二战”结束后，法国人怎么惩办和德国兵来往的法国姑娘——你可能已经知道了，他们把她们的头发剃光。在屋檐下有一把椅子，那些女孩子轮流坐上去，低下头来。坐上去之前是一些少女，站起来时就变成了成年的妇人。刮得发青的头皮比如云的乌发显得更成熟，带有更深的淫荡之意——那些女孩子都很沉着地面对理发师的推子和摄影机，那样子仿佛是说：既然需要剃我们的头发，那就剃吧。那个小妓女对受鞭责也是这样一种态度：既然需要打我的脊梁，那就打吧。她自己面对着一棵长满了青苔的树，那棵树又冷又滑，因为天气太热，却不讨厌。有些人打起来并不疼，只是麻酥酥的，很煽情。这时她把背伸向那鞭打者。有些人打起来火辣辣地疼，此时她抱紧这棵清凉的树……她喜欢这种区别。假如没有区别，生活也就没意思。虽然如此，被打时她还是要哭。这主要是因为她觉得，被打时不哭，是不对的。我很欣赏她的达观态度。但要问我什么叫作“对”，什么叫“不对”，我就一点也答不上来了。

我的故事又重新开始道：晚唐时节，薛嵩是个纨绔子弟，住在灰色、窒息的长安城里。后来，他受了一个老娼妇的蛊惑，到湘西去当节度使，打算在当地建立自己的绝对权威。但是权威这种东西，花钱是买不到的。薛嵩虽然花钱雇了很多兵，但他自己也知道，这些兵都不能指望。他觉得那个老妓女是可以指望的，但对这个看法的信心又不足。说来说去，他只能指望那个小妓女。这位小妓女提供了屁股和脊背，让他可以在上面抽打，同时自欺欺人地想着：这就是建功立业了。

我该讲一讲那位老娼妇的事。她曾经漂泊四海，最后在长安城里定居，住在一座四方形的砖亭子里。那座亭子虽然庞大，但只有四个小小的拱门，而且都像狗洞那样大小。人们说，她并不是出卖肉体，而是供给男人一种文化享受。因为不管谁进到那个亭子里，都会受到最隆重的接待、最恭敬的跪拜，她总要说嫖客不是寻常人，可以建功立业。至于她自己，也有一番建功立业的决心，所以跟着薛嵩来到了这不毛之地，打算在凤凰寨里做一番前无古人的事业。但是薛嵩什么功业也没有建立，只是经常在她门前鞭打一位小妓女。这个老女人坐在纸门后面听着，心里恨得痒痒，磨着牙齿小声唠叨着：姓薛的浑蛋！我知道你想打谁！早晚要叫你知道我的厉害……这就是说，老妓女提供高档次的文化服务，这种服务不包括挨打。薛嵩敢对她做这种档次很低的暗示，自然要招致愤怒。

4

现在我又回到生活里。我在一座寺院里，更准确地说，是在这座寺院的东厢房里，面前是一座被砖头垫高了的香案。在香案底下是一捆捆黄色的纸。时逢盛夏，可以闻到霉味、碱味，还有稻草味；而稻草正是发黄的纸的主要成分。透过打开的窗子，可以看到院子里的白皮松。当你走进这所院子，会看到青色的砖墙，墙上长满了青苔，油灰开裂的庭柱，肥大无比的白皮松——总而言之，是一座古老的庭院。相信你可以从中感觉到一种文化气氛。这就如在一千多年前，你走进那位老娼妇在长安城里的四角亭子。不管你从哪面进去，都要穿过一个又矮又长的门洞，然后直起身，仰望头顶深不可测的砖砌的穹顶。此时整个世界都压在你的头上，所以你也感到了这种文化气氛。在这个四方形的房间里，一共有四股低矮的自然光，照着人的下半截。后来，那个老娼妇匍匐着出现在光线里——她有一张涂得雪白的脸，脸上还有两条牦牛尾巴做的眉毛——声音低沉地说道：官人。不知你感觉怎样，反正薛嵩很感动。他到那个亭子里去过，感到自己变成了一个庄严肃穆的死人。我也不知那个老娼妇对他做了什么，反正从那亭子里出来，他就鬼迷心窍地想要建功立业，到荒蛮地方去做节度使，为大唐朝开辟疆土。考虑到当时薛嵩尚未长大成人，情况可能是这样的，那个老娼妇把他那个童稚型的男根握在手里，轻声说道：官人，你不是个等闲的人，等等。因为我从没有被感动过，可能想得不对。但我以为，从来就不会感动，是我的一项大资本。不管什么样的老娼妇拿着我的男根说我不同凡响，我都不会相信；但我也承认，有很多人确实需要有个老娼妇拿着他的男根说这些话。这也是薛嵩迷恋她的原因。我影影绰绰记得有一回领导忘了史料的出处，偏巧我记得，顺嘴提示了一下。他很高兴，说道：小王是人才嘛。我也振奋了一小下，但马上就蔫掉了。

对于薛嵩被拿住男根的事，需要详加解释：当时他躺在了亭子的中心，此地阴暗、潮湿，与亭子这个名称不符。薛嵩摊开双手呈十字形，躺在亭子的中央，头、脚和两臂的方向，都通向一个门洞，薛嵩好像躺在了十字路口。你也可以说，他自己就是那个十字路口。而这个路口所连接的四条路都很长，那些路的顶端，各有一个泄入天光的门洞，好像针孔一样，仿佛通往无尽的天涯。无论他往哪边看，都能看到遥远的天光，而且听到水滴单调地从穹顶滴落，有一些滴到了远处，还有一些滴到了他身上。假如他往天顶上看，在一片黑暗之中，可以看到几只大得骇人的壁虎在顶上爬动，并能听到遥远的风声和车马声。就在这一片黑暗和寂静中，出现了那老娼妇的脸，那张脸像墙皮一样刷得雪白，上面有漆黑的两道扫帚眉。她用像墓穴一样冰凉的手拿住了薛嵩的男根，开始说话（“官人，你不是个等闲的人”，等等）。薛嵩不禁勃起如坚铁，并在那一瞬间长大成人了。我读着自己旧日的手稿，同时在脑子里进行批判。做这件事有何意义，我自己都不明白。我很不喜欢现在这个写法，主要是因为，我很不喜欢有个老妓女用冷冰冰的手来拿我的男根，这地方不是谁都能来碰的——虽然在这种情况下，我也会勃起如坚铁，但我还是不喜欢。真不知以前那个我是怎么想的。

第二章

一

1

我的故事还有一种开始，这个开始写在另一叠稿纸上。如前所述，香案上下堆了不少稿纸，假如写的都是开始，就会把我彻底搞糊涂。

晚唐时，薛嵩在湘西的山坡上安营扎寨。起初，他在山坡上挖掘壕沟，立起了栅栏，但是只过了一个雨季，壕沟就被泥沙淤平，变成了一道环形的洼地，栅栏也被白蚁吃掉了。那些栽在山坡上的树干乍看起来，除了被雨水淋得死气沉沉，还是老样子；仔细一看，就看出它半是树，半是泥。碗口粗细的木头用手一推就会折断，和军事上用的障碍相差很远。因为白蚁藏在土里看不见，所以薛嵩认定，这山坡上最可恨的东西是雨水。

旱季里，薛嵩从远处砍来竹子，要在壕沟上面搭棚子，让它免遭雨水的袭击，来解决壕沟淤平的问题。等他把架子搭好，去搜集芭蕉叶子，要给棚子上顶时，白蚁又把竹子吃掉了。薛嵩这才想到，山坡上最可恶的原来是白蚁。于是，他就扛起了锄头，要把山坡上所有的白蚁窝都刨掉。这是个大受欢迎的决定，因为白蚁可以吃：成虫可以吃，蛹可以吃，卵也可以吃。特别是白蚁的蚁后，是一种十全大补的东西，但是白蚁的窝却被一层厚厚的硬土壳包着，很需要有人出力把它刨开。所以薛嵩扛着锄头在前面走，方圆三十里之内的苗族小孩全赶来跟在他身后，准备捡洋落——他们都知道，汉族人不知道怎样吃白蚁。而白蚁也动员起来，和薛嵩做斗争，斗争的武器是唾液。一分白蚁的唾液和十分土掺起来，就是很硬的土；一分唾液和三分土掺起来，就像是水泥；一分唾液掺一分土，就如钢铁一样坚不可摧。自然，假如纯用唾液来筑巢，那就像金刚石一样地硬，薛嵩连皮都刨不动。但是这样筑巢，白蚁的哈喇子就不够用了。

薛嵩用锄头刨蚁巢的外壁，白蚁在巢里听得清清楚楚，就拼命地吐唾沫筑墙；薛嵩的锄头声越近，它们就越拼命地吐，简直要把血都吐出来。所以薛嵩越刨，土就越硬，满手都起了血泡。最后他自己住手不刨了。白蚁用自己的意志和唾液保住了蚁巢，而那些苗族孩子看到薛嵩是这样的有始无终，都捡起地上的碎土块来打他，打得他落荒而逃。等到第二天早上，薛嵩又出现在红土坡上，扛着锄头，而那些苗族孩子又跟在他身后准备捡洋落。这件事周而复始，好像永无休止。这件事的要点是：一个黑黝黝的人，扛着锄头在红土山坡上奔走，搞不清他是被太阳晒黑的，还是被热风吹黑的。他想把所有的白蚁巢都刨掉，但是一个都没刨掉；还锛坏了很多锄头，打了很多血泡。事情为什么会是这样，薛嵩自己都不知道。

我清楚地记得那片亚热带的红土山坡，盛夏时节，土里的沙砾闪着白光——其中有像粗盐一样的石英颗粒，也有像蝉翼碎片般的云母。这种土壤像砂轮一样，把锄头磨得雪亮。新锄头分量很重，很难使，越用越锋利，分量也就越轻。它变得越来越小，越来越薄，最后在锄头把的顶端消失了。在烈日下挥锄时，汗水腌着脖子，脖子像火鸡一样变得通红。这是否说明我就是薛嵩？

在这个故事里，薛嵩在山坡上年复一年地忙碌，只留下了一些浅浅的土坑，还有一些被白蚁吃剩的半截柱子，雨季一到，这些柱子上长起了狗尿苔，越长越多，好像一些陆生的珊瑚。到雨季到来时，薛嵩急急忙忙地给自己搭了个小棚子来住，这种小棚子挡不住瓢泼大雨，所以里面总是湿漉漉的，而且雨下得丝毫不比外面小。久而久之，他脸上长了青苔，身上长满了霉斑，腿上得了风湿病，好像一棵沉在水底的死树。旱季一到，这个地方没有一棵树，又热得很，棚子里比外面似乎一点都不见凉快；薛嵩待在棚子里，两眼通红，心情很坏。一阵风吹来，棚子立刻塌掉，因为支棚子的竹子已经被白蚁吃了，只剩下一层皮来冒充竹子。此时我们才知道，棚子里比烈日下还是凉快一些。像这样下去，薛嵩要么在雨季里霉掉，要么在旱季里被晒爆，这个故事就讲不下去了。

后来有人告诉薛嵩，白蚁什么都吃，就是不吃活的草木。所以他就在壕沟边上种了一些带刺的植物，比方说，仙人掌、霸王鞭之类，在栅栏所在之处栽了几棵母竹，引山上下来的水一灌，很快就是葱茏一片——寨里寨外，到处是竹丛、灌木丛，底下沟渠纵横。从此，薛嵩被解脱了在山坡上刨蚁巢的苦刑。他就这样扎下了寨子，但它不像是大军的营寨，倒像一片亚热带的迷宫。从实用的角度来看，它的防御力量并不弱，因为在草丛和灌木丛里，有无数不请自来的蚂蚁窝和土蜂窝，还有数目不详的眼镜蛇在其中出没，除了猪崽子，谁也不敢钻灌木丛。但是薛嵩有一颗装满军事学术的脑袋，因为在“野战筑城”这一条目之下，出现了蚂蚁、土蜂，甚至猪崽子这样的字眼，薛嵩觉得自己彻底堕落了。既然已经堕落，再堕落一点也没有关系。所以他准许自己抢苗女为妻。

在我的手稿中，薛嵩抢老婆的始末记载得异常地简单明快：薛嵩身强力壮，胆大妄为。他在树林里遇上了红线，后者正在射小鸟。他喜欢这个脖子上系着红丝带的小姑娘，马上就把她抢走了。至于抢法，也是非常简单：一手抓脖子，一手钳腿，把她扛上了肩头，就这样扛走了。红线尽力挣了一下，感觉好像是撞上了一堵墙——薛嵩的力气大极了。红线想到：既然落到了这样的人手里，那就算了吧。她伏在薛嵩的肩头不动；在林间阴冷的潮气中，想着自己会遇到什么样的对待。这个讲法太过简单，这就是我不喜欢它的原因。

2

上古单调的色彩使我入迷。然而循这条道路，也就没有什么故事可写。在我的调色板上，总要加入一些近代人情的灰色——以上所述，是我现在对旧稿的一些观感——所以薛嵩抢红线的事，也不能那么简单：晚唐时，薛嵩到湘西做节度使，骑来了一匹白马，还带来了一伙雇佣兵。后来，他的马老了，这些士兵也想起家来。那匹马长了胡子，那些兵也经常哗变；薛嵩只好把缰绳从马嘴上解下来，放它到树林里自由走动，同时也放松了军纪，让那些雇佣兵去抢山上的苗女为妻。但他自己却洁身自好，继续用军纪约束自己。那些苗女的肤色像红土一样红，头发和眉毛因而特别黑。我好像也见过这样的苗女，并对她们怦然心动。

此后薛嵩在寨子里踱步，走在篱笆间的小路上，忽然就会发现某家竹楼前面出现一个没见过的女人，正在劈柴或是捣米。这些篱笆是不同粗细的柴棒栽在地上，顶端长出了绿芽；那片红土的院子铺上了黄沙；那个陌生的女人肢体壮硕，穿着短短的蓑草裙子，见到薛嵩过来，站直了以后，转过身子，用手梳理头发。她把头发分作两下，从脸旁垂下来，遮住了乳房，转向薛嵩，和他搭话：苗女的眉毛像柳叶一样地宽，下颚宽广，嗓音浑厚有力——薛嵩也会讲些苗语，他们聊了起来。但就在这时，竹楼上响起了一声咳嗽，围廊上出现了一个男人，他是一个雇佣兵，是薛嵩的手下。他用敌意的眼神看着他们，那苗女就扔下薛嵩，去做她的工作。此时薛嵩只好像个穿了帮的贼那样走开，同时心里感到阵阵刺痛——要知道，他是节度使，在巡视自己的寨子啊。他继续向前走，浏览着各家的院子和里面的苗女，就像一个流浪汉看街边上的橱窗；同时也在回顾那个女人健壮的身体、浑厚的声音。最后他终于想到：别人都去抢老婆，假如自己不去抢一个，未免吃了亏。作为读者，我觉得这是个大快人心的决定。

有关薛嵩那匹长胡子的马，可以事先提到，这匹马原来是白色的，后来逐渐变绿。这是因为它总在树林里吃草，身上长满了青苔。后来，马儿禁不住蚊虫的叮咬，常到泥坑里打滚，又变得灰溜溜的。它既吃草，也吃树叶子，吃出了一个滚圆的大肚子，像产卵前的母蝈蝈，不像一匹马。因为总在潮湿的地面上行走，它的蹄子也裂开了。总在丛林中行走，需要有东西把眼前的枝条拨开，所以它也长出了犄角。你当然知道我说的是什么：这匹马逐渐变成了一头老水牛，而且也学会了“哞哞”地叫。在湘西，到处都是水牛，只要你看到一蓬茂盛的草木，里面准有几头老水牛在吃草，其中有一头是马变的。这匹马就此失踪了。据说它原是一匹西域来的宝马良驹，在马市上值很多钱。薛嵩的情形也可以事先揣到：他原是长安城里的富户，擅长跑马、斗蛐蛐，长着雪白的肉体；后来被晒得像鬼一样黑，擅长担柴、挑水，因为嚼起了槟榔，把满嘴的牙弄成像焦炭一样黑。凤凰寨里有不少这样的人物，其中有一个是薛嵩变的。但这是后来发生的事。当初发生的事是：薛嵩对凤凰寨里发生的变化——这变化之一就是他也要去抢一个老婆——虽然心生厌恶，但也无可奈何。

薛嵩准许自己的部下抢苗女为妻，后来他想到，假如他自己不也去抢上一个就算是吃了亏。这件事非常重要，因为它标志着薛嵩长大成人。在此之前，他是个纨绔子弟，不懂吃亏是件坏事。在此之后，他既然已经抢了一个女人，尝到了甜头，就不能再这样说。事先他做了不少筹划和准备工作，但是对这种强盗行径还是觉得很不好意思，所以是一个人去的。对这件事，我感到激动。怀着一颗贼心，走进一片荒山，去猎取女人。这样的故事怎不叫人心花怒放……我可以看见那座荒山，土色有如铁矿石。也可以看到那些绿叶，鲜翠欲滴，就如蜡纸所做。我也可以听见自己的心在怦怦乱跳。我也可以看到那些女人，肤色暗红，长着圆滚滚的小肚子，小肚子下面是漆黑的毛……但是别的就一点也想不出，还得看看以前是怎么写的。

3

过去有一天，薛嵩赤身裸体地骑在那匹长胡子的光背马上，肩上扛着那条浑铁大枪，沿着红土小路，走进山上的树林。他在枪缨里藏了一把竹篾条，准备用它来捆抢到的女人，藏得很是牢靠，谁也看不出来。遇上了苗族的男人，他就红着脸对人家打招呼，此时他又觉得自己不是强盗，是个小偷。进山的道路不止一条，他走的是预先选好的一条，因为不少部落的人不分男女都有文身，有些文得蓝荧荧，有些文得黑糊糊，除此之外，有些寨子里的小姑娘从小就嚼槟榔，把牙齿嚼得像木炭一样。总而言之，这条选好的路避开了这些姑娘，因为假如是这样的姑娘，就不如不抢。进山的路他倒是蛮熟的，每次寨里没有粮食，他就带人到寨里来，用盐巴换军粮，以免别人贪污。但在路上常被人一棍子打晕，醒来以后只好独自灰溜溜地回去。身为朝廷命官被人打了闷棍不甚光彩，只好不声张，听任手下人贪污。但若我是他，就一定会戴顶钢盔。

走在这条路上，薛嵩遇到了不少苗族女人，有些太老，有些背着小孩子，都不是合适的赃物。一直走到苗寨边上，他才遇到了红线，这个女孩穿着一件蓑草的裙子，拿了一个弹弓在打小鸟。他打量了她半天，觉得这女孩长得蛮漂亮，尤其喜欢她那两条橄榄色的长腿，就决定了要抢她。薛嵩以前见过红线，只觉得她是个寻常的小姑娘；这是因为当时他没动抢的心。动了抢的心以后，看起人来就不一样。

薛嵩从马背上下来，鬼鬼祟祟地走到她身边，把长枪插在地上，假装看林间的小鸟，还用半生不熟的苗话和她瞎扯了几句。忽然间，他一把抓住她的脖子，并且从枪缨里抽出一根竹篾条来。这时薛嵩心情激动，已经达到了极点。当时雨季刚过，旱季刚到，树叶子上都是水，林子里闷得很。薛嵩的胸口也很闷。他还觉得自己没有平时有劲。在恐惧中，他一把捂住了红线的嘴，怕她叫出声来——这个地方离寨子太近了。与此同时，他也丧失了平常心，竹篾条拴着的东西胀得很大。奇怪的是，红线站在那里没有动，也没有使劲挣扎，只是脸和脖子都涨得通红。后来她猛地一扭脸说：你再这样捂着，我就要闷死了。薛嵩感到意外，就说：我是强盗，是色狼，还管你的死活吗？然后他又一把捂住红线的嘴。但是红线又挣开，说：这事你一点都不在行。捂嘴别捂鼻子——色狼也不是这种捂法！薛嵩说：对不起。就用正确——也就是色狼的方式捂住了她的嘴。他用两只手抓着她，就腾不出手来捆她，就这样僵持住了。实际上，薛嵩此时把红线搂在了怀里。但是天气热得很，不是热烈拥抱的恰当时刻。所以过了一会儿，红线就挣脱出来，说道：大热天的，你真讨厌！她上下打量了薛嵩一阵，就转过身去，先用手抿抿头发，然后把双手背过去说：捆吧。于是薛嵩把她捆了起来：用竹篾条绕在她的手腕上，再把竹篾条的两端拧在一起。据我所知，青竹篾条的性质和金属丝很近似。

因为当地盛行抢婚，所以红线对自己被抢一事相当镇定。不过，她总是第一次被抢，心情也相当激动，禁不住唠唠叨叨。首先她对薛嵩用篾条来捆她就相当不满，说道：你难道连条正经绳子都没有吗？这使薛嵩惭愧地说：我什么都学得会，就是学不会打绳子。红线评论道：你真笨蛋——还敢吹牛说自己是色狼呢。她还说：下次上山来抢老婆，你不如带个麻袋，把她盛在里面。过了一会儿，她又补充说：当然，我也不希望你再有下一次。此时薛嵩从枪缨里抽出第二根篾条，蹲下身去，红线又把双脚并在一起，让他把脚捆在一起。薛嵩说：我没有麻袋，只有蒲包，蒲包不结实，会把你掉出来。就这样，薛嵩把红线完全捆好了。后者打量着拴在脚上的竹篾条，跳了一下说：他妈的，怎么能这样对待我！此时发生了一件更糟的事：薛嵩要去牵马，想把红线放到马背上驮走，但是那马很不像话，自己跑掉了。薛嵩只好自己驮着红线在山路上跋涉，汗下如雨，还要忍受红线的唠叨：连匹马都没有？就这么扛着我？我的上帝啊，你算个什么男人！直到薛嵩威胁说要把她送回去，她才感到恐惧，把嘴闭上了。

后来，薛嵩就这样把红线扛进寨子，招来很多人看，都说他抢女人都抢不利索。薛嵩觉得自己很丢面子，闷闷不乐，性格发生了很大变化。他想让红线回到山上去，自己备好了麻袋、绳子，给马匹配好缰绳，再上山去抢一次。但红线不答应，她说自己是不小心才被抢来的，这样才有面子。假如第二次再被同一个男人抢到，那就太没面子了。她是酋长的女儿，面子是很重要的——甚至比命都重要。后来薛嵩让她学习汉族的礼节，自称小奴家、小贱人，把薛嵩叫作大老爷、大人之类，她都不大乐意，不过慢慢地也答应了。薛嵩在家里板起脸来，作威作福——这说明他当了一回抢女人的强盗以后，又想假装正经了。

4

有关薛嵩抢到红线的事，还有另一种说法是这样的：他不是在山上，而是在水边上逮住了她。这地方离凤凰寨很近，就在薛嵩家后面的小溪边上。红线在河里摸鱼，身上一丝不挂，只有拦腰一根绳子，拴着一个小小的鱼篓，就这样被薛嵩看到了。他很喜欢她的样子——她既没有文身，也不嚼槟榔——就从树丛里跳出来，大叫一声：抢婚！红线端详了他一阵，叹了一口气，爬上岸来，从腰间解下鱼篓，转过身去，低下头来说：抢吧。按照抢婚的礼仪，薛嵩应该在她脑后打上一棍，把她打晕、抢走。但是薛嵩并没有预备棍子。他连忙跑到树林里去，想找一根粗一点的树枝，但一时也找不到。可以想见，假如薛嵩总是找不到棍子，红线就会被别的带了棍子的人抢走，这就使薛嵩很着急，后来他从树林里跑了出来，用拳头在红线的脑后敲了一下，红线就晕了过去。然后薛嵩把她扛到了肩上，此时她又醒了过来，叫薛嵩别忘了她的鱼篓。直到看见薛嵩拾起了鱼篓，并且看清了鱼篓里的黄鳝没有趁机逃掉，她才呻吟了一声，重新晕了过去。此后薛嵩就把她扛回了家去。

自然，还有第三种可能，那就是薛嵩在树林里遇上了红线，大喝一声：抢婚！红线就晕了过去，听凭薛嵩把她抢走。但在这种说法中，红线的尊严得不到尊重，所以，我不准备相信这第三种说法。按照第二种说法，红线在薛嵩的竹楼里醒来，问他用什么棍子把她打晕的，薛嵩只好承认没有棍子，用的是拳头。此后红线就大为不满，认为应该用裹了牛皮的棒槌、裹了棉絮的顶门杠，最起码也要用根裹布条的擀面棍。棍棒说明了抢婚的决心，包裹物说明新郎对新娘的关心。用拳头把她打晕，就说明很随便。虽然有种种不满，但也后悔莫及。红线只好和薛嵩过下去——实际上，第二种说法和第一种说法是殊途同归。

还有一件事，也相当重要：薛嵩把红线抢来以后好久，那件事还没有搞成。这是因为薛嵩有包皮过长的毛病。有一天，红线把他仔细考察了一番，按照他所教的礼节说道：启禀大老爷，恐怕要把前面的半截切掉。说着就割了薛嵩一刀，疼得他满地打滚，破口大骂道：贱人！竟敢伤犯老爷！但是过了几天，伤口就好了。然后他对红线大做那件事，十分疯狂，使她嘟嘟囔囔地说：妈的，我这不是自己害自己吗？经过了这个小手术，薛嵩的把把很快长得又粗又大，并且时常自行直立起来。这时他很是得意，叫红线来看。起初红线还按礼节拜伏在地板上说：老爷！可喜可贺！后来就懒得理他，顶多耸耸肩说：看到了——你自己就不嫌难看吗？但不管怎么说，这总是薛嵩长大成人的第一步。在此之后，薛嵩在寨子里也有了点威信。因为他的把把已经又粗又大，别人也都看见了。

有关薛嵩抢到红线的经过，有各种各样的说法，这是最繁复的一种。假如说，这种说法还不够繁复，也就是说，它还不够让人头晕。在这个故事里，有薛嵩，有红线，还影影绰绰地出现了一些雇佣兵。这个故事暂时也这样放着吧。这样我就有了两个开始，这两个开头互相补充，并不矛盾。在这个故事里，男根，勃起，长大成人，都有特殊的含义。薛嵩在一个老娼妇面前长大成人，又在一个苗族女孩面前长大成人，这两件事当然很是不同。因此就可以说薛嵩不是一个人，是两个人。假如这样分下去，薛嵩还可以是三个人、四个人，生出无数的枝节来。所以，还是不分为好。我很不喜欢过去的我这种颠三倒四的作风。但是，这一切都是过去做下的事，能由得了现在的我吗？

二

1

一切变得越来越不明白了，因为我的故事又有了另一个开始：做了湘西节度使以后，每天早上醒来时，薛嵩都要使劲捏自己的鼻子，因为他怀疑自己因为没有睡醒，才会看到对面的竹排墙。他觉得这墙很不像样，说白了，不过是个编得紧密的篱笆而已。在那面墙上，有一扇竹编的窗子，把它支起来，就会看到一棵木瓜树，树上有个灯笼大小的马蜂窝，上面聚了成千上万只马蜂，样子极难看，像一颗活的马粪蛋。就是不支开窗户，也能听见马蜂在嗡嗡叫。作为一个中原人，让一个马蜂窝如此临近自己的窗子，是一种很不容易适应的心情。他还容易想到要找几把稻草来，放火熏熏这些马蜂。这在温带地方是个行得通的主意，但在此地肯定行不通：熏掉了一个马蜂窝，会把全寨的马蜂都招来，绕着房子飞舞，好像一阵黄色的旋风，不但螫人、螫猪、螫狗，连耗子都难逃毒手。这说明马蜂在此地势力很大。当然，假如你不去熏它们，它们也绝不来螫你，甚至能给你看守菜园，马蜂认识和自己和睦相处的人。薛嵩没有去熏马蜂，他也不敢。但他不喜欢让马蜂住进自己的后院，这好像和马蜂签了城下之盟。

他还不喜欢自己醒来的方式，在醒来之前，有个女孩子在耳畔叫道：喂喂！该起了！醒来以后，看到自己的把把被抓在一只小手里。这时他就用将帅冷峻的声音喝道：放开！那女孩被语调的严厉所激怒，狠狠一捽道：讨厌！发什么威呀！被捽的人当然觉得很疼，他就骂骂咧咧地爬起来，到园子里去找早饭吃。薛嵩和一切住在亚热带丛林里的人一样，有自己的园子。这座园子笼罩在一片紫色的雾里，还有一股浓郁的香气，就如盛开的夹竹桃，在芳香里带有苦味。那个捽了他一把的女孩也跟他来到这座紫色的花园里，她脖子上系了一条红丝带，赤裸着橄榄色的身躯——她就是红线。红线跟在薛嵩后面，用一种滴滴答答的快节奏说：我怎么了，我哪儿不对了，你为什么要发火，为什么不告诉我——好像在说一种快速的外语。薛嵩站住了，不耐烦地说：你不能这样叫我起床！你要说：启禀老爷，天明了。红线愣了一下，吐吐舌头，说道：我的妈呀，好肉麻！薛嵩脸色阴沉，说道：你要是不乐意就算了。谁知红线瞪圆了眼睛，鼓起了鼻翼，猛然笑了出来：谁说我不乐意？我乐意。启禀老爷，我要去劈柴。老爷要是没事，最好帮我来劈，要劈的柴可不少啊。说完后她就转身大摇大摆地走开，到门口去劈柴。这回轮到薛嵩愣了一下，他觉得红线有点怪怪的。但我总觉得，古怪的是他。

薛嵩后园里的紫色来自篱笆上的藤萝，这种藤萝开着一种紫色的花，每个花蕾都有小孩子的拳头那么大，一旦开放，花蕊却是另一个花蕾。这样开来开去，开出一个豹子尾巴那样的东西。香气就是从这种花里来。而这个篱笆却是一溜硬秆野菊花，它们长到了一丈多高，在顶端可以见到阳光处开出一种小黄花，但这种花在地面上差不多是看不到的，能看到的只是野菊花紫色的叶子，这种叶子和茄子叶有某种相似之处。在园子里，有四棵无花果树，长着蓝色的叶子，果实已经成熟，但薛嵩对无花果毫无兴趣。蓝色无花果挂了好久，没有人来摘，就从树上掉下去，被猪崽子吃掉。在园子里，还长了一些龙舌兰，一些仙人掌，暗紫的底色上有些绿色的条纹，而且在藤萝花香的刺激下，都开出了紫色的花朵。薛嵩认为，这些花不但诡异，而且淫荡，所以他从这些花旁边走了过去，想去摘个木瓜吃。木瓜的花朴实，果实也朴实。于是他就看到了那个马蜂窝。这东西像个悬在半空的水雷，因为现在是早晨，它吸收了雾气里的水，所以变得很重，把碗口粗细的木瓜枝压弯了，大树朝一边弯去。到中午时，那棵树又会正过来。这个马蜂窝有多大，也就不难想象。但这个马蜂窝还不够大。更大的马蜂窝挂在树上，从早上到中午，那树正不过来，总是那么歪。

马蜂窝是各种纤维材料做的，除了枯枝败叶，还有各种破纸片、破布头，所以马蜂窝是个不折不扣的垃圾堆。天一黑，它就会发出一种馊味，能把周围的萤火虫全招来。这时马蜂都回巢睡觉了，萤火虫就把马蜂窝的表面完全占据，使它变成一个硕大无朋的冷光灯笼，而且散发着酿醋厂的味道。众所周知，萤火虫聚在一起，就会按同一个节拍明灭。亮起来时，好像薛嵩的后院里落进了一颗流星，或者是升起了一个麻扎扎的月亮；灭下去时，那些萤火虫好像一下都不见了，只听见一片不祥的嗡嗡声。假如此时薛嵩正和红线做爱，不知不觉会合上萤火虫的节拍。此时他觉得自己变成了一只绿壳甲虫，在屁股后面一明一灭。萤火虫的光还会从竹楼的缝隙里漏进来，照着红线那张小脸，还有她脖子上束着的红丝带，她把上半身从地板上翘起来，很专注地看着薛嵩。——我说过，感到寂寞时，薛嵩就把红线抱在怀里，但他总觉得她是个小孩子，很陌生——在这光线之下，红丝带会变成黑色。她的上半身光溜溜、紧绷绷的，不像个女人，只像个女孩。她那双眼睛很专注地看着薛嵩，好像不知道自己在干什么。过了好久，她好像是看明白了，大声说道：启禀老爷，你是对眼啊！然后放松了身体，仰倒在竹地板上，大声呻吟起来。不知为什么，这使薛嵩感觉很坏，也许是因为知道了自己是对眼。红线的乳房紧绷绷、圆滚滚，这也让薛嵩不能适应；在这种时刻，他常常想到那个老妓女那口袋似的乳房——老妓女又从不说他是对眼。等到面对老妓女那口袋似的乳房，他又不能适应，回过头来想到红线那对圆滚滚的乳房，还觉得老妓女总是那几句套话，实在没意思。如此颠来倒去，他总是不能适应。不管怎么说，让我们暂且把薛嵩感觉很坏的事情放一放。那天早上，薛嵩到园子里摘木瓜，忽然遭人暗算，被砍了一刀，失掉了半个耳朵——不仅血流满面，而且永久地破了相。假设这才是故事真正的开始，则在此以前的文字都可以删去。

2

现在来说说薛嵩怎样被砍去了半个耳朵。那天早上他到树上去摘个木瓜，路过水塘边。这园子里还有甜得发腻的无花果，有奶油味的木菠萝，但是薛嵩不想吃这种东西，觉得吃这种果子于道德修养有害。红线喜欢吃半生不熟的野李子，黄里透青的楂子。这些果实酸得叫人发狂，薛嵩也不肯吃。说来说去，他就喜欢吃木瓜。这东西假如没熟透，简直一点味都没有，就算熟透了，也只有一股生白薯味；吃过以后，嘴里还会有一股麻木的感觉。这就是中庸的味道。我总不明白薛嵩怎么会爱吃这种东西——也许他是假装爱吃。不管怎么说，他是个节度使，总得假装正经才行。

这水塘是薛嵩和红线的沐浴之所，塘里还有一大片水葫芦，是喂猪的，开着黄蕊的白花。除了水葫芦，还漂着一大蓬垃圾——枯枝败叶、烂布头一类的东西。这个水塘通着寨里的水渠，垃圾可以从别处漂过来。薛嵩觉得恶心，用随身带着的铁枪想把它挑出去。也不知是为什么，那东西好像在水里有根，挑不起来。他就把它拨到塘边来，俯下身去，准备用手把它揪出来；就在这时，他看到垃圾中间竖着一节通气的竹管，还看到浑浑糊糊的水下好像有个人的身体——那池里的水是绿色的，大概其中有不少单细胞藻类——他先是一愣，然后猛醒，伸手去拔插在身后地上的铁枪。但已经迟了，眼前水花飞溅，水里钻出一个人来，满脸的水都在往下流，好像琉璃做成，双腮鼓起，显得很是肥胖。那刺客先喷了他一脸水，然后“嗖”地给了他一刀。水迷了薛嵩的眼，在这种情况下挨刀砍，实在危险得很。好在对方刚从水里钻出来，眼睛里全是水，也看不大清，没把他的脑袋认准，只把半个耳朵砍了下来；假如认准了，砍下的准不止是这些。因为耳朵里有软骨，所以薛嵩感到“哗啦”一下，随后薛嵩往后一滚，拿了铁枪，抹掉脸上的水，要和这个刺客算账，但已经来不及了。那人一半滚一半爬、一半水一半陆，到了树篱边上，钻到一个洞里去，不见了。想要到树棵里去追人显然是徒劳的，那里面密密麻麻，连三尺都看不出去。此时薛嵩端平了大枪，满脸流着血和水，心情很是激动。

这种激动无处发泄，薛嵩就大吼起来了。而红线正在竹楼前面劈柴，听到后院里有薛嵩的吼声，急忙丢下了柴火，手舞长刀赶来，嘴里也发出一阵呐喊来呼应薛嵩。这一对男女就在后园里连喊带舞，很忙了一阵子。最后红线问薛嵩：人呢？薛嵩才傻愣愣地说：什么人？红线说：砍你那个人——你要砍的人。薛嵩说：跑了。红线说：跑了还喊啥，快来包包伤口吧。于是薛嵩就和红线回到竹楼里去，让她包扎伤口，此时才发现左耳朵的很大一部分已经不见了。在这种情况下，当然会很疼。但薛嵩首先感到的是震惊——不管怎么说，他总是朝廷任命的节度使，是此地的官老爷。连他都敢砍，这不是造反吗？

红线给薛嵩包扎伤口，发现耳朵残缺不全，也很激动。这是因为薛嵩是她的男人，有人把该男人的一部分砍掉，此事当然不能善了。所以她不停地说：好啊，砍成这个样子，太好了。这话乍听起来不合逻辑，但你必须考虑到，红线原是山上的一个野姑娘，她很喜欢打仗。既然薛嵩被砍成了这样，就必须打仗，所以她连声叫好，表示她不怕流血，也不怕战争。假如说，砍成这个样子，太惨了，那就是害怕流血，害怕战争，这种话勇敢的人绝不会说。只可惜薛嵩不懂这些，他听到红线这样叫好，觉得她狼心狗肺，心里很不高兴。

3

薛嵩家的后园里有一个池塘，塘边的泥岸上长满了青苔。那一池水是绿油油的颜色，里面漂着搅碎了的水葫芦，还有一个惨白的碎片，好像一个空蛋壳，仔细辨认后才发现它原是薛嵩的半个耳朵。薛嵩把它从水里捞了出来，拿在手里看了很久，才相信自己身体的这一部分已经永远失去了。古人曾说：身体发肤，受之父母，不能轻易放弃。所以薛嵩就该把这块耳朵吃下去，但他觉得有点恶心，还觉得自己已经沦落到了食人生番的地步，所以他又把耳朵吐了出来。后来他用铁枪掘了一个坑，把耳朵葬了进去，还是觉得气愤难平，就平端着长枪，像一头河马一样吼叫着。假如此时红线按照他要求的礼节说道："启禀老爷，贼人去远了，请保重贵体。"那还好些。偏巧这个小蛮婆心情也很激动，满腹全是战斗的激情，就大咧咧地说：人家都跑没影了，还瞎嚷嚷什么？还不想想怎么去捉他？这使薛嵩很是恼火，顺口骂道：贱婢！全没有个上下。没准这贼和你是串通一气的。红线不懂得玩笑，把刀往地上一摔，说：混账！怪到我身上来了！这就使薛嵩更加气愤：有把老爷叫混账的吗？忽然他又想到影影绰绰看到那个刺客身上有文身，像个苗人的样子，就脱口而出道：可不是！那个刺客正是个苗子！十之八九和你是一路。你要谋杀亲夫！顺便说一句，苗子是对苗人的蔑称，平时薛嵩绝不会当着红线这么说，这回顺嘴带出来了。更不幸的是它和前一句串在了一起，这使红线更加气愤，从地上捡起刀来，对准薛嵩劈面砍去道：好哇！要和我们开仗了！老娘就是要谋杀你这狗屁亲夫！当然，这一刀瞄得不准，砍得也不快，留给薛嵩躲开的时间——红线并不想当寡妇。但她的战斗激情也需要发泄，所以就这么砍了。需要指出的是，红线和薛嵩学了一些汉族礼节，薛嵩也知道了一些红线的脾气。双方互相有了了解，打起架来结果才会好。假如没有这样的前提，这一刀起码会把他的另一只耳朵砍掉。这样薛嵩就没有耳朵了。后来，薛嵩向后退去，一步步退出了院门，终于大吼一声：小贱人！说是苗子砍我你不信，你就是个苗子，现在正在砍我！说着他就转身跑掉了。假如不跑的话，红线就会真的砍他的脑袋，而且她就会真的当寡妇了。对此必须补充说：薛嵩当时二十三岁，红线只有十七岁。这两个人合起来才四十岁，在一起生活，当然要吵吵闹闹，把一切搞得一团糟。

有关薛嵩被刺的经过，还有一种说法是这样的：薛嵩家的后院里，有一个水池，是他和红线戏水之所。这座池子清可见底，连水底铺着的鹅卵石都清晰可见，因为水清的缘故，这水池显得很浅，水面上的涟漪映在水底，好像水底紧贴在水面上。清晨时分，薛嵩从水边经过，看到水里躺着一个女人，像雪一样白，像月亮一样发亮。这一池水就因此像蚌壳的内侧，有一种伸手可及的亮丽。后来，她从池底开始往上浮——必须说明，这池子其实很深，只是看不出来罢了。薛嵩看到她左手屈在身前，右手背在身后，眼睛紧闭着，而两腿却叉开着，呈人字形。细细的水纹从她身上滑过。必须承认，她是一位赤身裸体的绝代佳人，但是生死未卜，因为在她的口鼻里没有冒出一个气泡。薛嵩当然愣住了，看着这个女人，在寂静中，她浮上来，离薛嵩越来越近。在她的小腹上，有一撮茵茵的短毛，显得很俏皮，也离薛嵩越来越近；薛嵩也就入了迷。只是她的眼睛紧闭着，好像熟睡着。她醒来以后会是怎样，这是一个谜。

后来，她嘴上出现了一缕微笑，好像一滴血落在水里，马上散成缕缕血丝。猛然间她睁开了眼睛，眼睛又大又圆。这使薛嵩为之一愣。然后她就突出水面，挥起藏在身后的右手，那手里握了一把锋利的刀，白若霜雪，朝薛嵩的头上挥来。所幸他还有几分明白，及时地躲了一下，只把半只耳朵砍掉了。假如不躲，后果也是不堪想象。然后，这个女刺客就逃掉了，仿佛消失在白色的晨雾里。只剩下薛嵩，呆站在水边发愣：他觉得，总有什么事情搞错了。像这样一个女人，根本不该来刺杀我，而是该去刺杀别人。至于搞错了是好是坏，他还有点搞不清楚。这种说法太过亮丽，和上一种说法也是大同小异。总而言之，那个刺客跑掉以后，薛嵩和红线起了争执。薛嵩非要说砍他一刀的是个苗子，红线不喜欢他这么说，俩人就打了起来，但也不是真打。然后薛嵩就出去召集他的军队，要征讨那些苗人——假如苗女真是这么漂亮，的确需要征讨。

在万寿寺里，面对着那份待填的表格，我终于想了起来，我们是社会科学院的历史研究所，在万寿寺里借住。这份表格是我们在年初交的工作报告。年底时还要交一份考绩报告——好在现在距年底还有一段时间。这是因为我们是国家级的研究单位，制度严明，还因为我们的领导——也就是那个穿蓝制服的人——很是古板。他总让我们做重大的、有现实意义的题目。什么叫作重大，我不知道。现实意义我倒是懂的。那就是不要考证历史，要从现代考起。举例来说，我不该去考据历史上的男子性器，而是应该直接从他的性器考起……但我今年的题目改成《本所领导性器考》，显然不够恰当。假如我真做这个题目，他可能会来砍我一刀。

顺便说一句，我影影绰绰记得《冷兵器考》的一些内容。上古时，人们伐巨木为兵，到了中古才用大刀长矛。

宋元时人们爱用刀剑，到了明清以降，最长的家伙不过是短刀。根据史书记载，清末的人好用暗器，什么铁莲子、铁菩提，还有人发射绣花针。根据这种趋势，未来的人假如还用冷兵器，必然是发射铁原子组成的微粒，透过敌方的眼底，去轰击他的神经中枢——我总觉得这是中规中矩的一篇历史论文，不知为什么要给我打问号……说实在的，我有点想去砍他一刀。这不是因为我脾气坏，而是因为连《性器考》这样的题目，我现在都想不出来了。

除此之外，我再想不起别的。由此可见，丧失记忆这种游戏有这样的规则：没有适当的提示，我什么都想不起来。有了适当的启示，最好是确凿的证据，我就会什么都想起来。举例来说，我原本不知自己在什么地方，还不知道自己是干什么的。但当一位领导带着指示出现在我屋里时，这些问题就迎刃而解了……最好这位领导能告诉我，我该去考些什么。受此启示，我又到院子里走动。太阳越升越高，直射着地面，院子里的臭味也越来越犀利：它带有硫磺气、腐尸气，近似于新鲜的人屁，又像飞扬的石灰粉，刺激着我的鼻孔，和屋顶琉璃瓦的金色反光混为一体。我并不喜欢闻这种臭味——不管硫磺、腐尸还是人屁，都不是我喜欢嗅到的东西。我也不喜欢有人往我鼻子里撒石灰。但我总觉得这种臭气里包含着某种信息，催我想起些什么来。

三

1

对于我的过去，现在我有了一种猜测：我好像是个玩世不恭的家伙，或者说，是个操蛋鬼。没人告诉我这件事，是我自己猜出来的。虽然说起来不够好听，但我对此深感欣慰。这种猜测是从阅读这篇手稿得来的：作者信口开河，自相矛盾，前面这样写，后面又那样写，好像不是个负责的人；既然我是这样的人，就不必去理睬重填表格的要求。说实在的，我也不知该填点什么才好。再说，倘若我过去是个严肃认真的老学究，按我现在的情形，想当个学究，还真做不来哩。

过去有一天，薛嵩被人砍了一刀以后，流着血跑到那个老妓女家里去要他的武装，准备征讨山上的苗人——这样一来，就续上了第一章的线索。按照大唐的军事惯例，营妓要给将帅保管东西，就如今天的人，有钱不放在家里，而是放在小蜜的手里。薛嵩一切重要的东西都放在那个老妓女（她该叫作老蜜）的房子里，包括他的铠甲、弓箭和印信。那女人把它重重包裹，放在了箱子里。为了让自己良心得到安宁，他也给了小妓女一把没鞘的旧宝剑，她就用它在后园里挖蚯蚓来钓鱼。这把剑用来劈柴太钝，也太轻，所以只能挖

蚯蚓。后来它就生了锈，变成了红色，好像一条赤练蛇。他还送给过她一把折扇，她用它来打蚊子，很快把扇骨打断，变成乱糟糟的一堆破烂。他急匆匆地跑来要武装，就如一个人清早起来跑到银行门口等待，想要取出自己的存款，有急用。有一些银行会因为门口等了这种顾客而急于开门，这就是那个小妓女。她慌慌张张地赶来，拿来了薛嵩的旧宝剑。那把剑的样子很不怎么样，而且也没有鞘。说实在的，薛嵩把它交给小妓女来保管，就是不准备要了。他把那剑拿了一会儿，就把它扔在屋檐下边了。还有些银行却因为这种顾客而不急于开门，这就是那个老妓女，她的动作慢慢吞吞：慢慢地找钥匙，又慢慢地开箱子，并且时时回顾薛嵩。薛嵩头上缠了白布，好像一个阿拉伯人，但他光着屁股，这一点又不像了。那个小妓女心情激动，围着他团团打转，因为紧张，她的乳房又在胸前并拢，好像一对拳头。

与此同时，薛嵩还在大吼大叫，好像一个火车头；终于招来一些雇佣兵。他告诉他们，有个苗子躲在他家的后院里，砍了他一刀，砍掉了他的耳朵；他要上山去征讨。那些兵就胡乱起哄道：好啊，好。太好了。这些人说太好了，不是说要打仗好，而是说薛嵩掉了耳朵好。但他一点不发火。薛嵩就像他的把把，见了女人才发威。他一迭声地催促老妓女把真正的武装拿出来，那些东西是：贴身穿的麂皮衣服，麂皮外面穿的锁子甲，锁子甲外穿的皮甲，皮甲外面穿的铁叶穿成的重铠甲，还有头盔、面甲，脚下穿的镶铁片的靴子，重磅的弓、箭，等等。他准备把这些东西都穿戴到身上，骑上白马到山上去，除了要给苗人一些厉害，还要给他们一次威武的时装表演——他简直急不可待——我想这是因为他曾在一个苗族女孩面前长大成人，耀武扬威。总而言之，薛嵩的这些毛病，全都是红线惯出来的。

那个老妓女最后终于开了箱子把那些东西拿了出来。出乎薛嵩的意料，这些武器的状况很糟糕。实际上，无论是兵器还是甲胄，都需要养护，而那个老妓女什么都没干。仅举一件东西为例，锁子甲锈得粘在了一起，像一块砖头。至于那些皮衣，上面的绿霉层层隆起，简直像些蘑菇。还有一个最严重的问题，就是薛嵩的战马很难找到。从理论上说，它还在寨里，假如它没有被偶尔来闲逛的豹子吃掉；但也不知到哪里去找。有一件事必须预先提到：任何一件会走的东西迷失在寨子里以后，假如它不想出来，都很难找到，因为这寨子是大得不得了的一片林薮，不管它是一个人，或是一匹马，或者别的什么东西。这在这个故事里很重要。还没有出征就遇到了这些困难，这使薛嵩更加愤怒，他恶狠狠地瞪了那老妓女一眼，该女人有点畏缩，躲到后面去了。现在薛嵩面临着一个问题：怎么把这块红砖和蘑菇穿上身去。

鉴于盔甲的现状，有人建议薛嵩别穿它了，手里拿一个藤牌遮挡一下就可以。在这种情况下，当然就不能使长枪。提这个建议的人说，薛嵩不必用枪，可以拿把单手用的长刀。这主意也被否定了。虽然它有显而易见的好处，既轻便，又凉快。后来他们把锁子甲挂在树上用棍子打，打落了一大堆红锈，勉强可以穿，但穿上还是很不舒服。薛嵩还需要一匹坐骑，假如那匹马还是找不到，那就只好骑水牛，一位重装武士骑在牛背上，那样子简直是无法想象。在这种情况下，薛嵩还会不会上山征讨苗人还是一个谜。所幸出现了一个奇迹：这个畜生自己出现在大路上，而且基本上还像匹马，不像牛。于是它就被逮住，套上了缰绳。现在薛嵩松了一口气，拿眼光去搜索那个老妓女。假如他今天不能出征，就不能不办那老妓女玩忽职守，没有养护军械的罪。按照军纪，这就不但要打那老妓女四十军棍，还要用箭扎穿她的耳朵，押着她游营。薛嵩很不想这样办这个女人——这是因为，他曾在这女人面前长大成人。以前我写过薛嵩是在红线面前长大成人，但现在薛嵩和红线打翻了，他就不承认有这回事。好在薛嵩已经长大成人，过程也就无关紧要。

如前所述，这个老妓女想要在凤凰寨里做一番事业，在她的事业里，薛嵩有很重要的地位，但这毕竟是她的事业，不是薛嵩的事业。所以她就没有好好保管薛嵩的武装，假如他再迟一段时间来要，这些东西通通要报废。虽然有种种不愉快，但结果还算好。薛嵩终于穿戴整齐，骑上了他那匹捣蛋的马（它很不想让薛嵩骑上），这时他的兵也武装了起来，但武装得不十分彻底——兵器多数人是有的，穿甲的人却很少，把甲穿全了的一个也没有，因为天气实在热——就这样到了出征的时刻。不言而喻，到山上去征讨苗人，才是真正难办的事情。苗人勇武善战，人数又多，但薛嵩觉得自己可以打胜——看来红线惯出的毛病可真不小啊。

随着薛嵩的口令，那些兵站起队来，队形像一条蚯蚓。因为盔甲里太热，薛嵩无心把队伍整理好，想早点走——真要去整也未必整得动。那个年老的妓女浓妆艳抹，站在马前，用扇子遮脸，拖着长声吟道：早早得胜归来。这既不是军规，也不是礼仪，而是营妓的传统。薛嵩很感动，同时把戴着头盔的头转到年轻的营妓所居的房子，看到她在门廊上，倚着柱子站着，什么都没有穿，也没戴假发，既裸露着整个身体，又裸露着娃娃式的头，表情专注。发现薛嵩在看她，她就挺直了身子，朝他飞了一吻。薛嵩不懂她是什么意思，或者因为他已准备出征，不便懂得，所以装作不懂。这种表示远不能令人振奋。后来他们就出发了。

当这队人马从寨子中间通过时，有一粒石头子打在薛嵩的头盔上。他朝石头来的方向转过头去，看到红线站在路边。她做着一个奇怪的姿势：右手横擎着一把长刀，刀口朝外；左手掌向下按着，正好在自己阴毛的高度上；与此同时，她横向跳动着，嘴里“嘟嘟”地叫。这是苗族人挑战的姿势——如果你是个苗族人，见到这个姿势不上前应战，就是承认失败——但薛嵩不知道这些，他径直走开了。红线也不知道薛嵩不知道这些，她收起了长刀回家去。她甚至还觉得薛嵩很大度，有点感动了。

2

看来，我的故事写了很多年还没有写完，我找来找去，找到的都是开始，并无结束。我猜是因为有很多谜一样的细节困惑着我。比方说，这个故事为什么要发生在亚热带的红土山坡上。那里有一种强迫人赤身裸体的酷暑，红土也有一种令人触目惊心的颜色。这是一种跨越时空的诱惑，使我想要脱掉衣服，混迹于这团暑热之中。但真的混迹其中，我又会怀疑是否真的有好感觉。我虽然瘦，但也很怕热。还有红线，她的皮肤是古铜色或者是橄榄色的。当她待在凤凰寨的绿荫里时，就和背景混为一体。因为这个缘故，她在脖子上系了一条红丝带。我很喜欢这女孩，但我也怕人拿刀砍我，所以假如她对我嘟嘟叫，我马上就缴械投降。还有那个小妓女，她的眼睛很大，虽然是长脸，但有一个浑圆的下巴，站在一个男人面前时，不会用手掌去抚摸他的胸膛，却会用手背去触他；但面对勃起的男性生殖器时，却毫不犹豫地伸手去拿。我也喜欢她。我决不会打她。还有内心阴暗的老妓女，时而暴躁、时而压抑的薛嵩——这两个人我一点都不喜欢，尤其是后者。要是我，就决不把他们写成这样。你大概从这个故事里看出了一点推理小说的痕迹。这种小说总有一个谜，而这个谜就是我自己。这个故事会把我带到一个地方，但我还不知道那是哪里。

在我的故事里，薛嵩出发去打苗寨，出了寨子，他发现身后跟了几十个人，他可没指望会来这么多，所以他很是感动，觉得这些兵还不坏。当然，这些兵不像他那样武装整齐，谁也没穿铠甲，有些人拿了藤牌，有些人拿了根棍子，有人拿了把长刀，还有人什么都没有拿。他们的队伍在路上哩哩啦啦拖了很长，根本就不像要打仗的样子。薛嵩问那个赤手空拳的人为什么空着手，那人笑了一声，答道：空着手逃起来快些。这种答案能把任何统帅气死，但薛嵩对这种事已经习惯了，一点都不生气。他还说：带什么无关紧要，来了就好。但他可没想到这些兵都在背地里合计好了，只要苗人一出来应战，就把薛嵩押到前面和苗人拼命。等到苗人把薛嵩杀死，他们马上就和苗人讲和——这件事并不困难，他们和苗人是姻亲嘛。此后这寨子就是他们的了。从这个情况看来，薛嵩不大可能从山上活着回来。但事有凑巧，出了寨子不过五里地，他就从马上一头栽了下来。这原因很简单——中了暑。当时气温有四十度，穿上好几重铁皮，跑到太阳下去晒，不可能不中暑。这就打破了雇佣兵们的计划，他们只好把他扶在马上驮了回来。在此之前，他们也合计了好久，讨论要不要把薛嵩丢在那里，结论是：不把他弄回来不好交代——当然是不好向红线交代。红线是酋长的女儿，最好别得罪。他们把晕倒的薛嵩载回家里，扔到竹楼门口，喊了红线一声，就分头回家去了。现在薛嵩和红线在一起，整个故事当然就按红线的线索来进行了。

如前所述，红线一听说薛嵩嘴里说出“苗子”，就和他翻了脸，用刀来劈他，而且还舞着刀追赶薛嵩，但是追到院门口，看到有些柴火没有劈好，就劈起柴来。劈了一会儿柴，又想起薛嵩要去打她的寨子，就赶出来向他挑战，见他不应，又回家去劈柴。就这样往返奔走着。这说明她年纪虽小，但还是个居家过日子的人，心里是有活儿的，还说明她没把薛嵩和他那几个兵看在眼里——苗寨里人很多，而且人人都能打仗，他们去了以后，很快就都会被打翻在地。我们说过，红线是酋长的女儿，地位尊贵。她觉得因为她，也没人敢杀薛嵩，就是揍他也会有分寸；所以她既不为苗寨，也不为薛嵩操心，她可没想到薛嵩会在路上中暑。

3

家里有一件事，薛嵩和红线都没有想到：早上向薛嵩行刺的刺客并没有跑掉，他就躲在附近的树丛里，等到家里没有人了，他就溜了出来，打算潜进竹楼，找个地方藏起来，以便再次行刺。但刺客也有没想到的事，就是后园里木瓜树上的马蜂窝。那些马蜂早上就发现园里进来了生人，但因为露水打湿了翅膀飞不起来，就没有管这件事。到了将近正午时分，它们的翅膀早就干了，此人又从木瓜树下经过，那些有刺的昆虫就一哄而起，把他团团围住。那位刺客想到了跳进水塘去躲避，水塘又近在咫尺，但已经来不及了，这种亚热带的野蜂螫人实在厉害。总之，红线回家时，看到野蜂在飞舞，木瓜树下倒了一个人，已经休克了。从他携带的利刃来看，正是早上那位刺客。红线就取来薛嵩吊龟头的就便器材，把他捆了起来，然后把他拖到竹楼底下，用芭蕉叶子把他遮住，不让马蜂再螫他。然后她跑上竹楼，给自己弄了点饭吃，又跑下来，撩起芭蕉叶子，看那个昏倒的人。那人没有要醒的意思，只是像水发的海参那样在胀大。红线觉得这是个好现象，人被螫以后，长久的晕迷不是件坏事。倘若立刻醒来，倒可能是回光返照。当然，他也可能醒过来，但装作没有醒，在想逃走的主意。这也不成问题。因为他被螫得很重，已经跑不了啦。红线看清了这一点，又爬上竹楼去玩羊拐，但马上又跑回来，撩开芭蕉叶子，跨在那男人身上，用热辣辣的尿浇他，并且说“大叔，你别见怪，尿可以治虫伤啊”。这句话用汉语和苗语说了两遍，让他一定可以听懂。然后她把此人盖好，又回楼上去玩。过一会儿她又回来，呵斥那些飞舞的马蜂说：去！去！回窝里去！又过了一会儿，因为天气热，浇上去的尿很快发了酵，刺客身上骚味很大，马蜂都被熏跑了。看到这个情景，红线又放了心，回到竹楼上，但一会儿又要跑下来……总而言之，红线心情激动，一刻也不能安宁。她当然是盼着薛嵩早点回来，看看这个刺客。显而易见，刺客不是苗族人，而是汉族人，有眼睛的都能看见，此人身上的文身是画出来的。她觉得这可以使薛嵩消除对苗人的偏见——她当然不能体会薛嵩要教化她和她的同族的好心。

最后，薛嵩终于回来了。但他人事不知，从甲缝里流着馊汤，像一只漏了的醋桶，直到卸去衣甲，身上被泼了好几桶水，才醒过来。在醒来之前，薛嵩身上起了无数鲜红色的小颗粒，是痱子。因为他的样子很是狼狈，那些士兵帮了几把手就都溜了，把他交给红线去弄——主要是怕他醒来恼羞成怒，找他们的毛病。红线把他弄醒以后，又用腌菜的酸水灌他，灌过以后，在屋里来回跑动，坐卧不安，终于引起了薛嵩的注意。他支起身子来说：你怎么了？幸灾乐祸吗？红线说：你这样想也可以。就领他下楼去，请他看那个芭蕉叶遮着的人。虽然他肿得像一匹河马，但薛嵩还能认出就是早上那位刺客。这使薛嵩也很是兴奋，这是因为在战场上俘获了敌方将士，除了劝其投降，就只能砍头示众。出于对军人这一职业的敬重，绝不能滥用刑法。但对于潜入己方营寨的奸细、刺客，就不受这种限制。所以这个人是个难得的机会，可以用酷刑来拷问。不管是在战场上还是营寨里，薛嵩都没俘获过敌人，这是第一回。说实在的，这个敌人也不是他俘获的，但他把这件事忘了。薛嵩从芭蕉树上扯下一片叶子，让红线以竹签为笔，口授了一个清单，都是准备对此奸细施用的刑罚：

一、用皮绳把他仔细地反绑起来，同时鞭打起码一百下；

二、用竹签刺他的手心和足心、肘关节和膝关节内侧，各扎一百下，每一下都以见血为度，然后敷上辣椒和盐的混合物；

三、用打结的线把他的整个屁股和嘴巴都缝起来，并把他的包皮牢牢地缝在龟头上……

那个刺客听着听着，猛地翻了一个身，说道：不要折磨爷爷！我招供了。红线听了，觉得不过瘾，就劝他道：大叔，你这样很没有意思。别招供嘛。但他不肯听，执意要招供。红线对此很不满，后来她和那位小妓女聊天时说：你们汉族人真没劲。在杀掉那个刺客时，她和这位小妓女都在圈外看着。人是她逮来的，杀人时却不让她插手，这让她很不满意。

她还说，在苗族人那里，假如有人去刺杀首领，失手被擒，为了表示对勇士的敬意，就要给他安排一场虐杀。所有的刺客被擒后，最关心的就是这个。倘若得到一种万刃穿身的死法，就会感到很幸福，要是一刀杀掉，死都没意思。照她看来，薛嵩所列的单子，不过是刚刚开始有点意思，那刺客就支持不住了。她这样地攻击汉族人，那个小妓女还是无动于衷，仿佛她不是汉族人。红线说起这件事，两眼瞪得圆滚滚，看上去虎头虎脑，这女孩觉得她很有趣，就伸手去搂她——妓女都有点同性恋倾向。出于礼貌，红线让她抱了一会儿，然后从她腋下挣脱了——写来写去，写出了女同性恋，我还不知道自己是这么爱赶时髦。

4

如前所述，这个刺客还有可能是个亮丽的女人。在薛嵩去征讨苗寨时，她又潜入薛嵩的竹楼，被红线逮住了。因此而发生的一切就很不同。等到薛嵩醒来之后，红线请他下楼去，就看到这名女刺客站在院子里，面朝着树篱，背朝着薛嵩，浑身上下毫发未损，只是双手被一根竹篾条拴住了。这回是红线向薛嵩建议用酷刑逼供，但他只顾呆呆地看着这个女人的背影。红线见他心不在焉，就用指甲去抓他，在他背后抓出了很多血道子。等到红线抓累了，停下手来时，他却转过身来说：你抓我干吗？

后来，那个女刺客侧过头来说：还是把我杀掉吧——声音异常柔和浑厚。薛嵩愣了一下，然后说：好吧，请跟我来。他转身朝外走去，那个女刺客跟在后面，头发垂在肩膀的一侧。她比红线要高，也要丰满一些，而且像雪一样白，因此是个女人，而不是女孩。在这个行列的最后走着红线，手里拿了一把无鞘的长刀，追赶着那女人的脚步，告诉她说：行刺失手者死，这是天经地义的事。而那个女人轻声答道：我知道。她的态度几乎可以说是温柔的。红线又说，你既然来行刺，还是受些酷刑再死的好。那女人就微笑不答了。他们走到了寨子的中心，薛嵩转过身来站定，而那女刺客继续向他走去，几乎要站到他的怀里。薛嵩把双手放在她的肩上，状似拥抱，但是把她轻轻往下按。于是那女人就跪了下来，在地上把腿叉开了一些，这样重心就比较稳定。在这种姿势下，薛嵩用就便器材吊起的东西就正对着她的脸，使她不禁轻声嗤笑了一声，然后马上恢复了镇定。此时天光暗淡，那女人白皙的身体在黑暗里，好像在发散着白色的荧光。于是薛嵩俯下身去，在她脑后搜索，终于把所有的头发都拢了起来，在手中握成一束，就这样提起她的头说：准备好了吗？那女人闭上了眼睛。于是薛嵩把她的头向前引去，与此同时，红线一刀砍掉了她的脑袋。这时，薛嵩急忙闪开她倒下来的身体和喷出的血。他把头提了起来，转向阴暗的天光。那女人的头骤然睁开了眼睛，并且对他无声地说道：

谢谢。薛嵩想把这女人的头拿近，凑近自己的嘴唇，但是她闭上眼睛，做出了拒绝的神色；而且红线也在看着。他只好把它提开了。

那个没有头的身体依旧美丽，在好看的乳房下面，还可以看到心在跳动；至于那个没有身体的头，虽然迅速地失去了血色（这主要表现在嘴唇的颜色上），但依旧神采飞扬，脸色也就更加洁白。在这两样东西中间，有一摊血迹。漂亮女人的血很稀，所以飞快地渗进了地里。这就使人感到，这是一桩很大的暴行，残暴的意味昭然若揭。后来，他们把那个身子埋掉了，把污黑的泥土倒在那个洁白的身体上，状似亵渎；这个景象使薛嵩又一次失掉了平常心，变得直撅撅的，红线看了很是气愤。后来，他们把那个人头高高地吊了起来，这个女人就被杀完了。

薛嵩用竹篾绳拴住了她的头发，把绳子抛过了一根树枝，然后就拽绳索。对于那颗人头来说，这是它一生未有的奇妙体验，因为薛嵩每拽一把，她就长高了几尺（它还把自己当个完整的人看待），这个动作如此真实地作用在自己身上，连做爱也不能相比；它微笑了一下，想到：我成了长颈鹿了。只可惜拽了没有几把，它就升到了树端。然后薛嵩把绳子拴在了树上，这件事也做完了。然后就没了下文。我无法抑制自己的失望心情：如此地有头无尾，乱七八糟。这就是我吗？

第三章

一

1

我还在前述的寺院里，时间已经接近正午。天气比上午更热、更湿，天上似乎有一层薄雾，阳光也因此略呈昏黄之色；院里的白皮松把这种颜色的阳光零零碎碎地漏在地面上。有一个身着白色衣裙的女人从寺外急匆匆走进来，走进了阳光的迷彩……她走进我房间里来，带着一点匆忙而来的喘息，极力抑制着自己，也就是说，把喘息闷在身体里……这间房子的墙处处开裂，墙上到处是尘土，但只有一个地方例外，那就是门口。门口边上有人糊了一整张白纸，纸背后干涸的糨糊在墙上刷出了条纹，我以为这种条纹和木纹有点像。这个女人朝我张张嘴，似是想要说什么，但又没有说。她笑了一笑，搬过一张凳子——它四四方方，凳面处处开裂，边上贴了一个标签，上面写着“文物”二字——放到墙边上，然后坐上去，把背倚着墙，跷起了二郎腿。在这种姿势之下，可以看到她膝盖下方的衬裙。她把阳光晒红的脸朝我转了过来，脸上带了一点笑容。就这样呆住不动了。

我记得她到医院里来看过我，只要同病房的人不注意，就来碰碰我的手——这使我浮想联翩。当时我还不知道自己失去了记忆。现在知道了，就不是浮想联翩，而是满怀希望。也许，我们是情人？也许刚刚是女朋友？还有可能刚刚相识，才有一点好感……我真想马上搞清楚，但又想，这件事急不得，等她先做出表示更好一点——理由很简单：我不知道该怎么称呼她。不幸的是，她就这么坐着，脸上带着笑容，直到中午，才站起来说：走吧，去吃饭。我就和她吃饭去了。

走出这座寺院，门前有棵很大的槐树。我想这棵树足有四五百年。槐树后面有一排高大的平房，门边有个牌子，写着：国营粮店。又有一个牌子：平价超市。这就让我犯上了糊涂，不知它到底是“国营粮店”，还是“平价超市”。树下有几张桌子，油漆剥落，桌上有几个玻璃瓶，瓶里放了些油辣子。苍蝇在飞舞……我一面觉得这地方很脏，一面犹犹豫豫地坐了下来，吃了一碗刀削面。我以为她会和我说点什么。但她什么都没说。这就使我很疑惑：难道我们之间的关系就是在一起吃面？

饭后，我回到自己屋子里，她没有跟来。这个女人对我来说是个谜：她是谁？为什么要朝我微笑？那碗刀削面有何寓意？也许，她就是那个小黄？她为什么不给我些提示，让我想起她来？一想到她，我就激动不已……因为她的出现，我把失掉记忆的痛苦全都忘掉了。我焦急地等着她再到我房间里来，但她总是不来。也许，我该去找她——但我又不知到哪里去找。这座寺院里跨院很多，贸然走出去，很可能回不来；再说，我也不爱闻院子里的味儿。我总得有个办法度过焦急，所以就回到薛嵩。但是，如你所知，我已经不大喜欢他了。

如前所述，薛嵩杀了一个刺客。这刺客也可能是个男的，这件事就将循男人的线索来进行，和女人没有什么关系。薛嵩把他押到寨子中心，大喊大叫，招来了他的雇佣兵；然后就升帐问案，所提的问题十分简单：你是什么人，从哪里来，为什么要刺杀本官，等等。那个刺客说，他不记得自己是什么人，从哪里来。他没有刺杀薛嵩。至于薛嵩的耳朵，他说是自己掉下来的。如你所知，这完全不合情理，他还不停地傻笑，假装是个疯子。假如想从他口中得到有用的信息，必须要对他严刑逼供——否则就是说对口相声，这种表演对薛嵩的威信有害。但是那些雇佣兵却对这些回答鼓掌叫好。薛嵩自己也陷入了内心的矛盾之中，他确实很想知道这个刺客是谁派来的，那人为什么要杀他，以后还会不会再派刺客来，等等。但另一方面，他又佩服这刺客的倔强，觉得他是个男子汉大丈夫。对一个男子汉大丈夫，就该让他从容就义，壮烈成仁，折磨人家显得很卑鄙。因为那些雇佣兵在场，薛嵩不得不装点假正经——就这样马马虎虎地把他砍了。要是不升帐问案倒会好些；在自己家里，有红线做帮手，想怎么打就怎么打，不容这小子不说实话。薛嵩已经想到了这些，但后悔已经晚了。

砍头的情形是这样的：那个刺客跪在地上，有一个兵站在他的腿上，按住了他的肩膀，薛嵩站在他对面，手握住他的头发，尽力往上拉，使他的脖子伸长；还有一个兵准备从中间去砍。在砍之前，刺客不停地叫疼，而薛嵩则安慰他道：忍一忍，一会儿就完了。这是薛嵩第一次参加杀人，心情激动，使的劲很大，把那个刺客的脖子拽得像鹅脖子一样长，但是持刀的兵总是不砍。薛嵩问他为什么不下刀子，那人却笑着说道：启禀老爷，你再使点劲就能把他脑袋揪下来，用不着我砍了——这是嘲笑薛嵩在杀人时过于激动。当然，最后那个兵还是砍了一刀，此后薛嵩和那颗人头一起跳了起来，等到落在地上时，已经被溅了一身血。不知为什么，那颗刺客的人头下端拖着长长的食道和气管，像两条尾巴，很不好看。薛嵩要过杀人的刀，帮他修理了一下，还要来水，自己冲洗了一下，也洗掉了人头上的血迹。此时那颗人头脸上露出了微笑，并且无声地说道：谢谢。此后那颗人头就混迹于一群人之中，被大家传递和端详。有人说，被砍下的人头正如剪下来的鲜花，最好把伤口用热蜡封住，或是用火烧一下，这样可以避免腐烂，长久地保持鲜活。那颗人头听到以后皱起眉来，薛嵩也坚决地表示反对。然后他们用绳子拴住它的头发，把它像一面旗子一样在一棵树上升起来，薛嵩率领全体士兵在人头对面立正，对它行举手礼，直到人头升到了最高点才礼毕。此时薛嵩感到很满意，因为他已经杀了一个人，死者的尊严也得到了保证。美中不足的是，薛嵩还是没有得到所需的信息，但是这件事已经无法挽回了。所以，他隐隐地感到这件事进行得太快了。但不是他在控制此事的节奏，是那些雇佣兵在控制此事的节奏，他们哄着快点把刺客杀掉，绝不是为薛嵩的利益着想。薛嵩已经想到了这些，但又想到：这些兵是自己的战友，胡乱猜疑是不对的。所以，他赶紧把这些想法忘掉了。

假如那个刺客是女的，杀她时也会有雇佣兵在场。杀人的地方在寨心的火堆旁，那帮家伙不请自来，躲在黑暗里，怪声怪气地叫着，要对这女人严刑逼供，还提出一些下流、残忍的建议，在此不便转述。那女人很害怕，情不自禁地倚到了薛嵩身上。这是因为薛嵩允诺了结束她的生命，所以薛嵩就是死亡。而死亡是干净的。薛嵩一手搂着她的肩，一手挥动着大铁枪，不让那些家伙靠近。当时红线也在场，手里舞着一把长刀，谁敢从黑暗中走出来，她就砍他一刀。小妓女也在场，她高声尖叫着：大叔！大叔们！你们就积点德吧！老妓女也在场，她躲在屋檐下一声不吭。我比较喜欢这个场景，也喜欢这个薛嵩。然后，薛嵩和红线把这女人杀掉——这正是被杀者的愿望。但不管怎么说，我不喜欢杀人。

2

如前所述，那颗被砍下的人头里隐藏了一个秘密：谁指使她或他杀掉薛嵩。这个秘密薛嵩急于知道。对此我有一个古怪的主意：让薛嵩把那颗脑袋劈开，把脑浆子吃掉，然后凝神思索片刻，也许就能想出是谁要杀他。但是这个主意不可行：假如那脑袋属于亮丽的女人，想必会是种美味，但薛嵩会觉得不忍去吃；假如那脑袋属于威武的男人，薛嵩吃了又会恶心。既然这主意不可行，这个秘密就揭不开了。

按照侦探小说的说法，这秘密要在最后揭开，因为它是全书的基点，很是重要。在我看来，凤凰寨建在一座红土山坡上，是一座由亚热带林薮组成的迷宫，这在这个故事里有更加重要的意义。这座寨子的中央，住了一个浮浪的小妓女，还有一个古板的老妓女。这个小妓女经常待在树上，这是一个防范措施，因为她怕那个老妓女暗算她。随后就可以看出，这种防范是有道理的。至于那个老妓女，她有一个没胎人形似的身体，假如这个身体会被男人看到，她会先用白纸贴住下垂的乳头，再把阴毛刮掉，在私处扑上粉。这样她的身体就像刷过的墙一样白。就是她要杀掉薛嵩，然后还要杀掉小妓女。天黑以后，她从房子里出来，看看树上挂着的人头，啐了它一口，小声骂道：笨蛋！废物！就回到屋里去。又过了一会儿，她再次出来，放飞了一只白鸽，鸽脚上拴了一封信，告诉她的同谋说，第一位刺客已经失败，脑袋吊到树上了，请求再派新的刺客来。她还提醒那些人说：要提防薛嵩后园里的马蜂。如此说来，是老妓女要杀薛嵩。但我怀疑这种说法是不是过分了——我不喜欢让相识的人互相乱杀。入暮时分，一只鸽子在天上扑啦啦地飞，看着就怪可疑。此时红线在附近的河沟里摸黄鳝，看见以后，急忙到岸上拿弩箭，要把它射下来。但是来不及了，鸽子已经飞走了。

在凤凰寨里的沟渠边上，密密麻麻长着一种红色的蓖麻，叶子比蒲叶要大，果实有拳头大，种子有栗子大。剥掉蓖麻子的硬皮，种肉油性很大，但是不能吃，吃了要泻肚子。唯一的用处就是当灯来点。红线剥了很多蓖麻子，用竹签拴成一串，点着以后，照着捉黄鳝，并把捉到的黄鳝用篾条穿成一串。她当然知道，一个寨子里来了刺客，说明寨内有奸细，所以她保持了警惕。她更知道信鸽是奸细和同党联系的手段，所以就想把信鸽射下来，但是晚了一步没有射到。然后她就犹豫起来：是赶回家去，把这件事告诉薛嵩呢，还是接着摸黄鳝。就在这时，她发现自己大腿上有一条蚂蟥在吸血。她把蚂蟥揪了下来，放在火上烧死，然后就只记得一件事：要下水去摸黄鳝。她倒是有点纳闷，自己刚才在犹豫些什么，想来想去没想起来。假如她立刻跑回家告诉薛嵩，薛嵩就能知道，寨子中间住了一个奸细。可以肯定，这奸细就是两个妓女之一。以薛嵩的聪明才智，马上就能找到一种方法，判断出这奸细是谁：那颗刺客的人头高高地挂在天上，肯定看见了是谁放了那只鸽子，可以把它放下来问问，它只要努努嘴，或是闭上一只眼，就能指出谁是奸细。这颗刺客的头也一定喜欢有另一颗人头和自己并排挂着——这样不寂寞。何况假如它不说的话，还可以把它放到火上烤，放到水里去煮。有一些头颇常遭到这样的待遇，所以能够安之若素。但那是猪头，不是人头——人头受不了这种待遇，会招供的。但是红线想去摸黄鳝，把这件事忘掉了。

薛嵩因此错过了逮住奸细的机会。但红线也没有下水去摸黄鳝，她低下头去看自己腿上被蚂蟥叮破的伤口，又发现自己的臀位很高——换句话说，就是腿长。翻过来掉过去看了一会儿之后，她决定去找那个小妓女，表面上是要送几条黄鳝给她，实际上是请她对自己的腿发表些意见。小妓女本不肯说她腿长，但又很喜欢吃黄鳝，就说了违心的话；

然后她们炒鳝鱼片吃。这样一来，红线很晚才回家。那只信鸽则带着情报飞远了。入夜以后，就会有大批的刺客到来。这对薛嵩是件很糟糕的事。但这又要怪薛嵩自己。假如在家里时，他没有忽略红线的两条腿——举例来说，当他倒在地板上要睡觉，红线从他前面走过时，他从底下看到了这双长腿，就该坐起半身，高叫一声：哇！腿很长嘛！红线就会感到幸福。对女孩来说，得到男性的赞誉，肯定是更大的满足——她就不会老往小妓女那里跑，还会把摸到的黄鳝带回家来。但他老端着老爷架子，什么都不肯说。端这个架子的结果是，有大批刺客前来杀他，他还蒙在鼓里。我完全同意作者的意见：这是他自作自受。

3

在我心目中，凤凰寨是一幅巨大的三维图像，一圈圈盘旋着的林木、道路、荒草，都被寨心那个黑洞洞的土场吸引过去了。天黑以后，在这个黑里透灰的大大旋涡里亮起了星星点点的灯光，每一盏灯都非常地孤独——偌大的寨子里根本就没有几户人。等到红线回家时，这些灯火大多熄灭了。薛嵩在灯下做愤怒状，他说红线回来晚了，要用家法来打红线；所谓家法是一根光溜溜的竹板子，他要红线把这根板子拿过来，递到他手上，然后在地板上伏下，让他打自己的屁股。这个要求颇有些古怪之处，假如我是红线，就会觉得薛嵩的心理阴暗。所以红线就大吵大闹，说她今天还抓到了刺客，为什么要挨打。薛嵩沉下脸来说：你不乐意就算了。红线忽然笑了起来，说：谁说我不乐意？她把板子递给薛嵩以后，说道：不准真打啊！就在地板上趴下了。薛嵩原是长安城里一位富家子弟，经常用板子、鞭子、藤棍等敲打婢女、丫环们的手心、屁股或者脊背，这本是他生活中的一种乐趣。但是这些女人在挨打之前总是像杀猪一样地号叫，从没说过“不准真打啊”，虽然薛嵩也没有真打——薛嵩饱读诗书，可不是野蛮人啊。女孩这样说了之后，再敲打这个伏在竹地板上橄榄色的、紧凑的臀部就不再有乐趣——不再是种文化享受。所以，他把那根竹板扔掉了。

现在可以说说薛嵩的竹楼内部是怎样的。这座房子相当地宽敞，而且一览无余，没有屏风，也没有挂着的帘子，只有一片亮晶晶的金竹地板，还有两三个蒲团。薛嵩就坐在其中的一个上面，想着久别了的故乡，还想到有人来刺杀他的事，心情坏得很。此时红线趴在他的脚下，等了好久不见动静，就说：启禀老爷，小奴家罪该万死，请动家法。就在这时，薛嵩把手里的竹板扔掉，说道：起来说话。红线就爬起来，坐在竹地板上说，那我还是不是罪该万死了？但薛嵩愁眉苦脸地说：你听着，我觉得心惊肉跳，感觉很不好。红线就松了一口气说：噢，原来是这样。那就没有我的事了。于是她就地转了一个身，头枕着蒲团，开始打瞌睡，还睡意惺忪地说了一句：什么时候想动家法就再叫我啊。这个女孩睡着以后有一点声音，但还不能叫作鼾声。

午夜时分，红线被薛嵩推醒，听见他说：小贱人！醒醒，小贱人！她半睡半醒地答道：谁是小贱人？薛嵩说：你啊！你是小贱人。红线就说：妈的，原来我是小贱人。你要干什么？薛嵩答道：老爷我要和你敦伦。红线迷迷糊糊地说：妈的，什么叫作敦伦？这时她已经完全醒了，就翻身爬起，说道：明白了。回老爷，小奴家真的罪该万死——这回我说对了吧。由此可见，薛嵩常给红线讲的那些男尊女卑的大道理，她都理解到性的方面去了。我也不知怎么理解更对，但薛嵩总觉得那个老娼妇说话更为得体。在这种时刻，那个老女人总是从容答道：老爷是天，奴是地。于是薛嵩就和她共享云雨之欢，心里想着阴阳调和的大道理，感觉甚是庄严肃穆。红线在躺下之前，还去抓了一大把瓜子来。那种瓜子是用蛇胆和甘草炮制的，吃起来甜里透苦。她一边嗑，一边说，既然干好事，就不妨多干一些：既“罪该万死”，又嗑瓜子。你要不要也吃一点？薛嵩被这种鬼话气昏了头，不知怎样回答。

我又涉入了老妓女的线索，现在只好按这个线索进行。夜里，老妓女迎来了所雇的刺客。那是一批精壮大汉，赤裸着身体，有几个臀部很美。她叫他们去把小妓女抓来，马上就抓到了。他们把小妓女绑了起来，嘴里塞上了臭袜子。她让他们去杀薛嵩，他们就把刀擦亮。那间小小的房间里有好几十把明晃晃的刀，好像又点亮了十几支蜡烛。用这些人可以做她的事业。为此要杀掉那个小妓女，而她就躺在她身边，被绑得紧紧的，下巴上拖着半截袜子，像牛舌头一样。于是那个老娼妇想道：今天夜里，一切都能如愿以偿。这是多么美好啊！

午夜时分，凤凰寨里有两个女孩受到罪该万死的待遇，她们是红线和小妓女。实施者分别是薛嵩和老妓女。但老妓女是当真的，薛嵩却不当真。我基本同意作者的意见：不把这件事当真，说明薛嵩是个好人。但不做这件事，或者在做这件事时，不说红线罪该万死，他就更是好人了。

午夜时分，那个老娼妓送走了刺客们，就在门外用黄泥炉子烧水、沏茶，准备在他们凯旋时用茶水招待。她还有件小事要麻烦他们，就是把那个小妓女杀掉。这件事她现在自己就能干，但是她觉得别人逮来的人，还是由别人来杀的好。水开了以后，她沏好了茶，放在漆盘里，把它端到屋子里。如前所述，那个女孩被捆倒在这间房子里，嘴里塞了一只臭袜子。那个老娼妇站了很久，终于下定了决心，俯下身来，把茶水放在地板上，然后取下了女孩嘴上的臭袜子，搂住她的肩，把她扶了起来。那女孩在地板上跪着，好像一条美人鱼，表情木讷，两只乳房紧紧地并在一起，乳头附近起了很多小米粒一样的疙瘩，这说明她既紧张，又害怕。老娼妇在漆碗里盛了一点茶水，递到女孩嘴边轻轻地说：喝点水。女孩没有反应。那个老娼妇就把浅碗的边插到她嘴唇之间，碰碰她的牙，又说：喝点水。这回带了一点命令的口气。那女孩俯下头去，把碗里的水都喝干，然后就哭了起来。她手里还攥着一条麻纱手绢，本该在这种时候派用场，但因为被绑着，也用不上。于是她的胸部很快就被泪水完全打湿。过了一会儿，她朝老娼妇转过头来，这使那老女人有点紧张，攥紧了那只臭袜子，随时准备塞到对方嘴里去——她怕她会骂她，或者啐她一口。但是那女孩没有这样做。她只是问道：你要拿我怎么办？杀了我吗？这老娼妇饱经沧桑，心像铁一样硬。她耸了一下肩说：我不得不这么办——很遗憾。那个女孩又哭了一会儿，就躺下去，说道：塞上吧。就张开嘴，让老娼妇把袜子塞进去；她的乳房朝两边涣散着，鸡皮疙瘩也没有了。现在她不再有疑问，也就不再有恐惧，躺在地上，含着臭袜子，准备死了。

而那个老娼妇在她身边盘腿坐下，等待着进一步的消息。后来，薛嵩家的方向起了一把冲天大火，把纸拉门都映得通红。老娼妇跪了起来，激动地握紧了双拳。随着呼吸，鼻子里发出响亮的声音，好像在吹洋铁喇叭。后来，这个老娼妇掀开了一块地板，从里面拿出一把青铜匕首，那个东西做工精巧，把手上镌了一条蛇。她把这东西握在手里，手心感觉凉飕飕，心里很激动，好像感觉到多年不见的性高潮。她常拿着这把匕首，在夜里潜进隔壁的房子去杀小妓女，但因为她在树上睡觉，而那个老女人又爬不上去，所以总是杀不到。现在她握紧匕首，浮想联翩。而那个女孩则侧过头来，看她的样子。那个老娼妇赤裸着上身，乳房好像两个长把茄子。时间仿佛是停住了。

在薛嵩家的竹楼里，红线在和薛嵩做爱。她像一匹仰卧着的马，也就是说，把四肢都举了起来，拥住薛嵩，兴高采烈，就在这一瞬间，忽然把表情在脸上凝住，侧耳到地板上去听。薛嵩也凝神去听，白天被人砍了一刀，傻子才会没有警惕性，但除了耳朵里的血管跳动，什么也没有听见。他知道红线的耳朵比他好——用他自己的话来说：该小贱人口不读圣贤书，所以口齿清楚。耳不闻圣人言，所以听得甚远。目不识丁，所以能看到三里路外的蚊子屁股。结论当然是：中华士人不能和蛮夷之人比耳聪目明，所以有时要求教于蛮夷之人。薛嵩说：有动静吗？红线说：不要紧，还远。但薛嵩还是不放心，开始变得软塌塌的。红线又说：启禀老爷，天下太平；这都是老爷治理之功，小贱人佩服得紧！听了这样的赞誉，薛嵩精神抖擞，又变得很硬……

4

红线很想像那个亮丽的女人一样生活一次，被反拴着双手，立在院子里，肩上笼罩着白色的雾气。此时马蜂在身边飞舞，嗡嗡声就如尖利的针，在洁白的皮肤上一次次划过。因为时间过得很慢，她只好低下头去，凝视自己形状完美无缺的乳房。因为园里的花，她身体上曲线凸起之处总带有一抹紫色；在曲线凹下之处则反射出惨白的光。后来，她就被带出去杀掉——这是这种生活的不利之处。在被杀的时候，薛嵩握住了那一大把丝一样的头发往前引，她自己则往后坐，红线居中砍去。在苗寨里，红线常替别人分牛肉，两个人各持牛肉的一端，把它拉长，红线居中砍去。假如牛肉里没有骨头，它就韧韧地分成两下。这种感觉在刀把上可以体验到，但在自己的脖子上体验到，就一定更为有趣。然后就会身首异处，这种感觉也异常奇妙。按照红线的想象，这女人的血应该是淡紫色的，散发着藤萝花的香气。然后，她就像一盏晃来晃去的探照灯，被薛嵩提在手里。红线的确是非常地爱薛嵩，否则不会想到这些。她还想像一颗砍掉的人头那样，被安放在薛嵩赤裸的胸膛上。这时薛嵩的心，热烘烘地就在被砍断的脖端跳动，带来了巨大的轰鸣声。此时，她会嫣然一笑，无声地告诉他说：嗓子痒痒，简直要笑出来。但是，她喜欢嗓子痒痒。此时寨子里很安静——这就是说，红线的听觉好像留在了很远的地方。

而那个老妓女，则在一次次地把小妓女杀死。但是每一次她自己都没有动手。起初，她想让那些刺客把这女孩拖出去一刀砍掉。后来她又觉得这样太残忍。她决定请那些刺客在地上挖一个坑，把那个小妓女头朝下地栽进去，然后填上土，但不把她全部埋起来，这样也太残忍。要把她的脚留在地面上。这个女孩的脚很小，也很白，只是后脚跟上有一点红，是自己踩的，留在地面上，像两株马蹄莲。老妓女决定每天早上都要去看看那双脚，用竹签子在她脚心搔上一搔。直到有一天，足趾不动了，那就是她死掉了。此时就可以把她完全埋起来，堆出一个坟包。老妓女还决定给她立一个墓碑，并且时常祭奠。这是因为她们曾萍水相逢，在一座寨子里共事，有这样一种社会关系。那个老妓女正想告诉她这个消息，忽然又有了更好的主意。如前所述，这位老太太有座不错的园子，她又喜欢园艺；所以她就决定剖开一棵软木树，取出树芯，把那个女孩填进去，在树皮上挖出一个圆形的洞，套住她的脖子，然后把树皮合上，用泥土封住切口。根据她对这种树的了解，不出三天，这棵树就能完全长好。以后这个人树嫁接的怪物就可以活下去：起初，在树皮上有个女孩的脸，后来这张脸就逐渐消失在树皮里；但整棵树会发生一些变化，树皮逐渐变得光滑，树干也逐渐带上了少女的风姿。将来男人走到这棵树前，也能够辨认出哪里是圆润的乳房，哪里是纤细的腰肢。也许他兴之所至，抚摸树干，这棵树的每一片叶子都会为之战栗，树枝也为之骚动。但是她说不出话，也不能和男人做爱，只能够体味男人的爱抚带来的战栗。

作为一个老娼妓，她认为像这样的女人树不妨再多一些。因为她们没有任何害处，假如缺少燃料，还可以砍了当柴烧。除了这个小妓女，这寨子里的女人还不少（她指的是大家的苗族妻子），所以绝不会缺少嫁接的材料。总而言之，这个老女人自以为想出了一种处置年轻女人的绝妙方法，所以她取下了小妓女嘴上的袜子，把它放到一边，告诉她这些，以为对方必定会欢欣鼓舞，迫不及待地要投身于树干之中。但那个小妓女发了一会儿愣，然后断然答道：你快杀了我！说完侧过头去，叼起那只臭袜子，把它衔在嘴里——片刻之后，又把它吐了出来，补充说道：怎么杀都可以。然后，她又咬住袜子，把它强行吞掉，直到嘴唇之间只剩了袜子的一角——这就是说，她不准备把它再吐出来了。她就这样怒目圆睁地躺在地板上，准备死掉。老娼妓在她腿上拧了一把，说道：小婊子，你就等着吧。然后到走廊上去，等着刺客们归来，带来薛嵩的首级。而那个小妓女则闭上了眼睛，忘掉了满嘴的臭袜子味，在冥冥中和红线做爱。她很喜欢这小蛮婆橄榄色的身体——不言而喻，她把自己当成了薛嵩。在她们的头顶上，在一团黑暗之中，那颗亮丽的人头在凝视着一切。

按照通俗小说的写法，现在正是写到那小妓女的恰当时机。我们可以提到她姓甚名谁，生在什么地方，如何成长，又是如何来到这个寨子里；她为什么宁愿被头朝下栽在冷冰冰的潮湿的泥土之中，长时间忍受窒息以及得不到任何信息的寂寞——可以想见，在这种情况下，她一定巴不得老娼妇来搔她的脚心，虽然奇痒难熬，但也可因此知道又过了一天——也不愿变成一棵树。在后一种处置之下，她可以享受到新鲜空气、露水，还可以看到日出日落，好处是不言而喻的。一个人自愿放弃显而易见的好处，其中必有些可写的东西。但作者没有这样写。他只是简单地说道：对那小妓女来说，只要不看到老妓女，被倒放进滚油锅里炸都行。

二

1

夜里，薛嵩的竹楼里点着灯，光线从墙壁的缝隙里漏了出去，整座房子变成了一盏灯笼。因为那墙是编成的，所以很像竹帘子。假如帘子外亮，帘子里暗，它就是一道可靠的、不可透视的屏障；假如里面亮，外面暗，就变得完全透明，还有放大的作用。走进他家的院子，就可以看到墙上有大大的身影——乍看起来是一个人，实际上是两个人，分别是卧姿的红线和跪姿的薛嵩——换句话说，整个院子像座电影院。在竹楼的中央有一根柱子，柱上斜插了一串燃烧中的蓖麻籽。对此还可以进一步描写道：雪白的籽肉上拖着宽条的火焰，“噼噼”地爆出火星，火星是一小团爆炸中的火焰，环抱着一个滚烫的油珠。它向地上落去，忽然又熄掉，变成了一小片烟炱，朝上升去了。换句话说，在宁静中又有点火爆的气氛。薛嵩正和红线做爱，与此同时，刺杀他的刺客正从外面走进来。所以，此处说的火爆绝不只是两人之间的事。

后来，红线对薛嵩说：启禀老爷，恐怕你要停一停了。但薛嵩正沉溺在某种气氛之中，不明白她的意思，还傻呵呵地说：贱人！你刚才还说佩服老爷，怎么又不佩服了？后来红线又说：喂！你快起开！薛嵩也不肯起开，反而觉得红线有点不敬。最后红线伸出了手，在薛嵩的胸前猛地一推——这是因为有人蹑手蹑脚地走进了这个电影院，然后又顺着梯子爬进了这个灯笼。红线先从寨里零星的狗叫声里听到了这些人，后从院里马蜂窝上的嗡嗡声里感到了这些人，然后又听到楼梯上的脚步声。最后，她在薛嵩背后的灯影里看到了这个人：乌黑的宽脸膛（可能抹了黑泥），一张血盆大口，手里拿了一把刀，正从下面爬上来。此时她就顾不上什么老爷不老爷，赶紧把薛嵩推开，就地一滚，摸到了一块磨刀石扔了出去，把那个人从楼梯上打了下去。对此薛嵩倒没有什么可惭愧的：女人的听力总比男人要好些，丛林里长大的女孩比都市里长大的男人听力好得更多；后者的耳朵从小就泡在噪声里，简直就是半聋。总的来说，这属动物本能的领域，能力差不是坏事。但是薛嵩还沉溺在刚才的文化气氛里，虽然红线已经停止了拍他的马屁，也无法立刻进入战斗的气氛。就这样，红线在保卫薛嵩，薛嵩却在瞎比画，其状可耻……

薛嵩眼睁睁地看着红线抢了一把长刀，扑到楼口和人交了手，他还没明白过来。而第二个冲上来的刺客看到薛嵩直愣愣地跪在那里，也觉得可笑，刚“嗤”的一声，就被红线在头上砍了一刀，鲜血淋漓地滚了下去。对这件事还有补充的必要：薛嵩跪在那里，向一片虚空做爱，这景象的确不多见，难怪会使人发呆。薛嵩也很想参战，但是找不着打仗的感觉，满心都是做老爷的感觉。这就如他念书，既已念出了“子曰”，不把一章念完就不能闭嘴。但是，老爷可不是做给男人看的，那个被红线砍伤的刺客滚下楼去，一路滚一路还在傻笑着说：臭比画些什么呀……

但刺客还在不断地冲上来，红线在拦阻他们，虽然地形有利，也觉得寡不敌众。她就放声大叫：老爷！老爷！快来帮把手！薛嵩还是找不到感觉。后来她又喊：都是来杀你的！再不来我也不管了啊！但薛嵩还是挣不出来。直到红线喊：兔崽子！别做老爷梦了！你想死吗！他才明白过来，到处找他的枪，但那枪放在院子里了。于是他大吼了一声，撞破了竹板墙，从二楼上跳了出去，去拿他的铁枪，以便参加战斗。这是个迎战的姿态，但看上去和逃跑没什么两样。

我越来越不喜欢这故事的男主人公——想必你也有同感。因为你是读者，可以把这本书丢开。但我是作者，就有一些困难。我可以认为这不是我写的书，于是我就没有写过书，一点成就都没有——这让我感到难堪。假如我认为自己写了这本书，这个虚伪、做作的薛嵩和我就有说不清楚的关系。现在我搞不清，到底哪一种处境更让我难堪……

在上述叙述之中，有一个谜：为什么红线能马上从做爱的状态进入交战，而薛嵩就不能。对此，我的解释是，在红线看来，做爱和作战是同一类的事，感觉是同样的火爆，适应起来没有困难。薛嵩则是从暧昧的文化气氛进入火爆的战斗气氛，需要一点时间来适应。当然，假如没有红线在场，薛嵩就会被人当场杀掉。马上就会出现一个更大的问题：在顷刻之间，薛嵩会从一个正在做爱的整人变成一颗人头，这样他就必须适应从暧昧到悲惨的转变，恐怕更加困难。但总的来说，人可以适应任何一种气氛。虽然这需要一点时间。

薛嵩从竹楼里撞了出去，跳到园子里，就着塌了墙的房间里透出的灯光，马上就找到了他的铁枪，然后他就被十几个刺客围住了。这些刺客擎着火把，手里拿着飞快的刀子，想要杀他。薛嵩把那根大铁枪舞得呼呼作响，自己也在团团旋转，好像一架就要起飞的直升飞机，那十几个人都近他不得，靠得近的还被他打倒了几个。这样他就暂时得到了安全。但也有一件对他不利的事情：这样耍着一根大铁棍是很累的。这一点那些刺客也看出来了。他们围住了他，却不向他进攻，反而站直了身子说：让他多耍一会儿。并且给他数起了圈数，互相打赌，赌薛嵩还能转几圈。薛嵩还没有累，但感到有点头晕，于是放声大叫道：来人！来人！这是在喊他手下的士兵。但是喊破了嗓子也不来一个人。后来他又喊红线：小贱人！小贱人！但是红线也自顾不暇。她和三条大汉对峙着，如果说她能打得过，未免是神话，但对方想要活捉她，她只要保住自己不被抓住就可以。就是这样，也很困难。所以她就答道：老爷，请你再坚持一下。后来他又指望树上的马蜂窝，就大叫道：马蜂！马蜂！但那些昆虫只是嗡嗡地扇动翅膀，一只也不飞起来。这是因为所有的马蜂，不管是温带的马蜂还是热带的马蜂，都不喜欢在天黑以后起飞螫人，它们都患有夜盲症。这些刺客也知道这一点，所以他们虽然在数量上有很大的优势，还是等到天黑了才进攻，以防被螫到。还有一个指望就是逃走，但薛嵩在团团的旋转中，早已不辨东西南北，所以无法逃走。假如硬要跑的话，很可能掉进水塘里，那就更不好了。那些刺客们一致认为，这小子再转一百圈准会倒，但没有人下注说他能转一百圈以上，这也不是赌了。薛嵩觉得自己要不了一百圈就会倒。他陷入孤立无援的境地，被困住了。

最后薛嵩总算是逃脱了。后来他说，自己经过力战打出了一条血路。但一面这样说，一面偷偷看红线。此种情形说明他知道自己在说谎，事实是红线帮他逃了出来。但红线也不来拆穿他。久而久之，他也相信自己从大群刺客的包围中凭掌中枪杀出了一条血路——这样他就把事实给忘了。所有的刺客都去看薛嵩转圈，没有人注意红线，她就溜掉了。溜到竹楼下面，捡到了一个火把，一把火点着了自家的竹楼，一阵夜风吹来，火头烤到了树上的马蜂窝。马蜂被激怒了，同时院子里亮如白昼，它们也能看见了，就像一阵黄色的旋风，朝闯入者扑去，螯得他们落荒而逃。红线趁势喝住了薛嵩（他还在转圈子），钻水沟逃掉了。这一逃的时机掌握得非常好，因为被烧了窝的马蜂已经不辨敌我，逢人就螯。红线还干了件值得赞美的事，她退出战场时，还带走了薛嵩的弓箭，这就大大增强了他们的力量。现在，在他们手里，有一条铁枪、一口长刀，还有了一张强弓。而且他们藏身的地方谁也找不到。那地方草木茂盛，哪怕派几千人去搜，也照样找不到。更何况刺客先生们已经被螯了一通，根本就不想去找。

2

凤凰寨里林木茂盛，夜里，这地方黑洞洞的。也许，只有大路上可以看到一点星光，所以，这条路就是灰蒙蒙的，有如夜色中的海滩。至于其他地方，好像都笼罩在层层黑雾里。这些黑雾可以是树林，也可以是竹林，还可能是没人的荒草，但在夜里看不出有什么区别。那天夜里，有一瞬间与众不同，因为薛嵩的竹楼着了火。作为燃料，那座竹楼很干燥，又是枝枝杈杈地架在空中，所以在十几分钟之内都烧光了，然后就只剩了个木头架子，在夜空里闪烁着红色的炭火。在它熄灭之前，火光把整个寨子全映红了，然后整个寨子又骤然沉没在黑暗之中。这火光使老妓女很是振奋，她在自己的门前点亮了一盏纸灯笼，并且把它挑得甚高，以此来迎接那些刺客。而那些刺客来到时，有半数左右脸都肿着，除此之外，他们的表情也不大轻松。这就使那老女人问道：杀掉了吗？对方答道：杀个屁，差点把我们都螯死！她又问：薛嵩呢？对方答道：谁知道。谁知道薛嵩。谁知道谁叫薛嵩。那个老女人说：我是付了钱的，叫你们杀掉薛嵩。对方则说：那我们也挨了螫。这些话很不讲理；刺客们虽然打了败仗，但他们人多势大，还有讲这些话的资格。

那个老女人把嘴瘪了起来，呈鲇鱼之态，准备唠叨一阵，但又发现对方是一大伙人，个个手里拿着刀杖，而且都不是良善之辈，随时准备和她翻脸；所以就变了态度，低声下气地问他们薛嵩到底在哪里。有人说，好像看见他们钻了树棵。于是她说，她愿再出一份钱，请他们把薛嵩搜出来杀掉。于是他们就商量起来。商量的结果是拒绝这个建议，因为这个寨子太大，一年也搜不过来。于是他们转身就走。顺便说一句，这些人为了不招人眼目，全都是苗人装束：披散着头发，赤裸着身体，挎着长刀。当他们转过身去时，就着昏暗的灯光，那个老女人发现，有好几个男人有很美的臀部。对于这些臀部，她心里有了一丝留恋之情。但是那些男人迈开腿就走。假如不是寨里住的那些雇佣兵，他们就会走掉了。

现在我们要谈到的事情叫作忠诚，每个人对此都有不同的理解。当那些刺客在寨子里走动，引起了狗叫，这些雇佣兵就起来了，躲在自家屋檐下面的黑暗里朝路上窥视。等刺客走过之后，又三三五五地串联起来，拿着武器，鬼鬼祟祟地跟在后面，但为了怕刺客看见引起误会，这些家伙小心翼翼地走在路边的水沟里。如前所述，薛嵩在受刺客围攻时，曾经大叫“来人”，那些兵倒是听到了。他们出来是看出了什么事，手里都拿了武器，只是要防个万一，所以谁也不去救薛嵩。相反，倒盼着他被刺客杀死。红线放火，马蜂把刺客螯走，他们都看到了，但都一声不吭。薛嵩他们不怕，但不想招惹红线。然后这些刺客到寨中间去找那个老妓女，他们也跟在后面，始终一声不吭。等到这些刺客要走时，他们才从路边的浅沟里爬出来，把路截住，表现出雇佣兵的忠诚。这种忠诚总是要使人大吃一惊。

如前所述，雇佣兵的忠诚曾使薛嵩震惊。当他上山去打苗寨时，后面跟了几十个兵，他觉得太多了，多得让他不好意思。现在这种忠诚又使那个老妓女吃了一惊，她原以为在盘算刺杀薛嵩时，可以不把雇佣兵考虑在内的，现在觉得自己错了。当然，最吃惊的是那些刺客，雇佣兵来了黑压压的一片，总共有好几百人，手里还拿了明晃晃的刀，这使刺客们觉得脖子后面有点发凉，不由自主地往后退。薛嵩不在这里，要是在这里，必然要跳出去大叫：你们怎么才来？噢，说错了。来了就好。假如事情是这样，薛嵩马上就需要适应悲惨的气氛，因为这些雇佣兵站了出来，可不一定是站在他这一方。总而言之，那些刺客见到他们人多，就很害怕，就想找别的路走。这寨子里路很多，有人行的路、牛行的路、猪崽子行的路。不管他们走哪条路，最后总是发现被雇佣兵们截在了前头。好像这寨子里不是只有一百来个雇佣兵，而是有成千上万个雇佣兵，到处都布满了。

最后，这些刺客也发现了这一事实：雇佣兵比他们熟悉这个地方。于是，刺客群里站出一个人（他就是刺客的头子），审慎地向拦路的雇佣兵发问道：好啦，哥们儿。你们要干什么？对方一声不吭。他只好继续说道：我知道你们人多路熟……这句话刚出口，马上就被对方截断道：知道这个就好。别的不必说了。他们就这样拦住了外来的刺客，不让他们走。至于他们要做些什么，没有人能够知道。好在这一夜还没有过完，天上还有星星。

3

我的故事又到了重新开始的时刻，面对着一件不愿想到的事，那就是黎明。薛嵩和红线坐在凤凰寨深处的树丛里，这时候黎明就来到了。红线是个孩子，折腾了一夜，困得要命，就睡着了，在黎明前的寒冷之中，她往薛嵩怀里钻来。黎明前的寒冷是一层淡蓝色稀薄的雾。薛嵩有时也喜欢抱住红线，但那是在夜里，现在是黎明，在淡蓝色的黎明里，他觉得搂搂抱抱的不成个样子。但他想到红线又困又冷，也就无法拒绝红线的拥抱。在睡梦之中，红线感到前面够暖和了，就翻了一个身，躺到了薛嵩怀里。薛嵩此时盘腿坐在地上，背倚着一棵树，旁边放着他的铁枪；而红线则横躺着睡了，这样子叫薛嵩实在开心不起来。假如他也能睡着，那倒会好些。但是蚊子叮得太凶，他睡不着。他只好睁大眼睛，看每一只飞来的蚊子，看它要落在谁的身上。很不幸的是，每个蚊子都绕过了红线，朝他大腿上落过来，这使他满心委屈和愤恨。他不敢把蚊子打死，恐怕会把红线惊醒，就任凭蚊子吸饱了血又飞走。更使他愤恨的是红线睡得并不死，每十分钟必醒来一次，咂着嘴说道：好舒服呀。然后往四下看看，最后盯住薛嵩，含混不清地说：启禀老爷，小奴家罪该万死——你对我真好。然后马上又睡着了。

黎明可能是这样的：红线倒在薛嵩怀里时，周围是一片淡淡的紫色。睡着以后，她那张紧绷绷的小脸松懈下来。然后，淡紫色就消散了。一片透明的浅蓝色融入了一切，也融入红线小小的身体。此时红线觉得有一点冷，就抬起一只手放在自己的乳房上。在天真无邪的人看来，这没有什么。但在薛嵩看来，这景象甚是扎眼。有一个字眼从他心底冒起，就是“淫荡”。后来，一切颜色都褪净了，只剩下灰白色。不知不觉之中，周围已经很亮。熟睡中的红线把双臂朝上伸，好像在伸个懒腰。她在薛嵩的膝上弯成个弧度很大的拱形——这女孩没有生过孩子，也没有干过重活，腰软得很。这个慵懒的姿势使薛嵩失掉了平常心。作为对淫荡的反应，他的把把又长又硬，抵在红线的后腰上。

在不知不觉之中，我把自己当作了红线，在一片淡蓝色之中伸展开身体，躺在又冷又湿的空气里。与此同时，有个热烘烘硬邦邦的东西抵在我的后腰上。这个场景使我感到真切，但又毫无道理。我现在是个男人，而红线是女的。假如说过去某个时刻我曾经是女人，也总是不大对……

三

1

早晨，薛嵩醒来时，看到一片白色的雾。——我的故事又一次地开始了。醒来的时候，薛嵩抱着自己的膝盖，蜷着身体坐在一棵大树下，屁股下面是隆起的树根，耳畔是密密麻麻的鸟鸣声。有一个压低的嗓音说：启禀大老爷，天明了。薛嵩抬头看去，看见一个橄榄色的女孩子倚着树站着，脖子上系了一条红色的丝带，她又把刚才的话重说了一遍。薛嵩不禁问道：谁是大老爷？红线答道：是你。你是大老爷。薛嵩又问道：我是大老爷，你是谁？红线答道：我是小贱人。薛嵩说：原来是这样，全明白了。虽然说是明白了，他还是不明白自己为什么会醒在这里。他也不明白红线为什么老憋不住要笑。这地方四周是密密麻麻的野菊花和茅草，中间只有很小的一片空地，这就是说，他们被灌木紧紧地包围着。后来，红线叫他拿起自己的弓箭，出去看看——她自己当先在前面引路，小心地在草丛里穿行，尽量不发出响声。薛嵩模仿着她的动作，但不知为什么要这样做，也不知要到哪里去；但他紧紧地跟住了红线，他怕前面那个橄榄色的身体消失在深草里。

黎明对我来说，也是个艰涩的时刻。自从我被车撞了以后，早上都要冥思苦索，自以为可以想起些什么，实际上则什么都想不起——这是一种痛苦的强迫症。克制这种毛病的办法就是去想薛嵩。早上起雾时，红线和薛嵩在林子里潜行。红线还不断提醒道：启禀老爷，这里有个坑。或者是：老爷，请您迈大步，草底下是沟啊。所到之处，草木越来越密，地形越来越崎岖，一会儿爬上一道坎，一会儿下到一条沟里。薛嵩觉得这里很陌生，好像到了另一个星球。转了几个弯，薛嵩觉得迷迷糊糊的，头也晕起来了——人迷路后就有这种感觉，而薛嵩此时又何止是迷路。红线忽然站住了脚，拨开草丛。顺着她指的方向看去，里面躺着一条死水牛，已经死得扁扁的了，草从皮破的地方穿了出来。牛头上站了一只翠羽红冠的鸟，脚爪瘦长，有点像鹭鸶。这种鸟大概是很难看到的，薛嵩就说：小贱人，你带我来看鸟吗？红线说不是；然后又捂着嘴笑起来，说道：老爷，您真逗。薛嵩有一点恼怒，小声喝道：什么叫真逗？红线就收起笑容，往后退了半步，福了一福道：是，小贱人罪该万死。然后她继续引路，但是肩头乱抖，好像在狂笑。薛嵩跟着她走去，心里在想：今天早上的事我怎么一点都不懂了？

我说过，薛嵩在一个老娼妇的把握下长大成人，然后就出发去建功立业。这件事他记得很清楚，以后的事就有点不清不楚。比方说，他怎样来到这片红土山坡，又怎样被手下的兵揪下马来大打凿栗，等等。他还影影绰绰记得自己昨天被人砍了一刀，然后就中了暑。夜里又被二十个人围攻，差点死掉了。今天早上又在草丛里醒来，在灌木丛里跋涉，鼻子里吸进了冰冷的雾气，马上就不通气了。这些事和建功立业有什么关系，叫人殊难领会。他也搞不清现在是要去哪里。后来他着了凉，开始打喷嚏。红线就说：请老爷悄声。后来又说，启禀老爷，请不要打喷嚏，别人也有耳朵。最后她干脆转过身来，一把捂住了薛嵩的嘴，对着他的耳朵喝道：兔崽子！打喷嚏时捂着嘴，转过身去！你要害死我们吗？薛嵩觉得眼前这个小贱人真是古怪死了。

早上，那颗挂起来的人头从梦中醒来，骤然发现自己高高跃起在高空，下面是一片白茫茫的雾气。它感到惊恐万状，觉得自己正在落下去。如前所述，它被吊在了树枝上，是掉不下去的。所以它马上又觉得自己从脑后被揪住，悬在空中了。这一瞬间，它觉得整个头皮都在麻酥酥地疼痛。与此同时，它也发现自己自脖子往下是空空荡荡的。一团团的雾气被难以察觉的微风推动，穿过它原来身体的所在，引起强烈的恐惧。醒来时失掉了身体和醒来时失掉了记忆相比，哪种更令人恐惧，我还没有想清楚。总而言之，那颗人头在回忆自己那个亮丽的身体，觉得它是红蓝两色组成的。有一种可能是这样的：这个身体发着浅蓝色的光，只在乳头、指甲等部位留有暗红色的阴影。另一种可能是身体发着粉红色的光，阴影是青紫色。这两种回忆哪种更真实它已经搞不清楚了。

与此同时，那个小妓女也从梦里醒来，发现自己被捆得紧绷绷，嘴里还塞了一条臭袜子，也觉得难以适应。然后她就低下头去，看自己身上那些触目惊心的绳索。总而言之，黎明是个恐怖的时分，除非彻夜未眠，你可能发现自己此时失掉了过去，失掉了身体，或者发现自己像一条跳上了案板等待宰割的鱼。

早上，那个老娼妇坐在木板房的走廊下，身上穿着麻纱褂子。她觉得很困，但又不能去睡，所以就把一把铜夜壶拿了出来，练习往里投石子，那个夜壶也发出叮叮咚咚的声音；同时，她斜眼看那些刺客和雇佣兵在壕沟边上拉锯。她的处境不妙：她请人杀薛嵩，但薛嵩并没有死，所以她已经完全败露了。但她也一点都不着急。虽然她的命运难以预测，但既然已经完全败露，也就不用急了。有一些人很急，他们是被围困的刺客。雇佣兵和刺客在寨中心对峙着。这些兵是一些披头散发、赤身裸体的彪形大汉，站在壕沟边上，挺着胸膛，腆着大肚子，脸上带着蒙娜丽莎似的微笑，双手环抱于胸，把长刀夹在腋下。有一点必须说明，在他们挺出的肚子上，肚脐眼不是凹下去，而是凸出来的。这说明不是脂肪丰厚的肚子，而是惯吃粗食、大肠粗大的肚子。这些人的脑袋又圆又大，都长着络腮胡子。而那些刺客也是同样的一批彪形大汉，退到了壕沟的里面，神情紧张，把刀拿到手里。就这样，黎明在他们头上出现了。开头，最初的阳光在林梢上闪耀，再过一会儿就起雾了。就在起雾时，那些雇佣兵退走了。但他们不是各回各家，而是退到寨外去把守路口；走的时候还说：既然来杀薛嵩，就把薛嵩杀掉，杀不掉别想走。现在这些兵的态度总算是明朗了：他们希望薛嵩死掉，但不肯自己动手去杀。所以，假如有人来杀薛嵩，他们是不管的。那些人杀死了薛嵩退走时，他们也不管。并且仅当那些人没有杀掉薛嵩就想走时，他们才出来挡道。因为有了这些兵，这座寨子成了个捕鼠笼，进来时容易，出去就有点困难了。

2

晨雾正在消散时，那颗挂着的人头看到它的刺客兄弟们在用刀把敲打那个老妓女的头，逼问她薛嵩在哪里。它觉得这件事很怪：她怎么会知道薛嵩在哪里？但它不明白，那些人被困在凤凰寨里，心情很坏，总要找个借口来揍人。如前所述，她把头发剃掉了，秃头缺少保护，一敲一个包。在这种情况下，她很想说出薛嵩在哪里，但说不出来。于是她心生一计，说那小妓女和薛嵩比较要好，肯定知道薛嵩在哪里。对此需要解释一下，这个老妓女就喜欢把一切不愉快的事都推到小妓女身上。这个局面有一定的复杂性：刺客揍老妓女，让她说薛嵩在哪里；老妓女就让他们去揍小妓女，并且说她知道薛嵩在哪里；其实大家都知道，无论是老妓女还是小妓女，都不知道薛嵩在哪里。所以，实际上是刺客想要揍人，所以找上了老妓女。老妓女想不挨揍，就说出了小妓女，根据经验她知道，男人一定对揍后者有更大的兴趣。当然，假如谁也不揍谁，那就更好了。

于是，刺客们回到了屋里，把小妓女抬了出来，拔去她嘴里的臭袜子，恢复了她说话的能力。那女孩先呼吸了几口新鲜空气，然后开始和刺客打招呼：各位大叔，早上好。你们是要活埋我，还是把我填在树心里？因为被捆在了房子里，外面发生的很多事她都不知道。刺客说：都不是的。想请你带我们去找薛嵩。小妓女看到人群里的老娼妓，发现她已头破血流，就笑了起来，朝她努嘴说道：我不知道，她（那个老妓女）才知道。老妓女听见她这样说，很生气，就说道：你怎能这样说话？咱们是邻居呀。那个小妓女则说：噢！我们是邻居！我还不知道呢。又过了一会儿，那些刺客也会意到了这其中的可笑之处，也跟着笑了起来。那个老娼妓在大家的耻笑之中面红耳赤，马上就提议对小妓女用严刑来逼供。她觉得这帮刺客急了只会用刀把子敲人，在这方面没有想象力，就出了一个主意：把那个小妓女倒吊起来，用青蒿烧烟来熏她的口鼻。假如这招不灵，还有别的招数。严刑拷问有两种不同的效果：一种是让意志坚定的人招出真话，还有一种是让意志不坚定的人招出假话。不管得到哪一种结果，她都能满意。刺客的头子听了以后，抹了抹鼻子，说道：很好。你来做这件事。说完他笑了笑，就和手下的人向后退去，围成一个圆，把这两个女人围在里面。过了一会儿，他又催促道：快动手！我们没时间等你！

此时这个老妓女只好动手去搬小妓女，准备把她倒吊起来。搬了两下，发现她很重。假如有滑轮组、钢丝绳、手推车等机械，还有可能做成此事。现在的问题是没有这些东西。老妓女说：哪位大爷来帮把手？但没人理她。只有刺客头子咳嗽了一声说：别磨蹭了，快点动手吧。她又和小妓女商量道：我把你扶起来，你自己跳到树边上，然后我把你吊起来——这样可好？小妓女冷冷地答道：你搞清楚些，是你要熏我，不是我要熏你。我为什么要跳到树边上？难道因为我们是邻居？围观的刺客对她的回答报以哄笑和掌声。现在这个老妓女真正感到了孤立无援，四周都是催促之意。

3

天明时分，凤凰寨里满是冷牛奶般的雾。这种东西有霜雪的颜色，但没有霜雪那样冷。在清晨，雾带来光线——雾里有很多细小的水点，每一粒都发着白光，合起来就是白茫茫的一片。在这白茫茫的一片里，那个老妓女拖着地上一个捆成一束的女孩子，要把她吊到树上去。那地上长满了青苔，相当滑，但那老女人还觉得女孩像是陆地上的一条船，太沉、拖不动。虽然大凉，但空气潮湿，所以那老妓女汗下如雨，像狗一样喘了起来。在吊在树上的人头看来，脚下的空场上虽然留下了一条弯弯扭扭的拖出的痕迹，但这痕迹还不够长，不足以和任何一棵树联系起来。最糟的是那老女人总在改变主意，一会儿想把女孩拖向这棵树，一会儿想把她拖向另一棵树，结果是哪棵也没有拖到，最后她自己也歪歪倒倒地站不直，而且像一座活火山一样呼出很多烟雾。后来，她把女孩撇下，走近刺客头子说：我看不用把她吊起来用烟熏，就放在地上揍一顿也可以。刺客头子想了一想，说道：很好。那个老妓女也觉得很好，就停下来歇口气。过了一会儿，那个刺客头子看到没人动弹，就对老娼妓说：你去揍。那个老妓女也愣了一阵，也很想对那小妓女说你去揍，但又觉得让人家自己揍自己是不合适的。她只好转头去找可以用来揍人的东西，找来找去找不到。最后，她居然跑到了屋侧，用双手在拔一棵箭竹。别人都觉得她有毛病：谁要是能把一棵活竹子从土里拔出来，那他就不是人，而是一个神。最后她总算是想出了办法：她找一个刺客借了一把刀，砍下了一根箭竹，并把枝杈都用刀修掉。这样她手里就有了一根足以揍人的东西。她决定用这根青竹来揍女孩的屁股。她拿着这根竹子走过去时，那个女孩自动地翻滚过来，露出了身体背面的绿泥。因为她总在挨揍，所以有些习惯成自然的举动。

后来，老妓女就动手揍她，一连抽了十下，打得非常之疼。那个老妓女当然还想多打几下，但是她用力过猛，手上抽了筋，只好停下来歇歇气，而那个小妓女则伏在地上，嘴里啃着青苔。就在此时，那伙刺客从她身后走过来，揪住她的耳朵，把她按在地上说：好了，你也该歇歇了。同时把那个小妓女从地上放了起来，解开了她的手臂，把竹子放到她手里，说：好了，现在轮到你了。她接过这根竹子，呆愣愣地看到那群刺客把老妓女捆住，撩起了她的麻纱裙子，露出了屁股，然后那些刺客就退后，并且催促道：快开始吧。小妓女问：快开始干什么？那些人说：快开始打她。小妓女问：我为什么要打她？那些人解释道：她先打了你嘛。于是她欢呼了一声，把那根竹子舞得呼呼作响，并且说道：太好了！现在就能打了吗？那个老妓女被捆倒在地上，听见这种声音，连脊梁带屁股一阵阵地发凉——这是因为她不知道这女孩要打哪里。她在恐惧之中一口咬住了一根裸露在地面上的树根。但是那个女孩子并没有打下来，她停下手来问道：我能打她几下？刺客头子说：她打你几下，你就打她几下。那女孩就说：大叔，你把我的脚解开了吧。捆着腿使不上劲啊。这些话使老妓女一下感到了心脏的重压，这是因为，她可没有习惯挨打呀。

4

黎明时分，薛嵩和红线走到了寨心附近的草丛里。隔着野草，可以看见寨子里发生的一切。早上空气潮，声音传得远，所以又能听见一切对话。所以，他们对寨子里发生的一切都清楚了。红线说：启禀老爷，该动手了。薛嵩糊里糊涂地问：谁是老爷？动什么手？红线无心和他扯淡，就拿过了他手上的弓箭，拽了两下，说：兔崽子！用这么重的弓，存心要人拉不动……此时薛嵩有点明白，就把弓箭接了过来。很显然，这种东西是用来射人的。他搭上一支箭，拉弓瞄向站得最近的一个刺客。此时红线在耳畔说道：你可想明白了，这一箭射出去，他们会来追我们——只能射一箭，擒贼擒王，明白吗？薛嵩觉得此事很明白，他就把箭头对准了刺客头子。红线又说：笨蛋！先除内奸！亏你还当节度使哪，连我都不如！他把箭头对准了手下的兵。红线冷冷地说：这么多人，射得过来吗？现在一切都明白了。薛嵩别无选择，只好把箭头对准了老妓女……与此同时，他的心在刺痛……原稿就到这里为止。

我觉得自己对过去的手稿已经心领神会。那个小妓女是个女性的卡夫卡。卡夫卡曾说：每一个障碍都能克服我。那个小妓女也说：这寨子里不管谁犯了错误，都是我挨打。相信你能从这两句话里看出近似之处。薛嵩就是鲁滨逊，红线就是星期五。至于那位老妓女，绝非外国的人物可比，她是个中国土产的大怪物。但她和薛嵩多少有点近似之处，难怪薛嵩要射死她时心会刺痛。手头的稿子没说她是不是被射死了，但我希望她被射死。这整个故事既是《鲁滨逊漂流记》，又是卡夫卡的《变形记》，还有些段落隐隐有福尔斯《石屋藏娇》的意味。只有一点不明白：我为什么要写下这个故事？我既不可能是笛福，又不可能是卡夫卡，更不可能是福尔斯。我和谁都不像。最不像我的，就是那个写下了这些文字的家伙——我到底是谁呢？

5

下午，我一直在读桌上的稿子；这些手稿不像看起来的那样多，因为它不断地重复，周而复始，我渐渐感到疲惫。后来发生了一件很不应该的事情：在丧失记忆的焦虑之中，我竟沉沉睡去；而后，带着满脸的压痕和扭歪的脖子，在桌子上醒来；想到自己要弄清的事很多，可不能睡觉啊——这样想过以后，又睡着了……

傍晚，我推了一辆自行车从万寿寺里出来，跟随着一件白色的衣裙。这件衣裙把我引到一座灰色的楼房面前，下了自行车。它又把我引入三楼的一套房子里。这个房门口有个纸箱子，上面放了一捆葱。这捆葱外面裹着黄色的老皮，里面早就糠掉了，就如老了的茭白，至于它的味道，完全无法恭维，所以它就被放在这里，等着完全干掉、发霉，然后就可以被丢进垃圾堆。我在门口等了很久，才进到屋里，然后那件白连衣裙就挂上了墙壁。她很热烈地拥抱我，说：才出院就跑来了……这让我有点吃惊，不知如何反应——才出了医院就跑来了，这有何不对？好在她自己揭开了谜底：想我了吧。这就是说，她以为我很想她，所以一出了医院就跑到单位去看她。我连忙答道：是啊，是啊。其实我根本就没有想过她。我谁都没想过——都忘记了。她的热烈似乎暗示着谜底，但我不愿把它揭开——然后，在一起吃饭，脱掉最后一件内衣，到卫生间里冲澡。最后，在床上，那件事发生了。就在此时此地，我不得不想了起来，她是我老婆。我是在自己的家里……恐怕我要承认，这使我有点泄气。我跟着她来时，总希望这是一场罗曼史。说实在的，我什么都想到了，就是没想到我已经结了婚……老婆这个字眼实在庸俗。

好在我还记得怎么做爱。其实，也是假装记得。她说了一句：别乱来啊。我就没有乱来。当然，最后的结果我还是满意的——我有家，又有太太，这不是很好嘛。

我对她的身体也深感满意，她的皮肤上洋溢着一种健康的红色。我也欣赏她对性那种不卑不亢的态度。但她若不是我老婆，是个别的什么人的话，那就更好了。我头疼得厉害。这是因为我不管怎么努力，也想不起她的名字来。户口簿上一定有答案，要是我知道它在哪里就好了……这套房子里满满当当塞满了家具，想在这里找到一个小本子也非易事……她温婉而顺从，直到午夜时分。此时她猛地爬了起来，恶狠狠地说道：我要咬你！任何一个男人到了这时，都会感到诧异，并且急于声明自己和食品不是一类东西。但是我没有。我只是坐了起来，诧异地问道：为什么？她很凶暴地说：因为你拿着脑袋往汽车上撞，想让我当寡妇。我想了想，觉得罪名成立——寡妇这个名称太难听了，难怪人家不想当，就转身躺下。如你所知，男人的背比较结实，也比较耐咬。但她推推我的肩膀说，翻过来。我翻过身来，暴露出一切怕咬的部位，在恐惧中紧闭眼睛；但她只是轻轻地咬我的肚子，温柔的发丝拂着侧腹部，还响着带着笑意的鼻息。感觉是相当好的。因为这些事件，我对自己又满意起来了……此事发生以后，她问我：上次玩是什么时候了？我假装回忆了一阵，然后说：记不得了。她说：混账！这种事你都记不得，还记得什么。我坦白道：说老实话，我什么都记不得。她嗤地笑了一声道：又是老一套。你脑袋上有个疤，可别吓唬我。我说，好吧，不吓唬你——我桌上那篇稿子到底是谁写的？如你所知，这是我最想知道的问题——我很希望它是别人写的，因为我对它不满意。但她忽然说：讨厌。我不理你了，睡觉。说着她拉过被单，转过身去睡了。我想了想，觉得我“记不得”了的事目前不宜谈得太多，免得她被吓着。所以，就到此为止吧。

尽管心事重重，我又有点择席，但我还是睡着了。顺便说一句，那天夜里起夜，我在黑暗中碰破了脑袋。这说明我虽能想起自己的老婆，还是想不起自己的房子，很有把握地走着，一头撞在墙上了。失掉记忆这件事，很不容易掩饰，正如撞破了的眼眶也很不容易掩饰。

第四章

一

1

清晨，在床上醒来时，我撩开被单，看到有个身体躺在我的身边——虽然我知道她是我老婆，但因为我什么都不记得，只能把她看作是一个身体。作为一个身体，她十分美丽，躺在微红色的阳光里——这间卧室挂着塑料百叶窗帘，挡得住视线，挡不住阳光，所以这个身体呈玫瑰红色。我怀着虔诚之意朝她俯过身去，把我的嘴唇对准她身体的中线，从喉头开始，直到乳房中间，一路亲近下来，直到耻骨隆起的地方——她的皮肤除了柔顺，还带一种沙沙的感觉，真是好极了。此时我发现这身体已经醒来了。此后我就不能把她看作一个身体。此时我抬起头来，看到她的眼睛，她眼睛里流露出的，与其说是新奇，倒不如说满是惊恐之意。她翻过身去，趴在床单上。我又把嘴唇贴在她的脊梁骨上，从发际直到臀部……她低声说道：不要这样，还得上班呢。语气温柔。再后来，她匆匆地用床单裹起身体，从我视野里逃开了。对那个身体的迷恋马上融进我的记忆里。

早上，我来上班，坐在高高的山墙之下自己的椅子上，重读自己的手稿时，马上看出，在这个故事里，有一个人物是我自身的写照。他当然不是红线，也不是老妓女或者小妓女，所以只能是薛嵩，换言之，薛嵩就是我。我不应该如前面写到的那样心理阴暗。我应该是个快乐的青年，内心压抑、心理阴暗对我绝无好处。所以我的故事必须增加一些线索——既然已经确知这稿子是我写的，我也不必对作者客气——人和自己客气未免太虚伪——可以径直改写。

一切如前所述，晚唐时节，薛嵩在湘西做节度使，在红土山坡上安营扎寨。这座寨子和一座苗寨相邻，在旷野上有如双子星座。有一天，薛嵩出去挑柴，看到了红线，他很喜欢她，决定要抢她为妻。他像我一样，是天生的能工巧匠，也不喜欢草草行事。所以他要打造一座囚车，用牛拉着，一起出发去抢红线，抓住她之后，把她关在车里，拉回寨来。如前所述，凤凰寨里的人都抢苗女为妻，把她们打晕后放在牛背上扛回来。那些男人不过是些小兵，而薛嵩却是节度使；那些女人不过是普通的女人，红线却是酋长的女儿。让她被关在囚车里运进凤凰寨，才符合双方的身份。

我的故事重新开始的时候，薛嵩已经不是个纨绔子弟，成了一位能工巧匠。这就意味着他到湘西来做节度使，只是为了施展他的才华。所以，他先在红土山坡上造好了草木茂盛的寨子，就进一步忙了起来，给每个人造房子，打造家具，而且从中得到极大的乐趣。等到房子和家具都造好以后，他又忙于改良旧有的用具，发明新的用具，建造便利公众的设施。直到有一天，他到外面去担柴，准备烧一批自来水用的陶管子，忽然看到了红线，一切才发生了改变。此后，他就抛下一切工作不做，去建造囚禁红线的囚车——虽然凤凰寨里有很多工作等着他做。

冒着雨季将至时的阵雨，薛嵩带着斧子出发，到山上去伐木做这个囚车。如果用山梨一类的木料，寨子里也有。但他已经决定，这座囚车要用柚木来建造。就我所知，不足三十岁的柚树只是些普通的木料，三十岁以上的柚木才是硬木，可以抛出光泽。高龄的柚木抛光之后，色泽与青铜相仿，但又不像青铜那么冷，正是做囚车的合适材料。薛嵩到山上去，找最粗的柚树下手，斧子只会锛口，一点都砍不进去——这是因为树太老，木料太硬，应该用电锯锯，但薛嵩又没有这种东西；细的柚树虽比较嫩，能够砍动，他又看不上眼。最后他终于伐倒了一棵适中的柚树，用水牛拖回家里，此时他已疲惫不堪，还打了满手的血泡。此后他把树放在院里的棚子里，等待木材干燥。雨季到来时，天气潮湿，木头干得很慢，他就在那座棚子里生起了牛粪火，来驱赶潮气。与此同时，他开始画图，设计那座关红线的囚车……我喜欢这样来写。

今天上午，有一个男人到寺院里来找我。他的额头有点秃，身材有点肥胖，左手的无名指上戴着很宽的金戒指，穿着绿色的西服……他说他是我表弟，在泰国做木材生意。虽然明知无望，我还是回忆了一番；但我想不起有过任何表弟。这说明我远远还没恢复记忆。然后他递给我一张名片，这张名片比扑克牌略厚，是柚木做成的，上面有镌出的绿字：陈某某，某某木材出口公司总经理。这张名片在手里沉甸甸的，带有一点檀香气，嗅起来像一块肥皂。我把它放到鼻子下面嗅着，还是记不起有这样一个表弟。于是他就责备道：表哥，你怎么了，真把什么都忘了？小时候咱俩净在一块玩。我说道，是呀，是呀，但口气却没有什么把握。这个自称是我表弟的人拿出皮夹来，里面有一张相片。这是我们小时的合影——一张五寸的黑白相纸，已经有点发黄了，上面有两个男孩子，这张相片引起了我极大的兴趣。

现在我又取出了那张柚木名片，把它夹在指缝中。它好像一块铁板，但比铁要温柔。正是因为这个缘故，薛嵩决定要用它做成一个囚笼，把红线装在里面，运进凤凰寨。这座笼子相当宽敞，有六尺见方，五尺高，截面是四叶的花朵形；上下两面是厚重的木板，抛光，去角；中间用粗大的圆柱支撑。薛嵩还想在笼子里装上一张凳子——更准确地说，是一块架在空中的木板；在木板上放上一块棕织的坐垫。众所周知，在硬木上可以雕花。薛嵩给囚笼的框子设计了一种花饰，是由葡萄藤叶组成。但他有很久没有见过葡萄，画出的葡萄叶和蓖麻叶相似。这样一座笼子可以体现薛嵩的赤诚，也可以体现他的温柔。用笼子的厚重、坚固体现他的赤诚，用柚木的质地和光泽来体现他的温柔……而红线坐在赤诚和温柔中间，双手和双脚各由一块木枷锁住，显得既孤独，又高傲。整个雨季里，薛嵩都坐在那间新建的草房里，在柚树的旁边，烤着牛粪火画图。从柚树砍断的一端不断地流出绿水，不顾外面降落的雨水，草房里温暖如春。有好几个月就这样过去了。

在我表弟拿出的相片上，两个男孩子都穿着蓝布学生制服。我还有点记得那种衣服，它有一个较小的直领，左胸上有一个暗兜，好处是式样简朴，年轻人穿上后，形象清纯一些，坏处是兜太少。两个孩子都留着平头，其中一个站在画面的中央，脸迎着阳光，一副虎头虎脑的模样，体质比较强壮。另一个站在画面右侧，略微低着头，把阴影留在了脸上。瘦长脸，体质也比较瘦弱。我把手指放在中间那个孩子的下巴上说：啊，原来我小时候是这样的。此时我表弟略呈尴尬之色，说道：表哥，你认错了。中间这个是我。后来，我又仔细看了看右面那个孩子，脸相和我有点近似。但我还是觉得，中央那个才是我。他（或者说，是过去的我）神情专注，好像很固执。他的皮肤也比较黑。在我的想象中，就是这个男孩子躲在雨季的屋顶下，在牛粪火边蜷着赭石色的身体，在画着一幅囚车的图样，想把他爱的女孩装进去。

2

薛嵩决定要抢红线为妻，为此他要做一辆囚车，把红线装在里面运进凤凰寨。他把砍倒的木材焙干，又找人帮忙把木头解成板材——因为木头太硬，这件事可不容易。这时候别人都以为他想要打家具，都劝他别用这样硬的木头，但他不听。他还想做两块枷，分头枷住红线的手和脚。后来他又决定从手枷做起，以此来练习他的木匠手艺。这是因为做手枷用的木料有限，做坏了也不可惜；除此之外，还可以让大块的木板继续干一干。这个东西可以分成两半，也可以借助一些卡榫严丝合缝地合为一体。当然，分成两半时，木板上应该有两个半圆形的槽，合起来时形成两个圆洞，这两个洞的尺寸应该和红线的手腕相吻合。做到这里时，薛嵩就开始冥思苦索，因为他不知道红线手腕的尺寸。后来他觉得不妨实际看一看，就丢下木匠活，出发去找红线。

此时雨季已过，原野上到处是泛滥的痕迹——窄窄的小河沟两边，有很宽的、茵茵的绿草带——再过一些时候，烈日才会使草枯萎，绿色才会向河里收缩。此时草甚至从河岸上低垂下来，把土岸包得像个草包。渠平沟满，但水总算是退回了河里。红线就在小河里摸鱼。她站在水里，双手在河岸下摸索，因为鱼总待在岸边的泥窝里。水面平静，好像是一层油，河也不像在流动。这是因为雨季里落下的水太多，只能慢慢地流走。我总觉得自己在热带的荒野地方待过，否则，这个景象也不会如此逼真地出现在我眼前。这片荒原色彩斑斓，到处是被陆地分割后的静止水面，天上有很多云，太阳也看不见。

薛嵩就在这个景象面前，但他全神贯注地看着红线。看了好半天，只看到一个圆滚滚的小屁股，还看见一个脊背，上面有一串脊梁骨。薛嵩把每一块脊梁骨的位置和形状通通记住了，但他还是不知红线的手腕有多粗。这是因为他站在红线的背后，离得还比较远。而红线则躬下身去，闭着眼睛，双手在淤泥中摸索——这些泥是这个雨季里刚刚淤下来的，还没有变成土，所以细腻到几乎温柔，而且是暖洋洋的。有时候，她的指端遇上一股冷流，那就是淤泥下的一小股泉水。有时候她的指端遇上了一股温暖，那就是摸到了自己的脚趾。有时候手指遇上了蠕动中的黄鳝，因为现在天气暖，再加上是在软泥里，就很难把它捉住——这种东西滑得很。红线期待着手忽然伸到一个空腔里，这里有很多尖刺来刺她的手——这就是她要找的鱼窝。那里面有很多高原上的胡子鲇鱼，密密层层地挤在一起，发现有人把手伸起来，就一齐去啄那只手——其实不啄还好些，这一啄把自己完全暴露。假如发现了这种鱼窝，红线就会不动声色地把手抽回去，做好准备，再把它们一举捉光。我不记得自己什么时候在河沟里摸过鱼，但是这个过程我感到十分亲切。红线全神贯注地做这些事，但也感到有一股冷流，就如一股泉水，阴阴地从背后袭来。作为一个小姑娘，她很知道这是有一个臭男人在打她的主意。所以，后来她只是假装在摸鱼，实际上却在听背后的声音：有无压抑的鼻息、蹑手蹑脚的脚步声。她准备等他走近，然后猛一转身，用膝盖朝他胯下一顶——此后的情景也不难想象：那个男人蹲在水里，翻着白眼，嘴里呕吼呕吼地乱喊一通。说实在的，我很希望薛嵩被红线一膝盖顶在小命根上，疼得七死八活。但是这件事并未发生。

实际发生的事情是这样的：后来，红线站起身来，用手往前顶了顶自己的腰，就转过身来，发现身后空无一人，只是在小河对面老远的地方，薛嵩坐在草地上。她眯起眼来说：噢！是薛嵩！如前所述，此时雨季刚过，天上布满了密密层层的云朵，好像一窝发亮的白羽毛，天地之间也充满了白云反过的光线。红线发现了薛嵩，就涉过了小河，水淋淋地坐在薛嵩身边，告诉他一些鸡毛蒜皮的事情：比方说，现在雨季刚过，不冷不热，是一年里最好的时节。过一些日子，天气要转为湿热。再过一些日子，天气还会转为干热。这是因为她觉得薛嵩是个新来的人，不知道此地的情况，需要她来介绍一番；还因为她对薛嵩有好感。薛嵩一声不吭地听着，猛地一伸手，捉住了她的左手，用一根棉线量了她的手腕；然后又捉住她右手，量了右手的手腕。本来量一个手腕就够了，但薛嵩害怕红线两只手的腕子不一样粗，就多量了一只。假如你是一位能工巧匠，就会知道，小心永远不会是多余的。做好了这两件事，薛嵩满脸通红，起身拔脚就走，对自己的所作所为未加解释。他也觉得自己的行径太过突兀。但不管怎么说，红线手腕的尺寸他已知道了。剩下红线一人坐在草地上，她觉得薛嵩的举动像一个谜。她想了一会儿，没想出他要干什么，就起身下河去，继续摸鱼。据我所知，那一天她找到了好几个鱼窝，不但满载而归，还有几个鱼窝原封未动地留着，只是在岸上做了标记。这种标记是一根竹篾条，上面用她的牙咬过。以后别人在河里摸到了这个鱼窝，看到了岸上有这种标记，就知道这是红线先发现的，是她的财产，就不摸坑里的鱼。而红线原准备第二天来摸这些鱼，但第二天她把这些鱼窝通通忘记了，总也不来摸，这些泥坑里的鱼因而长命百岁，比那些被捉住的鱼幸福得多。据我所知，后者被逮到了篓子里还继续活着，直到红线烧熟了一锅粥，把那些鱼倒进去，才被活生生地烫死了。

据说这种粥很是鲜美，而且是补的。但那些被烫死的鱼不见得会喜欢这样的粥。

等到天气热了起来，红线每天早上到草地上去捉蝗虫，用细竹签把它们穿起来。那些蝗虫被扎穿以后，还在空中猛烈地蹬着腿，嘴里吐出褐色的黏液。每捉到三五串，她就在草地上生一堆火，把蝗虫放上去烤，那些虫子猛蹬了几下腿，就僵住不动了，但它们的复眼还瞪着，直到被火烤爆为止。红线继续烤着蝗虫，直到它们通体焦黄而且吱吱地冒油，就把它们当羊肉串吃掉。蝗虫又香又脆，但这些蝗虫对自己是如何又香又脆这一点，肯定缺少理解。然后这个小女孩就到干涸的水田里去挖黄鳝，挖到以后放到干草里烧。黄鳝在被烤着以后会往地下钻去，但是遇上了一片硬地，变成螺旋状，就被烧死在那里。此后红线把它的尸体拿起来，吹掉上面的灰，然后吃掉。假如她逮住了一条蛇，就把它的皮扒掉，扔到滚开的水里，蛇的身体就在锅里翻翻滚滚。总而言之，她是这片荒原上的一个女凶手。而薛嵩却躲在家里，给这个凶手制造枷锁。

3

知道了红线手腕的尺寸，薛嵩很快把手枷造成了。那东西的形状像一条鲤鱼，不仅有头、有身子、有尾，嘴上还有须。但是它身上有两个洞，这一点与鱼不同。薛嵩以为，红线把它戴在手上时，会欣赏到他的雕刻手艺。他还想把红线的脚也枷住，并且要把足枷做成圆形，像莲花的模样。但他又不知道红线脚腕的尺寸，所以又出发去找红线。这一回他看到红线在对付白蚁，把耳朵贴在蚁冢上听里面的动静。她告诉薛嵩，假如蚁窝里闹哄哄的，就是到了繁殖的时刻。当晚会有无数春情萌动的繁殖蚁飞出来，互相追逐、交配。配好以后落在地上，咬掉翅膀，钻到地下去，就形成一窝新的白蚁。不幸的是，当它们飞出蚁巢时，红线会在外面等着，用一个大纱袋把它们全部兜住；等它们在里面交配完毕，咬掉了翅膀，就把它们放到锅里去炒。据说这种炒白蚁比花生米还要香，要用干锅去爆炒，以后还能出半锅油。她还说，假如今晚薛嵩也来帮助捉白蚁，她就把炒白蚁分他一半。可是薛嵩另有主意，他猛地蹲下身来，用棉线量了她脚腕的尺寸，然后又跑掉了。虽然红线不知道薛嵩的种种设计，但也隐隐猜到了他要干什么——就像一个人想到自己早晚会死掉一样。对此她有点忧伤。此后红线继续在山坡上嬉戏，但心里已经有了一点隐忧。因为她已知道，薛嵩早晚要抢她为妻。

我表弟说，小时候我的手很巧，喜欢做航模、半导体收音机一类的东西。我的手很嫩，只有左手中指上有点茧子；这说明起码有十年我没做过手工活。从这点茧子上可以看出我原是左撇子，用左手执笔。但我现在不受这种限制，想用哪只手就用哪只手：一般情况下我尽量用右手，急了用左手，因为左手毕竟灵活些。不管怎么说吧，我喜欢知道自己小时候手巧。我表弟还说，我从小性情阴沉，寡言少语，总是躲人，好像有些不可告人的秘密；这个消息我就不大喜欢。我想象中的薛嵩有一双巧夺天工的手，用一把雕刻刀把一块木头雕成一只木枷，然后先用粗沙打，后用细沙抛光，又用河床里淘出的白膏泥精抛光，这时候那个木枷已被抛得很明亮。最后一道工序是用他自己的手来抛光——薛嵩的皮肤是棕色的，但手心的皮肤和任何人一样是白的——说来也怪，经手心的摩挲，那枷就失去了明亮的光泽，变得乌溜溜的，发着一种黑光；但也因此变得更温和。就这样，他把手枷和足枷都做好了，挂在墙上。有了这两件成品，薛嵩的信心倍增，开始做囚笼的零件——首先从圆笼柱做起。但无论用斧用刨，都做不出好的圆形，为此薛嵩煞费苦心，终于决定要做一架旋床。他先设计出了图样，又砍了一棵野梨树，把它做成了。但是这旋床上第一件成品却不是柱子，而是一个棒槌形的东西，是用柚木枝杈车成的，沉甸甸的很有点分量。

薛嵩在棒端包好了软木，在自己头上试了一下，只在脑后轻轻一碰，就觉得天旋地转，一头栽倒在地上，过了一小时才爬起来。拿这么重的一根棍子去打个小姑娘，薛嵩自己也觉得不好意思。他只好另做了一根，这回又太轻，打在后脑勺上毫无感觉。后来他又做了很多棍子，终于做出了最合适的木棍。这棍子既不重，又不轻，敲在脑袋上晕晕乎乎的挺舒服，晕倒的时间正好是十五分钟。薛嵩在这根棍子上拴了一根红丝线作为标记。这使别人猜到了他的目标是红线。于是就有人去通知她说：大事不好了，我们那位薛节度使造了十几根棍子，要打你的后脑勺！红线此时正手执弹弓看树上的鸟儿，背朝着传话的人。她也不转过身来，就这么说道：是吗——口气有点随意。但传话的人知道，她不是漠不关心，于是就加上了一句：他要来抢你！红线耸耸肩说：抢就抢吧。等到那人要走时，她才加上一句：劳你问他一句，什么时候来抢我。传话的人没想到她会是这样，简直气坏了，所以不肯替她去问薛嵩。红线那天射下了好几只翠羽的鹦鹉，活生生地拔掉了它们的毛，放在火上烤得半生不熟，然后全都吃下去了。然后她就回家去，在草地上剩下一堆黑色的灰烬，还有一堆根上连着血肉的绿色羽毛。

后来，薛嵩把放柚木的草棚改成了工作间。这是因为他不想让别人看见他在做什么。他用竹片编了四面墙，把它悬挂在四根柱子上，棚子就变成了房子。他用掺了牛粪的泥把墙里抹过，再用石灰粉刷一遍，里面就亮了很多；对于外墙，他什么都没有做。这间房子的可疑之处在于既没有门，也没有窗子，要顺着梯子爬到墙上面，再从草顶和墙的接缝处钻进去——当然，里面也有一把梯子，这样他就避免了跳墙。他在地上生了两堆火，一堆是牛粪火，用来熬胶。在牛粪火里，放了好多瓦罐，熬着牛皮鳔、猪皮鳔、鱼鳞鳔、骨鳔，这些胶各自有不同的用处，但我没做过木匠，不太清楚。另外一堆是炭火，用来制作铁工具。薛嵩没有风箱，用个皮老虎来代替。在牛粪火边上是木匠的工作台，在炭火边上是铁砧子。薛嵩在这两个地点之间来回奔走，到处忙碌。虽然忙，但他绝不想请帮手，他在享受独自工作的狂喜。像这样的心境，我也仿佛有过。寨子里的人只听到铁锤打铁，斧子砍木头，却见不到薛嵩。因此就有种传闻，说他已经疯了。直到有一天，他把工作间的墙推倒，人们才知道他做了一个木笼子，有八尺见方，一丈来高。到了此时，他也不讳言自己的打算：他想把红线逮住关在里面。别人说，要关一个小女孩，用不着把笼子做那么高。薛嵩只简单地回答说：高了好看。我以为他的看法是对的。

4

有人跑去告诉红线薛嵩造了个笼子，还补充道：看样子他想把你关在里面，一辈子都不放出来。红线有点紧张，脸色发白，小声地说道：他敢！告诉她这件事的人说：有什么他不敢干的事？你还是快点跑了吧。然后，这个人看到红线表现出犹豫的神情，感到很满意。这是早上发生的事。到了中午，红线就潜入薛嵩的后院，看他做的活。结果发现那座笼子比她预料的还要大，立在草棚里，像一个高档家具。在笼子的四周还搭了架子，薛嵩在架子上忙上忙下，做着最后的抛光工作。在笼子后面，还残留着最后一堵墙，上面挂着好几具木枷，还有数不清的棍棒。红线大声说道：好哇！你居然这样地算计我！薛嵩略感羞愧，但还可以用勤奋工作来掩饰。此时还有两根笼柱没有装上，红线就从空当中钻进笼子里。如前所述，笼子里有一条长凳，这凳子异常地宽，所以说是张床也可以，上面铺着棕织的毯子。红线就躺到长凳上，双手向后攀住柱子，说道：这里面不坏呀。好吧，你就把我关起来吧。但上厕所时你可要放我出来呀。薛嵩听了倒是一愣，他根本就没打算把红线常关在笼子里。他把墙打掉，是想给这笼子装车轮。总而言之，这囚笼只是囚车的一部分，不是永久的居室。

愣过了以后，薛嵩想到：既然人家提了出来，就得加以考虑，给这笼子装个活门。但到底装在哪里，只有在笼里面能看清。所以他叫红线出来，自己钻到笼里，上下左右地张望。而红线在外面溜溜达达，抄起一具木枷，往自己身上比画了一下说，好哇薛嵩，这种东西你也好意思做。薛嵩的脸又红了一下，他没有回答。后来红线就帮薛嵩干活——帮他造那些打自己、关自己、约束自己的东西。孩子毕竟是孩子，就是贪玩，也不看看玩的是什么。有了两个人，工程的进度就加快了。但直到故事开始的时候，这囚车还没有完工，但已在安装抽水马桶。薛嵩给红线做了一张很大的梳妆台，台上装了一面镀银的铜镜，引得全凤凰寨的人都来看。有人说，薛嵩对红线真好。也有人说，薛嵩太过奢华，要遭报应。

二

1

在故事开始时，我提到有个刺客（一个亮丽的女人）来刺杀薛嵩。据说此人在设计狙杀计划、设伏、潜入等方面，常有极出色的构思，只是在砍那一刀时有点笨手笨脚，所以没有杀死过一个人。她也没能杀死薛嵩，只砍掉了他半个耳朵。还有一种说法是，这个女人的目标根本就不是薛嵩，而是红线。只是因为被薛嵩看到，才不得不砍了他一刀。后来她再次潜入薛嵩的竹楼，这回不够幸运，被红线放倒了。这件事很简单：红线悄悄跟在她身后，拿起敲脑袋的棍子（这种东西这里多得很）给了她一下，就把她打晕了。等到醒来时，她发现自己的手脚都被木头枷住，躺倒在地上，身前坐了一个橄榄色的女孩子，脖子上系着一条红带子，坐在绿色的芭蕉叶上。这女孩吃着青里透黄的野樱桃，把核到处乱吐，甚至吐到了她身上，并且说：我是红线，薛嵩是我男人。那女刺客蜷起身子，摇摇脑袋，说道：糟糕。她记得自己挨了一闷棍，觉得自己应该感到头晕，后脑也该感到疼痛，但实际上却不是，因为那个棍子做得很好——这个故事因此又要重新开始了。但在开始之前，应该谈谈这囚车为什么没完工。照薛嵩原来的构思，完成了囚笼就算完成了囚车的主体部分。但后来发现不是这样，主体部分是那对车轮。笼子这样大，车轮也不能小。按薛嵩的意见，车轮该用柚木制造；但木材不够了，又要上山砍树。但红线以为铁制的车轮更好。经过争论，红线的意见占了上风，于是他们就打造轮辐、车轴，还有其他的零件。做到一半，忽然想到连轮带笼，这车已是个庞然大物，有两层楼高，用水牛来拖恐怕拖不动。于是又想到，由此向南不过数百里，山里就有野象出没。在打造车轮的同时，他们又在讨论捕、驯、喂养大象的事。他们做事的方式有点乱糟糟，就像我这个故事。但是可以像这样乱糟糟地做事，又是多么好啊。

在这个乱糟糟的故事里，我又看到了我自己。我行动迟缓，头脑混乱，做事没有次序。有时候没开锁就想拉开抽屉，有时没揭锅盖就往里倒米。但那个自称是我妻子的女人并不因此而嫌弃我。现在就是这样，我乱拔了一阵抽屉，感到筋疲力尽，就坐下来，指着它说：抽屉打不开。她走过来，拧动钥匙，然后说，拉吧——抽屉应手而开。我只好说：谢谢。你帮我大忙了。这是由衷的，因为刚才我已经想到了斧子。她从我身边走开，说：你这都是故意的。我问：为什么呢？她说：你想试试我到底是不是你老婆。这就是说，我故意颠三倒四。假如她不是我老婆，就会感到不耐烦；假如是我老婆，就不会这样。所以，结论是：她是我老婆，虽然我自己想不起来了……她想的是有道理的。我说：原来是这样，我明白了。她又折了回来，一把搂住我的头，把它压在自己的乳房上，说道：你真逗……我爱你。然后把我放开，一本正经地走开。这件事的含义我是明白的：不是我老婆的女人，不会把我的头压在自己乳房上。所以，结论还是：她是我老婆。不会有别的结论了。白天的结论总是这样。晚上则相反。按夫妻应有的方式亲近过之后，我虔诚地问：我没有弄疼你吧？你还没有讨厌我吧？回答是：讨厌！你闭嘴！这不像是夫妻相处的方式。因为有个晚上，我已经彻底糊涂了。

我的故事又可以从新开始道：某年某月某日，在凤凰寨薛嵩家的后院里，那个亮丽的女刺客坐在一捆稻草上，手脚各有一道木枷锁住。她的身体白皙，透着一点淡紫色。红线站在她面前，觉得这个身体好看，就凝视着她。这使她感到羞涩，就把手枷架在膝盖上，稍微遮住一点，环顾四周，所见到的都是庄严厚重的刑具，密密麻麻。身为刺客，失手被擒后总会来到某个可怕的地方，她有这种思想准备。但她依然不知人间何世。同时，因为这个刺客的到来，红线和薛嵩生活的进程也中断了……我真的不知道，这个故事会把我引向何处。

2

我的故事从红线面对那个女刺客时重新开始。她对她有了好感，就说：来，我带你看看我们的房子。世界上任何地方的人招待客人，都从领他看房子开始。那个女刺客艰难地站了起来，看着自己脚上的木枷，说道：我走不动呀。红线却说：走走试试。然后女刺客就发现，那个木枷看似一体，实际上分成左右两个部分，而且这两部分之间可以滑动，互相可以错开达四分之三左右……总而言之，戴着它可以走，只是跑不掉。那刺客不禁赞美道：很巧妙。红线很喜欢听到这样的话。她又说：你还不知道，手也可以动的。于是刺客就发现，手上的枷也是两部分合成，中间用轴连接，可以转动，戴着它可以掏耳朵、擤鼻子，甚至可以搔首弄姿。这些东西和别的刑具颇有不同，其中不仅包含了严酷，还有温柔。刺客因此而诧异。这使红线大为得意，就加上一句：这可是我的东西，借给你戴戴。那刺客明白这是小孩心性，所以笑笑说：是，是，我知道。这使红线更加喜欢她了。她引她在四处走了一遭，看了竹楼，但更多的是在看她和薛嵩共同制造的东西，特别是看那座未完工的囚车。在那个深棕色的庞然大物衬托下，那个女人显得更加出色。看完了这些东西，她回到那堆稻草上，跪坐在自己的腿上，出了一阵神，才对红线说：你们两个真了不起。说实话，真了不起。红线听了以后，从芭蕉叶上跳了起来，说道：我去烧点茶给你——估计得到晚上才能杀你。然后她就跑了。只剩女刺客一个人时，她不像和红线在一起时那么镇定。这是因为红线刚才说了一个“杀”字，用在了她身上，而她只有二十二岁，听了大受刺激。

后来发生的事是这样的：红线提了一铜壶茶水回来，还带来了一些菠萝干、芒果干。她把这些东西放在地上，拿起一把厚木的大枷说：对不起啊……我总不能把滚烫的茶水交在你手里，让你用它来泼我。那女人跪了起来，把脖子伸直，说道：能理解，能理解。红线把大木枷扣在她脖子上，把茶碗和果盘放在枷面上，用一把亮银的勺子舀起茶水，自己把它吹凉，再喂到她嘴里。如此摆布一个成年美女，使红线觉得很愉快。而那个刺客就不感到愉快。她想：一个孩子就这样狡猾，不给人任何机会……然而我的心思已经不在事件的进程之中。在那个枷面上，只有一颗亮丽的人头，还有一双性感的红唇。当银勺移来时，人头微微转动，迎向那个方向……这个场景把我的心思吃掉了。

那个女人在院子里度过了整个白天。早上还好，时近中午，她感觉有点冷，然后就打起了哆嗦。后来她对红线说：喂，我能叫你名字吗？红线说：怎么不可以，大家是朋友嘛。她就说：红线，劳驾你给我生个火。我要冷死了。红线斜眼看看她，就拿来一个瓦盆，在里面放了两块干牛粪，点起火来。那女人烤起火来。当时的气温怕总有三十八九度，这时候烤火……红线问道：你是不是打摆子？女人答道：我没有这种病。红线接着说下去：那你就是怕死。同时用怜悯的目光看她。那女人马上否认道：岂有此理！我也是有尊严的人，哪能怕死？来杀好了……她滔滔不绝地说了起来，但红线继续用怜悯的眼光看她，她就住了嘴。过了一会儿，她又承认道：是。你说得对。我是怕死了。说着她又大抖起来。后来她又说：红线，劳驾给我暖暖背。火烤不到背上啊。红线搂住她的双肩，把橄榄色的身体贴在她背上。如此凑近，红线嗅到了她身上的香气，与力士香皂的气味相仿，但却是天生的。虽然刚刚相识，她们已是很亲近的朋友。但在这两个朋友里，有一个将继续活着，另一个就要死了。

3

有一件必须说明的事，就是对于杀人，红线有一点平常心。这是因为原来她住的寨子里，虽不是总杀人，偶尔也要杀上个把。举例来说，她有一个邻居，是三十来岁一个独身男子，喜欢偷别人家的小牛，在山坳里杀了吃掉。这件事败露之后，他被带到酋长面前，因为证据确凿，他也无从辩解，就被判了分尸之刑。于是大家就一道出发，找到林间一片僻静之地。受刑人知道了这是自己的毙命之所，并且再无疑问之后，就进入角色，猛烈地挣扎起来。别人也随之进入角色，一齐动手，把他按倒在地，四肢分别拴到四棵拉弯的龙竹上，再把手一松，他就被弹向空中，被绷成一个平面，与一只飞行中的鼯鼠相似。此时已经杀完了，大家也要各自回家。但这个人还没死，总要留几个人来陪他。红线因为是近邻，也在被留的人之中。这些被留的人因为百无聊赖，又发现那个绷在空中的人是一张良好的桌子，就决定在他身上打扑克牌。经过受刑者同意，他们就搬来树桩作为凳子，在他身边坐下来。为了对他表示尊敬，四家的牌都让他看，他也很自觉地闭着嘴，什么都不说。但是这里并不安静，因为受刑人的四肢在强力牵引之下，身体正在逐步解体，他也在可怕的疼痛之中，所以时而响起“剥”的一声。这可能是他的某个骨节被拉脱臼，也可能是他咬碎了一颗牙。不管是什么，大家都不闻不问。红线坐在他右腿的上方，右肋之下。伸手拿牌时，右手碰到一个直撅撅、圆滚滚、热烘烘的东西。她赶紧道歉道：对不起，不是有意挑逗你！对方则在牙缝里冷静地答道：没关系！我都无所谓！严格地说，那东西并不直，而是弧线形的，头上翘着，也不太圆，是扁的。红线问道：平时你也这样吗？回答是：平时不这样，是抻的——这就是说，假如一个人在猛烈的拉抻中，他的那话儿也会因此变扁。在牌局进行之中，大家往后挪了几次位子，因为他正变扁平，而且慢慢向四周伸展开来。后来他猛然喝道：把牌拿开！快！然后，他肚皮裂开，内脏迸出，血和体液飞溅，幸亏大家听了招呼，否则那副纸牌就不能要了。

后来，这位偷牛贼说：现在我活不了啦。你们放心了吧？可以走了。此时大家冷静地判断了形势，发现对方已被拉成了个四方框子。肠子、血管和神经在框内悬空交织，和一张绷床相似。像这个样子，想再要活下去，当然多有不便。所以大家同意了他的意见，离开了这个地方。走时砍倒了几棵树，封锁了道路，这个地方和这个人一样，永远从大家的视野中消失了。由此，对杀人这件事，可以有一个定义：在杀之前，杀人者要紧紧地盯住被杀者，不给他任何活下去的机会；在杀之后，要忍心地离去，毫不留恋。在“之前”“之后”中间，要有一个使对方无法存活的事件。对于这位偷牛贼来说，这件事就是被拉成床框。在这个杀法里，事件发生得很快。别的杀法就不是这样。举例来说，有一种杀法是把被杀者的屁股割开，让他坐在一棵竹笋上。此时你就要耐心等待竹笋的顶端从他嘴里长出来。此后，他就大张着嘴，环绕着这棵竹子，再也挣不脱……对于这位女刺客，则是把她的脖子砍断。要如此对待一个朋友，对红线是很大的考验。越是杀朋友，越是要有平常心。身为苗女，她就是这样想问题。她没觉得有什么不对。

还有一件需要补充的事，就是对于让自己被杀掉一事，那个女刺客没有平常心。她对红线抱怨道：你看，我活着活着，怎么就要死了呢？此时红线趴在她的背上，双手抱着她的肩膀，用舌头去舔她的发际，所答非所问地说道：你是甜的哎。然后又鼓励她道：就这么甜甜地死掉，有什么不好？那个女人因此说道：我倒宁愿苦上一些。红线又把鼻子伸到她的背上，就如把鼻子伸进了一个熟透的木瓜，或是菠萝蜜的深处。她不禁赞叹道：很好闻。那个女刺客说，她倒宁愿难闻一些。最后，女刺客终于转过半个身子，朝红线抱怨道：你干吗要杀掉我！红线皱皱鼻子，冷静地答道：谁让你来行刺——这怪不得我。那女人因此低下头来。她也觉得这话不该说。

4

在这个女刺客被红线逮住的事情上，我恐怕没有穷尽一切可能性。这个女人的身体的质地像是一种水果。也许可以说，她像一个白兰瓜，但这种甜瓜在白里透一点绿，或是一点黄色，但她的身体如前所述，是在白色里面透一点玫瑰色。找不出一种瓜果来和她配对——应该承认自己在农业方面的浅薄。红线看着她的身体，总觉得把她一刀杀掉之后不会流出血来，只会流出一种香喷喷的、无色透明的液体。因此她对杀掉这位朋友感到无限的快意。顺便说一句，那个女刺客觉得大家既然是朋友，就没有什么不该说的话，所以总在转弯抹角地求红线放了她。后来，红线觉得不好意思直接推托，就找了个借口道：这家里我做不了主。这样吧，等会儿薛嵩回来你去求他。我也可以帮你说说……那女人听后几乎跳了起来，带着深恶痛绝的态度说：求他？求一个男人？那还不如死了的好！这个腔调像个女权主义者。在唐朝，每个女人都是女权主义者。不但这位女刺客是女权主义者，红线也是女权主义者，她对这位被擒的刺客抱着一种姐妹情谊。但她还是觉得刺客应该被杀掉，不该被饶恕。她还觉得杀掉刺客，免得她再去杀人，也是为她好。

三

1

傍晚，薛嵩回家时，看到那个女刺客心定气闲地等待死亡，她真是惊人地美。此时只有一件事可干，就是把她带出去杀掉，薛嵩也这样做了。那女人在引颈就戮时，处处表现了尊严与优美。这使薛嵩赞叹不已，虽然她砍掉了他半个耳朵，但他决定不抱怨什么。但是薛嵩看到的事件是片面的，还有很多内情他没看见。红线看见了那些内情，但她决定忘掉这些事——记住朋友的短处是不好的。比方说，下午时那个女人曾喋喋不休地说道：她觉得自己有种冲动，一见到薛嵩就要朝他跪拜，苦苦哀求他饶她一命。当然，她也明白向男人跪拜、哀求饶命都是不可能的事情，但她真不知怎样才能抑制这种冲动。而红线把头从她肩后探出来，注视着那女人的胸前。她觉得她的乳房好看，就指着它们说：能让我摸摸吗？刺客答道：怎么不可以？反正我要死了……总而言之，那女人在为死而焦虑着，红线却一点都不焦虑。那女人发现红线心不在焉，就说：你怎么搞的！一点忙都不帮吗？红线把手从她胸前撤了回来，说道：我能做点什么？噢！我去给你烧点姜汤水。说着就要离去。这使刺客发起了漂亮女人的小脾气：喂！你一点主意都不出吗！根据我近日的观察，越漂亮的女人越会朝别人要主意，而我在出主意方面是很糟糕的。红线听了这句抱怨，转过身来，吐吐舌头说：没有办法，我岁数小嘛。然后她就去烧姜汤了。

就我所知，红线不是那种对朋友漠不关心的人。在烧水时，她替刺客认真地考虑了一阵，就带着主意回来了。

这主意是这样的：你可以在笼子里住上一段时间，等到不怕了再杀你——不过不能长了，这笼子是我有用的……那女人看了看身后那具棕绿色的囚笼，又看看红线那张嬉笑的小脸，明白了这是对她怯懦的迁就，除了拒绝别无出路了。这就是说，除死之外，别无出路……于是，她跪了起来，摆正了姿势，坐在自己腿上，把手枷放在大腿上，挺直了身体，说道：我明白了。就在今天晚上杀吧。不过，这两块木板可真够讨厌的，杀的时候可得解下来。红线马上答道：没有问题。没有问题。红线为她高兴，因为她决定了从容赴死，所以恢复了尊严。

如前所述，那女人被杀时没有披枷带锁，只是被反拴着双手。这是她自己的选择。红线说，等薛嵩回来，我们就是两个人。两个对一个，谅你跑不掉。可以不捆你的手。那女人想了一下说：捆着吧，不然有点滑稽。她是被一刀杀掉的。红线建议用酷刑虐杀她，还觉得这样会有意思，但她皱了皱眉头说：我不喜欢。这主意又被否定了。当晚薛嵩揪着她的头发，红线砍掉了她的头。这也是她自己的选择。红线自己对揪头发有兴趣，想让薛嵩来砍头，但那女人说：我喜欢你来砍。这件事就这样定下来了。红线不想把她的头吊上树梢；但那女人说：别人都要枭首示众，我也不想例外。一切事情都是这样定的，因为那女人对一切问题都有了自己的主意。最后，红线建议她在脖子上戴个花环，园里有很好的花，那女人说：不戴，砍头时戴花，太庸俗。这件事就这样定下来了。

晚上，薄雾降临时，听到有人从寨外归来，她对红线说：拿篾条来捆手吧——可不要薛嵩用过的。红线就奔去找篾条。回来的时候，红线有点伤感地说：才认识了，又要分手……要不过上一夜，明早上杀你？早上空气好啊。对于这个提议，她倒是没有简单地拒绝，而是从眼睛里浮起了笑意：来摸摸我的腿。红线在她美丽的大腿上摸了一把，发现温凉如玉——换言之，她体温很低。那女人解释道：我已经准备好了，不想重新准备。于是，红线给她卸开手上的木枷，她闭上了眼睛，坦然承认道：整整一天，她都在研究怎样开这个木枷，但没有研究出来，现在看到怎么开，就会心生懊悔。然后她睁开眼睛，对红线说：我很喜欢你。红线说：我能抱抱你吗？那女人狡黠地一笑，说：别抱，你要倒霉的。就转过身去，让红线拴住她的手。就在薛嵩走进院子时，她让红线打开了她的足枷。就这样，除了杀死她之外，什么都没给薛嵩剩下。

很可惜，这两个朋友走向刑场时，却不是并肩走着。红线走在后面，右手擎着刀，刀头放在肩上，左手推着那女人的肩膀——左肩或右肩——给她指引方向。因为友谊，她没有用手掌去推，觉得那样不礼貌。她只是用指尖轻轻一触。红线说：别想跑啊，这地方我比你熟——这意思是说，她跑不掉。那女人侧着头，躲开自己的散发说：怎么会？我不想失掉你的友谊。她还说，你还保持着警惕，我很喜欢这一点。除了是朋友，她们还是敌人，在这些小事上露出蛛丝马迹。到了地方以后，刺客往地上看了看。这是一片长着青苔的泥地。红线猛然觉得不妥，想去找个垫子来。那女人却说：没有关系，就跪在地上。一般来说，跪着有损尊严，但杀头时例外。这时是为了杀着方便。倘若硬撑着不跪，反倒没有尊严了。

在死之将至时，刺客和红线还谈了点别的。有关男人，刺客是这样说的：男人热烘烘的，有点臭味。有时候喜欢，有时候不喜欢。后来红线时常想起这句话来，觉得很精辟。有关性，前者的评论是：简单的好，花哨的不好，这和死是一样的。这使红线的观念受到了冲击，想到自己期待着被薛嵩打晕，坐在高楼一样的囚车里驶入凤凰寨，也有花哨的嫌疑。有关女同性恋，刺客说：有点感觉，但我不是。红线马上觉得自己也不是同性恋者。有关薛嵩，她说：看上去还可以。红线对这个评价很满意。有关谁派她来杀薛嵩，刺客说：这不能说。红线想，她答得对，当然不能说。总而言之，这都是红线关心的问题，她一一作了解答。她还说：同样一件事，在我看来叫作死，在你看来叫作杀，很有意思。很高兴和你是朋友。杀吧。此时她跪在地上，伸长了脖子，红线擎着刀。红线虽然觉得还没有聊够，但只好杀。杀过之后，自然就没有可聊的了。

2

对以上故事，又可以重述如下：那个女人，也就是那个刺客，潜入凤凰寨里要杀薛嵩，被红线打晕逮住了。刺客被擒之后，总是要被杀掉的。对于这件事，开始她很害怕，后来又不怕了。怕的时候她想：我才二十二岁，就要死掉了。后来她又想：这是别人要杀我呀，所以就不怕。但她依旧要为此事张罗，出主意，做决定。举例来说，她背过身去，让红线用竹篾条拴她的手，此时红线曾有片刻的犹豫，不知怎样拴更好。那女人的身体表面，有一种新鲜瓜果般的光滑，红线不知怎样把竹篾条勒上去。她就出主意道：先在腰上勒一道，然后把手拴在上面。来，我做给你看。说着她就转过身去，但红线异常灵活地退后了很远，摆了个姿势，像一只警惕的猫，紧张得透不过气来，小声说道：别骗我呀——假如红线不退后，她就要把红线拴住了。

那女人的计谋没有成功。后来，她只好惨然一笑，又转了回去，背着手说：好吧，不骗你。来捆吧。于是红线回来，把她捆住。就按她说的那种捆法，只是捆得异常仔细：不但把两只手腕捆在一起，还把两个大拇指捆在一起。她还想把每对手指都捆在一起，但那女人苦笑着说：这样就可以了吧？再仔细就不像朋友了。红线觉得她说得对，就仔细打了个扣，结束了这项工作。然后她退后了几步，看到细篾条正陷入刺客的腰际，就说：你现在像个男人了。这意思是说，从侧后看，她像个用篾条吊起龟头的男人。那女人明白了这个意思，侧过头来惨然说道：不要拿我开玩笑啊，这样不好。想到这女人就要被杀掉，红线也惨然了一阵，然后又高兴起来——她毕竟是个孩子嘛。

后来，红线转到那女人身前，端详着她浅玫瑰色的身体。在这个身体上，红线最喜欢腹部，因为小腹是平坦的，肚脐眼是纵的椭圆，其中坦坦荡荡地凸起了一些，像小孩子的肚脐。红线走上前去，把手放在上面，然后又谨慎地退开，说道：好看。那女人说：也就是现在好看。再过一些年就不会好看。然后她又补充道：当然，我也不能再过一些年了。此时她神色黯然。但在黯然的神色下面，她还在寻找红线的破绽。红线忽然说道：你跪下好不好？我也安全些。那女人往后挪了几下，向前跪下来，然后勉强笑笑说：待会儿你可得扶我起来啊——其实她在跪下之前就知道这是个狡猾的陷阱。因为脚上有一具木枷并被反拴着手，跪下就难以重新站起来，因而再没有逃走的机会。其实，红线也没有给过她这种机会，不然她已经跑了。有一瞬间，她感到很悲惨，几乎想向红线抱怨。但她最终决定了不抱怨。红线说，她要找几个熟透的樱桃给她吃，就离去了。她独自在院子里，坐在自己腿上，开始感觉到绝望。然而她最终却发现，绝望其实是无限的美好。

“绝望是无限的美好”，这句话引起我的深思。我可能会懂得这句话——如你所知，我失去了记忆，正处于绝望的境界，所以我可能会懂，但还没有懂……红线带着樱桃回来，一粒粒摘去了果梗，放进那个女人嘴里。每一粒她都没有拒绝，然后想把果核吐掉。但红线伸出手来，说：吐在这里。她就把果核吐进红线的掌心。红线把果核丢掉。吃过樱桃以后，这女人又坐在自己的腿上，微微有点心不在焉。而红线在一阵冲动中，在她对面跪下，说道：我想吻吻你。出于旧日的积习，那女人皱了皱眉，感觉自己不喜欢此事。转瞬又发现自己其实是喜欢的。于是她挺直了身体，抿抿嘴唇。红线用双手勾住她的脖子，端详了她一阵，然后把她拉近，开始热吻。此时她们的乳房紧贴在一起，红线发现对方的乳房比自己的要坚实，感到很受刺激；但那女人的双唇柔顺，这又让她感到满意。那女人的头微微侧着，起初，目光越过了红线，看着远处。这使红线感到不满意。后来，她的目光又专注于红线，并且露出了笑意。最终红线想道：有满意，有不满意，其实这是最好的。就把她放开。此后那女人甩甩自己的头发，又坐了回去。你可能已经注意到了，她不想说什么。这一点和我是一样的。红线几次想要和她交谈，都碰了壁。后来，她总算给自己找了件事干：磨起刀来。

新刀的样子是这样的：长方形，见棱见角，装着木制的把，带着锻打时留下的黑色，刀口笔直。但这一把的样子颇为不同，它有一点浑圆，像调色板一类的东西，刀口向下凹去，与新月相似。这是一把旧刀，总在石头上磨，变得像纸一样薄，也没剩什么钢火。它有好处，也有不好处。好处是只要在沙石上蹭几下，就变得飞快。不好处是锋锐难以持久。红线磨刀时，那女人看了她一眼。她就比画了一下说：只砍一下，没有问题。那女人点点头说：噢。就把头转回去。红线觉得她心神恍惚，并没有明白。但她还要磨这把刀——用沙蹭出的刀口有点粗糙，割起来恐怕要疼的。她又用细磨石来磨，直到刀口平滑无损。然后，红线仔细端详着几乎看不到的刀口，想着：用这把刀杀人，对方感到的不是疼痛，而是一片凉爽，就像洒在皮肤上的酒精，或者以太——以太就是ether，红线要是知道这个名词可就怪了——感到的只是快意。她拿了这把刀走过来，平放在那女人赤裸的肩上，并让烂银似的光芒反射在她脸上，给她带去一缕寒意，然后问道：喜欢吗？这是一个明确无误的表示，说明这就是杀她的刀。红线注意到那女人的目光曾有瞬时的暗淡，但马上又明亮了过来。她也明确无误地答道：喜欢。

红线在苗寨里住着时，那里杀人。被杀者神情激动，面红耳赤，肢体僵硬，每根神经和肌肉都已绷紧。每个人都大声说话，虽然说的是什么难以听懂；他们都又撑又拒，有人是和别人撑拒，有人是和自己撑拒。假如是杀头的话，让他们跪下来可不容易，而且每个人都要站着撒一泡热辣辣的尿，在这方面男人和女人颇有不同，但总能看出是做了同一件事。按这个标准来衡量，眼前这个女人颇有差距。她坐在那里，面带微笑，心神恍惚，就像一个人要哼歌时的样子。红线恐怕她已误入歧途，对自己行将被杀一事缺少了解，总想帮她回到正道上来，但没有成功。按照现在的讲法，那刺客没有请红线来摸她的腿，展示她的体温。她什么都没做。直到薛嵩回来，都是这样。但薛嵩依然觉得她是惊人地美。现在没有别的事可做，只好把她杀掉。死掉之前，她也没有和红线闲聊。因此，这是另一个故事了。在此后的日子里，红线经常怀念这个女人：她在她手里时，起初是个被俘的敌人，也是朋友。那时她不能接受被杀一事，总想逃掉。后来她接受了这件事，就既不是朋友，也不是敌人，也不想逃掉，变成了一个陌生人。而一想起这个陌生人，红线就感到热辣辣的性欲，而且想撒尿。

3

现在我想到，不提那刺客被杀的经过总是一种缺失，虽然这件事没有什么可讲的。在林荫里，那个陌生的女人跪在地上，伸直了脖子，颈椎的骨节清晰可见。红线一刀砍了下去，那把薄薄的旧刀不负红线的厚望，切过了骨节中的缝隙，把人头和身体分开。此后，人头拎在薛嵩的手上，身体则向前扑倒，变成了两样东西。身体的目标较大，吸引了红线的注意。它俯卧在地上，双肩上耸，被反绑着的双手攥成拳头，猛烈地下撑，把那根竹篾条拉得像绷紧的弓弦也似。与此同时，一股玫瑰色的液体，带着心脏的搏动从腔子里冲了出来，周围充满了柚子花的香味。当然，也有点辛辣的气味，因为这毕竟是血。这些血带有稀油般的渗性，流到地上马上就消失了，只留下几乎看不出的痕迹。等到血流完以后，那个身体（更准确地说，是脊背和背着的双手）好像叹了一口气一样，松弛了下来；双肩下颓，手也收回，交叉作X形，手指也向后张开。它微微屈起一条腿，就这样静止住。红线立刻上前，解开了竹篾条，因为人既死了，就用不着约束。而在此之前，她的这位朋友一直在她巧妙的约束之中。在这一瞬间，红线回想起她在她手里吃樱桃，觉得这件事非常之好——我很怀疑这样写有滥情的嫌疑，但既然已经写出来，也无从反悔——然后，死者的双手就滑落到身体的两侧，并半握成拳。她把这身体翻了过来。这身体的正面异常安详，似有一股温和的气氛扑面而来。这身体好像有呼吸，但其实是没有的。只是凸起的肚脐以自动武器连发的速度在跳动。红线觉得它以这种方式来承认自己已经死去，于是，就像台湾人说的那样，觉得“它好乖呀”。

然后，红线把那身体扶坐起来，感到它很柔软，关节也很灵活，简直是在追随她的动作。她又扶它站了起来，搀着它走向一个早已掘好的坑。这时红线觉得有人在身后叫她，回头一看，只见那颗人头提在薛嵩手里，瞪大了双眼，正专注地看着她们（含无头身体）。红线忍心地回过头去，搀着身体继续走，并不无道理地想：我也不能两头都顾啊。她把身体扶到坑底坐下，然后又让它躺好，然后捧起又湿又糯的黑色泥土，要把它埋葬。才埋了脚，她就觉得不妥，顺手抓住了一只草蜢，用草叶绑住，丢在坑里给身体陪葬。才埋住这只草蜢，她又觉得不妥当，就从坑里爬了出来，去找她的另一个朋友，也就是前面提到的小妓女，要一张蒲草的席子，想给尸体盖在身上。所以她要从薛嵩身边经过，而那个人头始终在专注地看着她。红线想假作不知地走过，但第三次觉得不妥当。于是她转过身，看那颗人头。那人头朝她一笑，很俏皮，还皱了皱鼻子，伸出舌头舔舔嘴唇。红线知道它在招她过去。她有点不乐意。Anyway，这人可是她杀的呀。

我像一支破枪一样走了火，冒出一个Anyway来。现在只好扔下笔，到字典上查它的意思。查到以后才知道，这个词我早就认识。我越来越像破枪，走火也成了常事。红线站在人头面前，看到它把湿润的双唇耸起，就知道它想让她吻它。这一回她有点不喜欢：不管怎么说，你可是死了的呀。但这念头一出现，人头就往下撇嘴，露出了要哭的意思。这使红线别无选择（毕竟是朋友嘛），把泥手往自己背上擦了擦，捧住它的后脑（这时她发现，这位朋友变得轻飘飘的了），吻它的双唇。这样做其实并无不适之处，因为这双唇比从前还温柔了很多。那双眼睛就在面前，它先往下看，看清了红线的面颊，又和红线短暂地对视，然后往上看，看红线的眉毛。最后转回来，满眼都是笑意，既快乐，又顽皮，但红线觉得很要命。她支持了一会儿，才把人头放开：先把它推开，然后放下去。这两个动作都是小心翼翼的，尽量轻柔、准确，把它放置在头发的悬挂之下，然后放开手，人头没有丝毫的摇晃。对方舔了舔嘴，笑了一笑，又眨眨眼。红线明白她在表示感谢。红线不禁想到：这颗人头与它被杀下来前相比，更性感、更甜蜜，其实她更加喜欢它，然后就赶紧不想——但已经想过了。其实红线还有正事要做——埋掉那个身体。但在人头的依依不舍面前，总是犹豫不定。最后她终于下定了决心，留下来陪它——我指的是人头，不是身体。这个故事的寓意是：不要杀朋友，杀成两块你忙不过来。但这故事本身并无寓意。

在那女人被杀时，薛嵩表现得木木痴痴，他只顾偷看人家的身体，特别是羞处，还很不要脸地勃起过几次。这使红线觉得很是丢脸，好在被杀的人并不在意。然后，这个男人用绳子拴住了人头的头发，要把它升起来，它却目不转睛地注视着红线，露出了乞求的神色。红线明白她的意思，她想让红线带着它，和它朝夕相处，起卧相随。事情是这样的：那位女刺客在被红线杀掉之前，只把红线当作朋友。到了被杀之后，就真正爱上她了。

红线实在不喜欢这个主意，也不喜欢被人头爱上，就假装不明白，把这个想法拒之门外。当那颗人头升起来时，满脸都是凄婉的神色。红线硬下心来，举手行礼，目送它升入高空。然后就跑回那个土坑里。就是这短短的几分钟，死尸的脖子上已经爬了一圈蚂蚁。她赶紧把它埋掉，顾不上找草席来盖了。然后她又回来，站在树下看那颗人头。此时林间已经相当幽暗，但树顶上还比较亮，那人头用期待的目光看着她。而红线硬下心来想到：我今天逮住了她，看守了她，把她杀掉，又埋了。而我只是个小孩子，总得干点别的事，比方说，去玩……所以她觉得自己此时没有爬上树梢去陪这位朋友，也蛮说得过去。但红线毕竟是善良的，她决定另找时间来陪这个朋友。但后来发生的事情很多，把她绊住了。

顺便说说，上次杀掉自己的邻居之后，红线也曾回去过，发现在闷热的林子里，那个人的一切都变成了深棕色，除了那对哆出来的眼珠子。那两个东西离开了眼眶，东歪西倒地挂着，依然是黑白分明的样子。其他的东西，包括原来鲜红的肠子，都变得像土一样，悬在空中，显得很不结实。

几棵新竹穿过他的肚子，朝天上长着，还有几只捕鸟的大蜘蛛，在他的框架之内结了网。那地方有股很难闻的味儿。红线闭着气，在那里待了一会儿。后来，她觉得自己要憋死了，对自己表现出的善良感到满意，就转身离开了那地方。

4

现在我发现，这个故事最大的缺失是没有提到那女人的内心。我总觉得这是不言自明的，其实却远不是这样。被反绑着跪在地上时，她终于明白自己这回是死定了。至此，她一生的斗争都已结束，只剩下死。她也可以喜欢这件事，也可以不喜欢这件事。她决定喜欢这件事：对于无法逃避的事，喜欢总比不喜欢要好一些。

此后她就变得轻松，甚至是快乐起来。站在行将死去的人面前，会感到一团好意迎面而来。红线常参加杀人，对这种感觉很熟悉。比方说，上次那个邻居被拉成一张牌桌时，就说：红线，我家里有一张角弓，要就拿去。红线很高兴，说道：谢谢！我会怀念你！打掉一张红心A。等他被拉成一张床框时，红线又到了他面前。这时他嘴里爬了好多蚂蚁，正在吃他的舌头，所以他含混不清地说：我有一把铜鞘的小刀，要就拿去。红线也说：谢谢。随着时间的推移，好意和臭味日重。最后一次他说：想要什么只管拿，别来了，会得病的。但红线毕竟是善良的，还常去看他，直到他变成土为止。这个女刺客也是这样的，漂亮的乳房也好，好看的肚脐也罢，要什么只管拿去。可惜的是，这些东西都拿不走，只能摸摸弄弄。这就是问题的所在。红线摸过了那个美丽的身体，咂咂嘴，就满意了，一刀把她的头颅砍了下来。而薛嵩没有触及这个身体，只是看到她的身体和眉梢眼尾的笑意，感到了她的好意，就受到很大的触动。作为一个思路缜密的人，他马上就想到自己所做的一切都错了。与其用枷锁去控制人的身体，不如去控制她的内心。这才是问题之真正所在。

如前所述，红线和那小妓女是朋友。所以，杀掉了另一个朋友之后，她来到小妓女的家里，并排躺在地板上，抽随手采来、在枕头下风干的大麻烟，并且胡聊一通。此时红线总要说到那辆柚木囚车，谈到里面状似严酷、实则温柔的陈设，还谈到那些巧夺天工的枷锁。当然，谈得最多的是，在未来的某一天，她会被套上这些枷锁，关进囚笼，成为永远的囚徒和家庭主妇，终身和那些柚木为伍，就再也出不来了。在此之前，她要做的是监督薛嵩把周到、细致、温柔和严酷都做到极致，在此之后，她就要享受这些周到、细致和温柔。

举例来说，身为家庭主妇，要管理果园和菜地，所以那辆囚车就有一套自动机构，可以越野行驶。红线在笼子里，透过栅栏，操作着一根长杆，杆顶有一个小小的锄头，可以除去菜地里的一棵野草，但不致伤到一棵邻近的菜苗。考虑到距离很远，红线手上有枷，不那么灵便，这条长杆自然是装在一个灵巧的支架上。听她说的意思，我觉得这好像是雅马哈公司出品的某种钓鱼竿。但她又说，另一根长杆可以装上一个小纱网和一把小剪子，伸到树上，剪下一个熟透的芒果。总而言之，红线把自己形容成一个斯诺克台球的高手。另一方面，你当然也想到了，这座囚车又是一辆旅行车。它可以准确地行驶在菜畦里，把车下废水箱里的东西（也就是红线自己的屎和尿）施到地里做肥料。红线还说，这些都不是这辆囚车的主题。主题是只有薛嵩可以进那辆车，带去周到、细致、温柔和严酷的性爱。所以，薛嵩的性爱才是这辆车的主题。因为薛嵩是如此缜密、苦心孤诣，红线才会住进这辆车。那个小妓女对这个故事不大喜欢，想要给红线泼点凉水，就说：恐怕那车没有你说的那么好。而红线吐了一个烟圈，很潇洒地说道：放心吧，不好我就不进去。我的后脑勺也不是那么容易打的——此时杀人时的感觉还没从红线身上退去。红线隐隐地感到，她对那个女刺客所做的一切，远远不能说把周到、细致、温柔和严酷都做到了极致。但她把这归咎于已死的女刺客，仿佛是说：谁让你被我打晕了。

现在轮到小妓女来炫耀自己，她只能把寨子里的男人说一说：某某和我好；我和某某做爱，快乐极了；等等。在这些男人里，她特别提到了薛嵩，一面说，一面偷看红线的脸色。但红线无动于衷。时至今日，红线还没和薛嵩做过爱，这使小妓女感到特别得意。但她也知道，一大筐烂桃也敌不上一个好桃。没有人对她这样缜密，这样苦心孤诣，大家都是玩玩，玩过就算了。她因此而妒忌，甚至仇恨，但还不至于找人来把薛嵩杀掉。这是因为她还年轻，保持着善良的天性。假如年龄再大一些就难保了。然后，这两个朋友有一些亲热的举动，在此不便描写。

红线对小妓女说，遇上薛嵩，我已经死定了。说这话时，她已经坐了起来，抽着另一支大麻烟。此时她眉梢眼尾都是笑意，就和那被砍头的女刺客相似。那个小妓女说：我真不明白，死定了有什么好。也许红线应该解释说：虽然已经死定了，但不会马上死；或者解释说：这种死和那种死不同；或者解释说：这是个比方嘛。但她什么都不解释，手指一弹，把烟蒂弹到了门外，然后自己也走了出去，只是在出门时轻描淡写地说了一句：这个你不懂。于是那小妓女嫉妒得要发狂，因为自己没有死定。这个小小的例子使我想到，穷尽一切可能性和一种可能都没有一样，都会使你落个一头雾水。

后来，那女刺客的头就像一朵被剪下的睡莲花那样，在树端逐渐枯萎。莲花枯萎时，花瓣的边缘首先变成褐色，人头也是那样。她的面颊上起了很多黄褐色的斑点，很像是老年斑。当然，假如把斑点扣除在外，还是蛮好看。说实在的，她正在腐烂，发出烂水果那种甜得发腥的味道。但为了不让朋友伤心，红线照常吻她。人头每次见到红线，总要皱皱眉头，嘟起嘴来说一个字，从口形来看，是个“埋”字。红线知道她的意思，她要红线把她埋掉。在这方面，红线实在是爱莫能助。因为只有薛嵩是此地的主人，他说了才能算。于是她硬起心来，假装没有听明白，爬下树去了。这是因为薛嵩在树下练习箭法，红线要去陪他。

现在，薛嵩丢下了手上的木工活，在那棵挂着人头的树上刻了一颗红心，每天用长箭去射它。在红线看来，这应该是一个象征。但她怎么也想不出这象征的是什么。也许，这颗心象征着自己，箭象征着薛嵩的爱情。也许，这颗心象征着自己的那话儿，箭则象征着薛嵩的那话儿。不管象征着什么，反正红线被他的举动给迷住了。她站在薛嵩身边，从箭壶里取箭给他，态度越来越恭敬。起初是用一只手递箭给他，后来用两只手递箭给他。再后来，她屈下一条腿，把双手捧过头顶。在这个故事里，薛嵩没有用繁文缛节去约束红线。他用枷锁把她魇住了。这也是我的选择。拿枷锁和一种没落的文化相比，我更喜欢枷锁。而那位白衣女人读完了这个故事，怒目圆睁，朝我怒吼一声道：瞎编什么呀你！

第五章

一

1

早上我来上班时，看到我的办公室门敞开着。在我的办公桌——也就是那张香案——上，放着我的工作计划。除此之外，还有一股马尿的气味——这是领导身上的味，他总抽最便宜的烟卷，把这种气味留在一切他到过的地方。我记得自己把计划认真地修改过，交上去了，现在它又跑了回来，使我大吃一惊，生怕现存不多的记忆也出了问题。打开那个白纸册子，看到我在那页上打的补丁还在，这是个好现象。但有一个更坏的现象：我精心拟定、体现了高尚情操的三个题目上，被人打上了大红叉子。这三个题目是：《老佛爷性事考》《历史脐带考》《万寿寺考》。在这三个大叉子边上，还有四个字的批语：一派胡言！这使我感到莫名地委屈。虽然这三个题目可能还不够崇高，但已是我能想到的最崇高的题目了。再说，就是这样的题目我也可能做不了。我真不知道领导的意图是什么，也许，他们想要我的命？我尽量达观地看待这件事，但还是难免愤恨。整整一上午都在愤恨中过去了。

将近中午时，白衣女人走进我的房子，见到我的样子，就把眉头挑了起来：怎么了你？我尽量心平气和地答道：没怎么，没怎么。她掏出个小镜来，说道：自己照照吧。镜子里是一张愤怒的灰色人脸，除了咬牙切齿，还是斗鸡眼——我还不知道自己有内斜视的毛病，在心情不好时尤为显著。这下可糟了，别人可以一目了然地看到我的内心——看来我该戴副墨镜。然后她在屋里走动，看到了桌上的表格，就大笑起来：原来是因为这个！你这家伙呀，没气性就不要耍无赖，气不了别人，老是气着你自己。现在我知道了自己是个鼠肚鸡肠的人，这使我很伤心，但又感到冤枉。我拟这三个题目不是想耍无赖、气领导，而是一本正经的。

我的故事重新开始时，一切如前所述。那个小妓女的房前，是一片绿色的世界。绿竹封锁了天空，门前长满了绿草，就是那片空地上，也长满了青苔。时而有剥落的笋壳、枯萎的竹叶飘落在地，在地上破碎地陈列着，老妓女马上就把它们扫掉。因为这个缘故，天黑以后，门前就会变成一片纯蓝色的世界。这个女孩讨厌蓝色。她常在空地上走来走去，把每棵竹子都摇一摇，不但摇下了枯萎的叶子，连半枯萎的也摇了下来。她觉得这没有什么，叶子可以在地上继续枯萎。但等她刚一走回房子，拉上拉门，老妓女就走了出来，提着木板钉成的簸箕，拿着竹枝编成的短笤帚，在空地上走上一圈，把所有的叶子（包括全枯萎的和半枯萎的）通通扫掉，然后嘟嘟囔囔地走回去。在做这件事时，老妓女赤裸着身体，弓着腰，在绿色之中留下白色的反差，所以像一只四肢着地的北极熊。然后，小妓女又跑出去摇竹子，老妓女又跑出去扫地，并且嘟囔得越来越厉害。这个小妓女因为年轻，而且天性快乐，所以把这当作一种游戏，没有想到这会给自己招来杀身之祸。

在我新写的故事里，也有一帮刺客受老妓女的雇用，来到了凤凰寨里。但老妓女请他们来，不是要杀薛嵩，而是要杀死红线。这个故事的正确之处在于：同性相斥，异性相吸。老妓女既是女人，就不该要杀男人，应该是想杀女人才对。她给刺客先生们的任务是：红线必须杀死，薛嵩务必生擒。假如你说，刺客先生是男人不是女人，他们有自己的主见，会以为薛嵩必须杀死，红线务必生擒，那么你就是站在了正确的一面。更正确的意见是：老妓女请人杀红线，应该请女人来杀，女人更可靠。你说得对。老妓女这样干了一次，那个正确的刺客的脑袋已经被挂起来了。这说明请刺客时，不仅要找可靠的人，还要注意对方的业务水平。起初，老妓女想请一个可靠的人，就请来了那位漂亮的女刺客，但她业务水平低，没有杀着红线，只砍掉了薛嵩半个耳朵，还把自己的命送掉了。后来，她又请来了声誉最高的刺客，但这些人却很不可靠。

因为这个缘故，等到漫长的一天过去，蓝色降临时，就会有一个纯蓝色的男人从空地上走过。此人头很大，还打着缠头，像一个深海里的水母，飘飘摇摇地过去，走进老妓女的屋子。从门缝里看到这个景象以后，那女孩明白了老妓女为什么要扫地——倘若地上有枯枝败叶，人脚踩上就会有很大的响动，小妓女听到之后，就知道隔壁来了不明身份的男人，而老妓女不愿意让人知道——这是女孩的理解。实际上来的不是嫖客而是刺客头子，来和老妓女商讨杀薛嵩的事；所以这是一个很大的误解。因为老去摇叶子，老太太觉得她是薛嵩的眼线，所以决定在杀薛嵩的同时把她也杀掉。因为这个缘故，这个小妓女也落到了死定了的地步，这使她感觉很坏。

那天晚上她睡在门口，把拉门留了一个缝，把一只眼睛留在门缝里。这样，就是睡着了也能看见。夜里她在睡梦中看到有二十多个蓝色的人经过，醒来时很是吃惊，自己扳指头算了一遍，不禁脱口惊叹道：我的妈呀，这老太太不要命了！她爬起来，想去看看热闹，就溜出了门，溜上了人家的走廊。在她面前的是一个从里面被照亮的纸拉门。当她伸出舌头，想要舔破窗户纸时，被一只大手捂住了嘴，另有一只大手，箍住了她的脖子，更多的手正在她身上摸着，这些手又冷又湿，掌心似有些黏液。这女孩最怕这个。虽然如此，她还挣扎着回了一下头，看清了身后那些蓝色的人影，小声嘀咕了一句：全是那老东西害的！才无可奈何地晕过去了。

2

中午吃饭时，我对那白衣女人发起了牢骚：领导在我新拟的题目上打叉，叉掉《老佛爷性事考》我无话可说，为什么把《历史脐带考》也叉掉？他根本就不知我在说什么！前面所引的旧稿里已经提到，历史的脐带是一条软掉的鸡巴，这是很隐晦的暗语，从字面上看不出来的……那白衣女人沉下脸来说：这就要怪你自己长了一张驴嘴，什么话都到处去说！这话让我一激灵：原来我这么没城府，与直肠子驴相仿。我连忙压低嗓音问：我对领导也说了历史的脐带啦？她哼了一声说：还用和他说！别人就不会打小报告了？说起来就该咬你一口，只要能招女孩笑一笑，你能把自己家祖坟都揭开……此时我出了一身冷汗：我不但是直肠子驴，还是好色之徒！等我问起是谁出卖了我时，她却不肯说：我从不挑拨离间，你自己打听去吧……我不需要去打听了，因为我已经下定了决心，今后除她之外，什么女人我都绝不多看一眼，更不会和她们说话。但我还有一个问题：《万寿寺考》

是我顺笔写上的，写时觉得挺逗，但不知逗在哪里。我把这问题也提了出来，那白衣女人不回答，只是用筷子敲碗，厉声喝道：讨厌！讨厌！我在吃饭！我也不敢再问了。但我知道“万寿寺”也是个典故，这典故是我发明的，人人都知道，只有我不知道。

在我新写的故事里，我决心把线索集中在那小妓女的身上。从外表看，她和红线很像，都长着棕色的身体，远看带点绿色，近看才不绿；但从内心来看就很不一样。主要的区别是，她还没被某一个男人盘算住，天真烂漫，心在所有的男人身上；当然，蓝色的男人例外。这种颜色的人她都送给了老妓女。这就是说，除了反对蓝色，她的内心是一片空白。

这个女孩子最怕冷和黏，因为她害怕蛇和青蛙。但是红线却不怕冷血动物，她常用左手拿住青蛙的腿，右手捏住一条蛇的脖子，让右手的蛇吞掉左手的青蛙。再把蛇嘴捏开，把青蛙拖出来。这样折腾上十几次，再把它们放开。以后蛇一见青蛙就倒胃；而青蛙见到了蛇，就狂怒起来，跳到它头上去撒尿。所以，假如用冷冰冰的手去摸红线，不仅不能吓晕红线，还会被她在睾丸上踢上一脚。但红线也并非无懈可击：她最怕耗子。用热烘烘、毛扎扎的手去摸她，就能把她吓晕。但小妓女却不怕耗子。她把耗子视为一种美味，尤其是活着的。她养了一箱小白鼠，常常抓出一只，用蜜抹遍它的全身，然后拎着尾巴把这可怜的小动物放到嘴里，作为每餐前的开胃菜。假如用热烘烘的手去摸小妓女，她不仅不怕，还会转身咬掉你的鼻子。这两个女孩有时拿同性恋作为一种游戏，但她们互相不信任。红线总要问：你今天吃没吃耗子？小妓女撒谎道：好久没吃了，我的嘴是干净的。她也问红线：你今天有没有用手去拿蛇？红线说：拿过，可我洗手了。我的手也是干净的。其实她根本就没洗手。她们互相欺骗，像一对真正的恋人一样。不知为什么，那些刺客做好了一切准备，要用凉手去摸小妓女（已经得逞了），还要用热手去摸红线（尚未得逞）。这就是说，他们在寨子里有内线，知道些内幕消息。

每个女孩都有弱点，当男人不知道这个弱点时，她才是安全的。但假如她的弱点为男人所知，必是因为另一个女人的出卖。小妓女在晕过去之前，认为自己是被老妓女出卖了。这种想法当然是很有道理。被人摸晕以后，她就被人捆了起来，嘴里塞了一只臭袜子，抬进老妓女的屋里。醒来以后，她就在心里唠叨道：妈的，怎么会死在她手里？真是讨厌死了！

在我的记忆中，夜有不同的颜色。有些夜是紫色的，星星和月亮就变得惨白。有的夜是透明的淡绿色，星星和月亮都是玫瑰色的。最惨不忍睹的夜才是如烟的蓝色，星星和月亮像一些涂上去的黄油漆。在这样的夜里摸上别人家的走廊去偷听，本身就是个荒唐的主意，因此丧命更是荒诞不经。自从到了湘西，小妓女就没有穿过衣服。现在她觉得穿着衣服死掉比较有尊严。她有一件白色的晨衣，长度只及大腿，镶着红边，还配有一条细细的红腰带，她要穿着这件衣服死去。她还有一个干净的木棉枕头，从来没有用过，她想要被这个枕头闷死。具体的方法是这样的：由一个强壮的男人躺在地上，她再躺在此人身上。此人紧紧抱住她，箍住她的双手，另一人手持枕头来闷死她，而且这两个男人都不能是蓝的。就是这样的死法，她也不觉得太有意思。

3

在我自己的故事里，我刚刚遭人出卖，被领导用红笔打了三个大叉子，虽然没有被人捆倒，没有被在嘴里塞上臭袜子，更谈不到死的问题，但心情很沮丧。按那白衣女人的说法，我是被女孩出卖的。这使我更加痛苦。这种痛苦不在小妓女的痛苦之下。逮住了小妓女，那些刺客就出发去杀红线。在他们出发前，老妓女特别提醒他们，这个小贼婆很有点厉害。那些人听了哈哈大笑，说道：一个小贼婆有什么了不起？嘻嘻哈哈地走了出去，未加注意，结果是吃了大亏。此后，只剩下小妓女和老妓女待在一个房子里，那个女孩就开始起鸡皮疙瘩，心里想着：糟了，这回落到贞节女人的手里啦。

妓女这种职业似乎谈不上贞节，这种看法只在一般情况下是对的。有些妓女最讲贞节，老妓女就是这种妓女中的一个。她从来不看着男人的眼睛说话，总是看着他的脚说话；而且在他面前总是四肢着地地爬。据她自己说，干了这么多年，从来没见过男人的生殖器官。当然，她也承认，有时免不了用手去拿。但她还说：用手拿和用眼看，就是贞节不贞节的区别。老妓女说，她有一位师姐，因为看到了那个东西，就上吊自杀了。上吊之前还把自己的眼睛挖掉了。有眼睛的人在拿东西时总禁不住要看看，但拿这样东西时又要扼杀这种冲动。所以还不如戴个墨镜。顺便说一句，老妓女就有这么一副墨镜，是烟水晶制成的，镶在银框子上。假如把镜片磨磨就好了，但是没有磨，因为水晶太硬，难以加工。所谓镜片，只是两块六棱的晶体。这墨镜戴在鼻子上，整个人看上去像穿山甲。当然，她本人的修为很深，已经用不着这副眼镜，所以也不用再装成穿山甲了。

另一件重要的事是决不要吃豆子，也不要喝凉水，以免在男人面前放屁。她还有一位师妹，在男人面前放了一次响屁，也上吊而死，上吊之前还用个木塞子把自己钉住。总而言之，老妓女有很多师姐妹，都已经上吊自杀了。她有很多经验教训，还有很多规矩，执行起来坚定不移。按照她的说法，妓女这个行业，简直像毕达哥拉斯学派一样，有很多清规戒律。顺便说一句，毕达哥拉斯学派也不准吃豆子，也不知是不是为了防止放屁。但我必须补充说，只要没有男人在场，老妓女就任何规矩都不遵循。她赤身裸体，打响嗝，放响屁，用长长的指甲爬搔自己的身体来解痒，与此同时，侧着头，闭着眼，从下面的嘴角流出口水——也就是俗称哈喇子的那种东西。更难看的是她拿把剃头刀，叉开腿坐在走廊上，看似要剖腹自杀，其实在刮阴毛。那女孩把这些事讲给男人们听，自然招致那老妓女最深的仇恨。其实她本心是善良的，也尊敬前辈，只是想和老太太开个玩笑。但从结果来看，这个玩笑不开更好。

综上所述不难看出，在唐朝，妓女这个行业分为两派。老妓女所属的那一派是学院派，严谨、认真，有很多清规戒律，努力追求着真善美。这不是什么坏事，人生在世，不管做着什么事，总该有所追求。另一派则是小妓女所属的自由派，主张自由奔放，回归自然，率性而行。我觉得回归自然也不是坏事。身为作者，对笔下的人物应该做到不偏不倚。但我偏向自由派，假如有自由派的史学，一定会认为，《老佛爷性事考》《历史的脐带考》都是史学成就。不管怎么说吧，这段说明总算解释了老妓女为什么要收拾小妓女——这是一种门派之争。那位白衣女人看到这里，微微一笑道：瞎扯什么呀！就把稿子放下来，说道：走吧，你表弟在等我们呢。对这些故事，她没说好，也没说不好，我也不知该因此而满意呢，还是该失望。

白衣女人后来指出，我有措辞不当的毛病。凡我指为学院派者，都是一些很不像我的人。凡我指为自由派者，都是气质上像我的人。她说得很有道理，但对我毫无帮助。因为我对自己的气质一无所知。古人虽说人贵有自知之明，但这种要求对一个只保有两天记忆的人来说，未免太过分。所以，我只好请求读者原谅我词不达意的毛病。

在谈我表弟的事之前，我想把小妓女的故事讲完。如前所述，小妓女在男人面前很随便。她属于那种没有贞节的自由派妓女，和有贞节的学院派妓女住在一起多有不便。她和薛嵩说了好几次，想要搬家。但薛嵩总说：凑合凑合吧，没时间给你造房子。

那个老妓女也说过，她不想看到小妓女，要薛嵩在两座房子之间造个板障。薛嵩也说，凑合凑合吧，我忙不过来呀！以前薛嵩可不是这个样子，根本不需要别人说话，他自己就会找上门去，问对方有什么活要做；他会精心地给小妓女设计新家，用陶土和木头造成模型，几经修改，直到用户满意，然后动工制作；他还会用上等的楠木造出老妓女要的板障，再用腻子勾缝，打磨得精光，在上面用彩色绘出树木和风景，使人在撞上以前根本看不出有板障。

不但是妓女，寨子里每一个人都发现少了一台永动机，整个寨子少了心脏——因为薛嵩迷上了红线，不再工作，所以没有人建造住房、修筑水道、建造运送柴火的索道。作为没有贞节的女人，小妓女还能凑合着过，而老妓女则活得一点体面都没有了。原来薛嵩造了一台搔痒痒的机器，用风力驱动四十个木头牙轮，背上痒了可以往上蹭蹭，现在坏了，薛嵩也不来修。原来薛嵩造了一架可以自由转动的聚光灯，灯架上还有一面镜子，供老妓女在室内修饰自己之用。现在也转不动了，老妓女的一切隐私活动只好到光天化日下来进行。这就使老妓女的贞节几乎沦为笑柄。假如不赶紧想点办法，那就只有自杀一途了。

寨子里没有了薛嵩的服务，就显出学院派的不利之处。这个妓女流派只擅长琴棋书画，对于谋生的知识一向少学。举例来说，风力搔痒机坏了，那个小妓女就全不顾体面，拿擦脚的浮石去擦背。这种不优雅的举动把老妓女几乎气到两眼翻白；而她自己也痒得要发疯，却找不到地方蹭。供水的管道坏了，小妓女自会去提水，而那个老妓女则只会把水桶放在屋檐下面，然后默默祈祷，指望天上下雨，送下一些水来。至于送柴的索道损坏，对小妓女毫无影响。随便捡些枯枝败叶就是柴火。就是这样的事，老妓女也不会，她只会从园子里割下一棵新鲜蔬菜，拿到走廊上去，希望能把一头到处游荡的老水牛招来。把它招来不是目的，目的是希望它在门前屙屎。牛粪在干燥之后，是一种绝妙的燃料。很不幸的是，那些水牛中有良心的不多，往往吃了菜却不肯屙屎。当老妓女指着水牛屁股破口大骂时，小妓女就在走廊上笑得打滚——像这样幸灾乐祸，自然会招来杀身之祸……

4

我和我表弟媳是初次见面。那女孩长得圆头圆脸，鼻子上也有几粒斑点。和我说话时，她一刻不停地扭着身体。这是一种异域风情，并不讨厌。她很可能属于不拘小节的自由派。她不会说中国话，我不会说泰国话，互相讲了几句英文。她和我表弟讲潮汕话，而我表弟却不是潮汕人。她自己也不是潮汕人，但泰国潮汕人多，大家都会讲几句潮汕话。小妓女和薛嵩相识之初，也遇到了这个问题。他不会讲广东话，她不会讲陕西话。于是大家都去学习苗语，以便沟通。虽然会说英语，我也想学几句潮汕话。只可惜这种语言除了和表弟媳攀谈，再没有什么用处了。

我表弟现在很有钱，衣冠楚楚，隐隐透着点暴发户的气焰。从表面上看，他很尊敬我，站在饭店门口等我们，还短着舌头叫道：表嫂，很漂亮啦！接下来的话就招人讨厌：他问我们怎么来的。混账东西，我们当然是挤公共汽车来的！我觉得自己身为表哥，有骂表弟的资格。但白衣女人不等我开口就说：bus上不挤，很快就到了。我表弟对我们很客气，但对我的表弟媳就很坏，朝她大吼大叫，那女孩静静地听着，不和他吵。我能理解她的心情：今天请你的亲戚，只好让你一些，让你做一回一家之主。等把我们往包厢里让时，我表弟却管不住自己的肛门，放了个响屁。那女孩朝我伸伸舌头，微微一笑。我很喜欢她的这个笑容，但又怕她因此招来杀身之祸。

在凤凰寨里，等到刺客们走远，那个老妓女想要动手杀掉小妓女。所以等到现在，是因为她觉得不在男人面前杀人，似乎也是贞节的一部分。她要除掉本行里的一个败类，妓女队伍中的一个害群之马。干这件事时，她没有一丝一毫的犹豫，只是有点不在行。她找出了自己的匕首，笨手笨脚地在人家身上比画开了。她虽不常杀人，对此事也有点概念，知道应该一刀捅进对方心窝里。问题是：哪儿是心窝。开头她以为胸口的正中是心窝，拿手指按了以后，才知道那里是胸骨，恐怕扎不动。后来她想到心脏是长在左边，用手去推女孩的左乳房；把它按到一边去，发现下面是肋骨。这骨头虽然软些，但她也怕扎不动。然后她又想从肚子上下手，从下面挑近心脏的所在。就这样摸摸弄弄，女孩的皮肤上小米似的斑点越来越密了。后来，她猛地坐了起来，把臭袜子吐了出来，说道：别摸好吗！我肠子里都长鸡皮疙瘩了！老妓女吃了一惊，匕首掉在地上，过了很久，才问了一句：肠子里能起鸡皮疙瘩吗？那女孩毅然答道：当然能！等我屙出屎来你就看到了！老妓女闻言又吃一惊，暗自说道：好粗鄙的语言啊！这小婊子看来真是不能不杀。她的决心很大，而且是越来越大。但怎么杀始终是个问题。

别的不说，怎么把臭袜子塞回女孩嘴里就是个很大的难题。她试了好几次，每次都被对方咬了手。那女孩还说：慢着，我有话问你。为什么要杀我？老妓女说道：因为你不守妇道，是我们这行的败类。女孩沉吟道：果然是为这个。但是你呢？勾结男人杀害同行姐妹，难道你不是败类？这话很有力量，足以使老妓女瞠目结舌。但那老女人及时地丢下刀子，把耳朵堵上了。

我知道把老妓女要杀小妓女的事和我表弟请我们吃饭的事混在一起讲不够妥当，但又没有别的办法，因为这些故事是我在餐桌上想出来的。小妓女的样子就像我的表弟媳，老妓女就像我表弟。那个老妓女和一切道德卫道士一样，惯于训斥人，但不惯于和人说理。我表弟就常对弟媳嚷嚷。而那女孩和一切反道德的人一样，惯于和人说理，却不惯于训斥别人。表弟媳总是和颜悦色地回答表弟的呵斥。

老妓女和小妓女常有冲突，每次都是老妓女发起，却无法收场。举例来说，只要她们同时出现在两个不同的回廊上，那老妓女就会注视着地面，用洪亮的嗓音曼声吟哦道：阴毛该刮刮了，在男人面前，总要像个样子啊。老妓女就这样挑起了道德论争，她却不知如何来收场。那女孩马上反唇相讥道：请教大姐，为什么刮掉阴毛就像样子？她马上就无话可答。其实明路就在眼前，只消说，这是讲卫生啊！小妓女就会被折服，除非她愿意承认自己就是不讲卫生。但老妓女只是想：这小婊子竟敢反驳我！就此气得发抖，转身就回屋去了。相反，假如是小妓女在走廊上说：别刮那些毛，在男人面前总要像个样子啊。那老妓女也会收起剃刀、蓄起阴毛。她们之间的冲突其实与阴毛无关，只与对待道德训诫的态度有关。顺便说一句，我表弟和表弟媳在争些什么，我一句也没听懂，好像不是争论阴毛的问题。但从表弟的样子来看，只要我们一走，他就要把表弟媳杀死。

5

不管怎么说吧，老妓女已经决定杀小妓女，而且决心不可动摇。但小妓女还不甘心，她把反驳老妓女的话说了好几遍，还故意一字一字，鼓唇作势，想让她听不见也能看见。但老妓女只作没听见也没看见，心里却在想反驳的道理，终于想好了，就把手从耳朵上放下来，说道：小婊子，你既是败类，就不是同行姐妹。我杀你也不是败类。说毕，把刀抢到手里，上前来杀小妓女。要不是小妓女嘴快，就被她杀掉了。她马上想到一句反驳的话：不对，不对，我既不是同行姐妹，就和你不是一类，如何能算是败类，所以和你还是一类。老妓女一听话头不对，赶紧丢下刀子，把耳朵又捂上了。我老婆后来评论道，这一段像金庸小说里的某种俗套。但我不这样想。学院派总是拘泥于俗套，这是他们的弱点，可供利用。可惜自由派和学院派斗嘴，虽然可以占到一些口舌上的便宜，但无法改善自己的地位，因为刀把子捏在人家的手里。

这故事还有另一种讲法，没有这么复杂。在这种讲法里，老妓女没有和小妓女废话，小妓女也没把臭袜子吐出来。前者只是想把后者拖出房子去杀，以防血污了地板，她可没想到这件事办起来这么难。起初她想从小妓女上半身下手来拖，没想到那女孩像条刚钓出水面的鱼一样狂翻乱滚，一头撞在她鼻子上，撞得她觉得油盐酱醋一起从口鼻里往外淌——这当然是个比方，她嘴里没有淌出酱油和醋，实际上，淌出来的是血。后来，她又打算从脚的方向下手。这回女孩比较文静，仰卧在地板上，把脚往天上举，等老妓女走近了，猛一脚把她从房间里蹬出去。天明时，刺客们吃了败仗从薛嵩那里回来时，发现老妓女的房子外观有很大的改变，纸窗、纸门、纸墙壁上，到处留下人形的窟窿。说话之间，老妓女又一次从房子里摔了出来，栽倒在地上。这使那些刺客很是惊讶，赞叹道：你这是干吗呢？她答道：我要把那小婊子拖出去杀掉。他们就说：是吗？看不出是你拖她呀。那些人都被土蜂螫得红肿，在蓝颜色的烘托下，变成紫色的了。

我应该从头说起这个小妓女。在我心中，这个女孩是这个样子：在她棕色的脸中央，鼻头上有几粒细碎的斑点，眼睛大得惊人。当你见到她时，心情会很好，分手后很快就会忘记了。如果你说像这样的人很适合被杀死，我就要声明，这不是我的本意。总而言之，她和老妓女一起跟薛嵩来到湘西，同为凤凰寨的创始人，地位没有尊卑之分。从老妓女的立场出发，杀掉一位创始人，逮住另一位创始人，剩下一个创始人，就是她自己。此后她就是凤凰寨的当然主人。现在这种写法比以前无疑更为正确。

天明时分，小妓女被老妓女和一群蓝色的刺客围在凤凰寨的中心。那些人既没杀掉红线，也没逮住薛嵩，就想把她杀掉充数。那女孩听到了他们的打算，叹了一口气说：好吧，我同意。看来我想不同意也不行了。可你们也该让我知道知道，薛嵩和红线到底怎么样了。从昨天晚上开始，她既没有见到红线，也没见到薛嵩，而前者是她的朋友，后者是她的恋人。关心他们的下落，是理所当然的事情。连老妓女带刺客头子，都以为这种要求是合情合理的。但他们也不知红线和薛嵩到底怎样了。既然不知道，也就不能杀掉她。

现在可以说说那个女孩为什么讨厌蓝色。在湘西的草地上，蓝色如烟，往事也如烟。清晨时分，被露水打湿的草地是一片殷蓝，直伸到天际，此时天空是灰蒙蒙的。这种蓝色和薄暮时寨子上空悬挂的炊烟相仿。诚然，正午时的天空也是蓝色，此时平静的水面上反光也是蓝色，但这两种蓝色就没有人注意。因此就造成了这样的局面：只有如烟的殷蓝色才叫作蓝色，别的颜色都不叫蓝色。每天早上，小妓女双手环抱于胸，走到蓝色的草地上，此时往事在她心里交织着。因为她讨厌往事，所以也讨厌蓝色。既然她讨厌回忆往事，又何必到草地上来——这一点我也无法解释。我能够解释的只是蓝色为什么可鄙：我们领导总穿蓝色制服。后来，她躺在老妓女家里的地板上时，就是这样想的：既然被蓝色如烟的人逮住，就会得到一个蓝色如烟的死。具体地说，可能是这样：她被带到门外，浑身涂满了蓝颜色，头朝下地栽进一个铁皮桶，里面盛着蓝墨水。此后她就从现在消失，回到往事……

按照以前留下的线索，那些刺客和老妓女要杀掉这个小妓女，她以一种就范的态度对他们说：好吧，随你们的便吧；但你们得告诉我，薛嵩和红线怎样了。但她又摆出了个不肯就范的姿势，整个身体呈S形。在S形的顶端是她捆在一处的两只脚，然后是她的小腿和蜷着的膝盖。大腿和屁股朝反方向折了回来。这个S形的底部是她的整个躯体。她拿出这个姿势来，是准备用脚蹬人。当然，这个姿势有点不够优雅，因为羞处露在外面，朝向她想蹬的那个人。老妓女训斥她说：怎么能这样！在男人面前总要像个样子！但那小妓女毅然答道：我就不像样子了，你能怎么样吧！不告诉我薛嵩怎样了，我就不让你们杀！当然，那些刺客可以一拥而上，把这小妓女揪住，像对付一条鳝鱼一样，把她蜷着的身体拉开，一刀砍掉她的脑袋。但那些刺客觉得这样做不够得体：大家都是有教养的人，人家不让杀怎么能杀呢——除此之外，刺客都是男人，对女人总要让着一些。但要告诉她薛嵩怎样了，又是不可能的事，因为他们也不知道。当然，他们也可以撒句谎，说：他们俩都被我们杀掉了。但这又是不可能的事，大家都是有教养的人，怎么能说谎呢？刺客头子不好意思地笑了一下说：好吧，那就暂时不杀你。小妓女很高兴，说道：谢谢！就放下腿，翻身坐了起来。当然，现在是杀掉她的大好时机，可以猛冲过去，把她一刀杀死。但那刺客头子又觉得这样做不够得体。所以，他们就没杀掉那个小妓女。

二

1

我该把和表弟吃饭的事作一了结。吃饭时他把手放在桌子上。这只右手很小，又肥又厚，靠近手掌的指节上长了一些毛。人家说，长这样的手是有福的。这种福分表现在他戴的金戒指上：他有四根手指戴有又宽又厚的金戒指，我毫不怀疑戒指是真金的，只怀疑假如我们不来，他会不会把这些戒指全戴上——当小姐给他斟酒时，他用手指在桌面上敲着。饭后，我开始犹豫：既然我是表哥，是不是该我付账……但我表弟毫不犹豫，掏出一张信用卡来。是VISA卡，卡上是美元。后来，我们走到马路上，表弟和他太太要回王朝饭店，我开始盘算他们该坐哪路车——要知道，路径繁多，既可以乘地铁，也可以乘电车、公共汽车、双层巴士（特一路），假如不怕绕路的话，还可以乘市郊车。但我表弟毫不犹豫，拦住了一辆黄色的出租车，递给司机一张百元大票，大声大气地说：送我表哥表嫂到学院路。我对他的果决由衷佩服。回到家里，我们并排坐在床上。我老婆也堕入了沉思之中。后来，她拥抱了我，在我耳畔说道：我只喜欢你。然后她凉凉的小手就向下搜索过来。

那天夜里，那个自称是我老婆的女人在床上陈列她白色、修长的身躯。起初，是我环绕着这个身躯，后来则是这个身躯在环绕我。对于一位自己不了解的女士，只能说这么多。我始终在犹豫之中，好像在下一局棋。她说，我只喜欢你。这就是说，她不喜欢我表弟。但是似乎存在着喜欢我表弟的可能性。也许，他们以前认识？或者我表弟追求过她？

在这方面存在着无穷多种可能性。这么多可能性马上就把我绕糊涂了。

因为写到了一些邪恶的人：老妓女、刺客头子，现在我觉得薛嵩比较可爱了。白衣女人再次重申她只爱我，我的心情也好多了。薛嵩留着可爱的板寸头，手很小，而且手背上很有肉。这是过去的薛嵩。照小妓女的记忆，那时候他像个可爱的小老鼠，不知什么时候就会从地缝里钻出来，出现在她的面前，兴高采烈地说道：我要和你做爱！就把她扑倒在地，带来一种热烘烘的亲切感觉。他的男性呈深棕色，好像涂了油一样有光泽。这种事情不应被视为苟合，而应视为同派学兄学妹之间的切磋技艺。小妓女对这种切磋感到幸福，唯一使她不满的是：薛嵩老到老妓女那里去。每当她噘起嘴来时，薛嵩就热情洋溢地说道：我们要做大事，要团结，不要有门户之见嘛！此后就更加热情地把她扑倒在地，使她忘掉心中的不满……以后她就忘掉了门派分歧，主动叫老妓女为大姐；在此之前她称对方为老婊子、老破鞋，还有一个称呼，用了个很粗俗的字眼，和逼迫的逼同音不同字。只可惜老妓女已经恨了她，还是要把她杀死。所以，在被捆倒在地上时，小妓女暗暗后悔，觉得多叫了几声大姐，少叫了几次老逼，自己吃了很大的亏。

过去的薛嵩和现在的薛嵩很不一样，现在的薛嵩长了一头长发，乱蓬蓬地绞结着，肤色灰暗，颧骨突出，眼睛又大又凸出，茫然地瞪着。他的手又大又粗糙，身上很凉，心事重重，但一点都不是傻呵呵的。他的男性呈死灰色，毫无光泽，好像一条死蛇。照小妓女的看法，他变成这样，完全要怪红线。但红线是她的朋友，她不好意思和她翻脸。

在凤凰寨里，薛嵩发生了很多变化，小妓女却始终如一，总是笑嘻嘻地走来走去。见到了男人，就屈起右手的中指，随手一弹，弹到他的龟头上，就算打过了招呼。这一指弹到了薛嵩的龟头上，他才会猛醒，注视着那小妓女，说道：晚上我去看你。那女孩就赶回家去，收拾房子，准备茶水，用一块橘子皮把牙齿擦得洁白如玉。然后就坐下等待薛嵩，但薛嵩总是不来。一直要等到过了一个星期才会来，坐在走廊说：我好像答应过前天晚上来看你。要是别的女人，准会用脏水泼他，但小妓女不会。只要薛嵩来了，她就满足了。

过去的薛嵩还有种傻呵呵的劲头，一心要在湘西做一番事业。在旅途中，他一直在设计未来的凤凰城，做了很多模型。有一个是铜的，他假设当地多铜，所以以为凤凰寨要用铜来制作。假如纯用铜太耗费，就用石块建造墙壁，用铜水来勾缝。另一个模型是铁的。有一些凤凰寨是一组高高的塔楼，这些塔楼要用花岗石建造。另一些凤凰寨是一组四方形的碉楼，这些碉楼要用石灰岩来建造。最平淡无奇的设计是一片楠木的楼房，所有的木料都要在明矾水里泡过，可以防火。到了地方一看，这里只是一片瘠薄的红土地，什么都不出产，还在闹白蚁。凤凰寨未经建造时是一片杂树和竹子的林子，建造之后仍是这样的林子。但这没有扫薛嵩的兴，他说：好啊，好啊，我们有了一座生态城市了。他拿出工具，给大家建造生态房屋。这种工作也让他心满意足。棕色皮肤，小手小脚，这是我表弟小时的模样。至于他的男性什么样子，我却没有见过。这该去问我的表弟媳。

2

到现在为止，我还没有说到那些蓝色的刺客怎样行刺——这些刺客都属于学院派。在一个蓝色的夜里，趁着黄色的月光，他们摸进薛嵩的院子，也就是说，走进了一位自由派能工巧匠的内心。开头，他们走在铺着黄色沙石的小径上，两面是黑色的树林。后来就看到一堵厚木板钉成的墙。这些木板都刨过、打磨过，用榫头连接，在月光下像一堵磨砖对缝的墙。这本是一种工艺上的奇迹，但是出于自由派之手，就不值得赞美。中间是一两扇木头门。在这座门前，刺客们屏住了呼吸，他们排成两排，握紧了手中的兵器，让一位有专长的同伙从中过去，去撬那扇门。对付这种门有很多方法，一种是用刀尖从门缝里插进去，把门闸拨开。但这个方法不能用，两个门扇对得很紧，简直没有缝。另一种是用铁棍把门扇从框上摘下来。这一手也不能用，因为门安得很结实。第三种办法要用千斤顶，但没有带。第四种方法是用火烧，但会惊动薛嵩。这位刺客因此花了些时间……后来他低声叫道：他妈的。因为这门既没有锁，也没有反插住，一推就开了。

在这座门里，是一道厚木板铺成的小径，小径像栈道一样有双桁架支撑。那些刺客就像一队夜间在水边觅食的鹭鸶，行走在小径上。在小径尽头，又是一道竹篱笆墙，有一座竹板门。吸取了上回的教训，走在前面的刺客径直去推门。那门“呀”的一声开了。有感于这个声音，刺客头子发出一道口令：“往后传，悄声。”这句话就朝后传去，越传声音越大，到最后简直就像叫喊。如果复述头头的声音不大，就显不出头头的威严。刺客头子对手下人的喧嚣不满，就又传出一道口令：“谁敢高声就宰了他！”但手下人有感于这道命令的威严，就更大声地复述着，把半个凤凰寨的人都吵起来了。刺客头子在狂怒中吼道：操你妈，都闭嘴！这句骂人话被数十人同声复述，隆隆地滚过了夜空。然后，这些小人物又因为辱骂了领导而自行掌嘴。学院派可能不是这样粗鄙，但我只能这样来写。因为如你所知，我没当过学院派。

后来他们又走过了圆竹子扎成的小径，这条路就像一道乡间的小桥。小桥的尽头是一道草扎的墙，像草房的屋顶一样，有草排做成的门。门后的小路用芦花和草穗铺成，走在上面很舒服。然后又出现了木头墙和木头门……有一位刺客抱怨道：娘的，这么多的门。对此，我有一种解释：作为一位能工巧匠，薛嵩喜欢造门，而且常常忘记自己已经造了多少门，铺设了多少小径，所以他家里有无数的门和小径。还有一种解释是：薛嵩的院子里一共只有三道门，三条小径。一条是进来的路，一条是家里的路，还有一条是出去的路。这些刺客没有走对，正在他院里转圈子。按照前一种解释，那些刺客应该耐着性子穿过所有的门，走完全部小径；这些刺客就在做这件事——这样的夜间漫步很有趣，但迷了路就不好了。现在的情形就很像迷了路，所以他们也怀疑后一种解释可能成真；所以一面走，一面在路边上搜索，终于在黑暗的林间看到了一座房子的轮廓。

有一件事情必须提到，那就是月光比日光短命得多。他们出来时，到处是黄色的月光，现在一点也没有了，蓝色的夜变成了黑色的。还有一件事必须提到：在夜里，路上比别的地方明亮，所以一定要走路。总而言之，那些刺客发现了路边有座房子，就把它团团围住，冲了进去，然后就惊呆了。只见在黑暗中有一对眼睛，发着蓝色的晶光，眼睛中间的距离足有一尺多。那间房子里充满了腐草的气味。有人不禁赞叹道：我的妈，红线原来是这样。但是刺客头子很镇定，他说了一声：我们走。就领头退了出去。他手下的人问道：怎么回事？怎么回事？难道我们不杀红线了？他就感到很气愤，还觉得手下人太笨。他是对的。大家早就该明白，刚才冲进了牛棚，所看到的是水牛的眼睛。假如红线的眼睛是这个样子，那就难以匹敌。照人的尺寸来衡量，长这样眼睛的人身高大概有三丈八尺，眼珠子有碗口大，还不知是谁杀谁呢。后来他们又冲进了猪圈、鸡窝和鸭棚，到处都找不到红线，也找不到薛嵩。后来冲进了土蜂窝，被螫了一顿，就这样回来了。这就产生了一个问题，薛嵩和红线到哪里去了？有一种解释是这样的：他们哪里都没去，就住在大家的头顶上。薛嵩造了一座高脚房子，支撑在一些柱子上。那条竹子小径就从高脚房底下蜿蜒通过。那些刺客倒是发现了一些柱子，但是以为它们是树。这房子在白天很容易看到，到了夜里就看不到了。

3

按照这种说法，薛嵩和红线住在离地很远的、木板构成的平面上。在白天，爬上一道梯子，从一个四方的窟窿里穿过四寸厚的木板，就能到达薛嵩所住的地方。这里有一座空中花园，有四个四方形的花坛，呈田字形排列。每天早上，薛嵩都到花坛中央去迎接林间的雾气，同时发现，树林变矮了。参天的巨木变成了灌木，修长的竹子变成了芦苇丛，就连漫天的迷雾也变成了只及膝盖的低雾。薛嵩对此很是满意，就拿起工具开始工作。首先，他要给所有的木头打一遍蜡。这些木头既要防水，又要防虫；既要防腐，又要防蛀。这可不大容易，打一遍蜡要三个小时，然后还要腰疼。如果你说薛嵩花了很大工夫给自己找罪来受，我倒没有什么意见。一面给木板打蜡，一面他还在想，给这片平台再加上一层，这一层要像剧院的包厢环绕花园，中间留下一个天井，不要挡住花园所需的阳光。假如你据此以为薛嵩的罪还没有受够，我也没有不同意见。

在花园的左前方，也就是来宾入口附近，有一座水车，像一个巨大的车轮矗立在那里，薛嵩用它往平台上汲水。遗憾的是这水车转起来很重，这倒不是因为它造得不好，而是因为汲程很高。薛嵩在水车边贴了张标语，用水车的口吻写着“顺手转我一下”，这就是说，他想利用来宾的劳动力。他自己住在花园后面一座小小的和式房子里，睡在硬木板上，铺着一张薄薄的草席，枕一个四方形的硬木枕。只有过最简朴的生活，才能保持工作的动力。他喝的是清水，吃芭蕉叶里包着的小包米饭。而红线则住在右面一个大亭子里。这个亭子同时又是一个升降平台，红线的柚木笼子就放在平台上。她坐在笼子中央嗑瓜子，从一个黑色的釉罐里取出瓜子，把瓜子皮磕在一个白罐子里。后来她叫道：薛嵩！薛嵩！薛嵩就奔了过来，手里还拿着修剪花草的剪子。他把盛瓜子皮的罐子取出来，又放进去一个空罐。与此同时，红线坐在棕垫子上嗑瓜子，偏着头看薛嵩，终于忍不住说道：你进不进来？薛嵩眯着眼看红线（因为总做精细的工作，他已经得了近视眼），看遍了她棕色、有光泽的身体，觉得她真漂亮。他感到性的冲动，但又抑制了自己，说道：等忙完了就进来。红线叹了一口气，说道：好吧，你把我放下去。于是薛嵩搬动了把手，把红线和她的笼子放下去，降落在车座上。然后他又去忙自己的事。他的大手上满是松香和焊锡的烫伤，因为他总在焊东西。比方说，焊铁皮灯罩，或是白铁烟筒。这座平台上有一个小小的厨房，他想把炊烟排到远远的地方，不要污染眼前的环境。他还以为红线乘着车子在下面菜园里工作，其实远不是这样。她从笼子下面的活门里钻了出去，找小妓女去聊大天。对此不宜横加责备，因为她还是个孩子嘛——假如这故事是这样的，就可以解释夜里那些刺客走进薛嵩家以后，为什么会觉得那么黑。这是因为他们走在人家的地基底下。不要说是黑夜，就是在白天，那地方也相当地黑。

这故事还有另一种讲法。那些刺客在薛嵩家里乱闯，访问过牛圈、猪圈之后，忽然听见一个女孩的声音在说：“大叔，大叔！你们找谁？”他们瞪大了眼睛往四下看，但什么也看不见，因为实在太黑。后来，那女孩用责备的口气说：

你们点个亮嘛。但刺客们却犯起了犹豫。众所周知，刺客不喜欢明火执仗。刺客头子想了一下，猛地拍了一下大腿，说道：对！早就该点火！我们人多。这就是说，既然人多，就该喜欢明火执仗。我很喜欢这个刺客头子，因为他有较高的智力——学院派的人一贯如此。

4

那天夜里，刺客头子让手下人点上火——他们随身携带着盛在竹筒里的火煤，还有小巧的松脂火把，这是走夜路的人必备之物——看到就在他们身边有一个很大的木笼子，简直伸手可及，但在没有亮的时候，他们以为这是一垛柴火。在笼子中央坐着一个小姑娘。她的项上、手上和脚上，各戴了一个木枷。假如仔细观察，就会发现这三个木枷都是心形的。脖子上的那一个非常小巧，就如一件饰物，手上和足上的都非常平滑，是爱情的象征。这些东西是胡桃木做的，打了蜡。薛嵩之所以不用柚木，是因为柚木不多，已经不够用了。刺客头子看得没有那么仔细，他觉得很气愤：把一个女孩子关在笼子里，还把她锁住，这太过分了。也没问问她是谁，就下令道：把她放出来！

他手下的人扑向笼边的栅栏，用手去摇撼。正如这位小姑娘（她就是红线）微笑着指出的那样：这没用，结实着呢。于是，他们决定用刀。红线一看到刀，就说：别动！不准砍！这是我的东西！但有人已经砍了一下，留下了一道刀痕。不管柚木怎么硬，都硬不过刀。还不等他砍第二下，红线就嘬唇打了一个唿哨。然后，随着一阵不祥的嗡嗡声，无数黄蜂从空而降。这一点和前一个故事讲的一样。所不同的是：这个黄蜂窝就在这伙刺客的头上，只是因为高，他们看不到。红线叫他们点起火来，黄蜂受到火光和烟雾的扰动，全都很气愤，围着球形的蜂窝团团乱转，有些已经飞了起来；但那些刺客也没看见。这也不怪他们，谁没事老往天上看。等到红线打个唿哨，黄蜂就一起下来螫人。这一回倒是看到了，但已经有点晚了。那些黄蜂专螫刺客，不螫红线，因为她身上亮闪闪地涂了一层蜂蜡。涂这种东西有两种好处：第一，涂了皮肤好；第二，黄蜂遇到她时，以为是自己的表弟蜜蜂，对她就特别友好。在这个故事里，红线相当狡猾。她让刺客大叔们点火，完全是有意的。她看到这伙人在黑地里鬼鬼祟祟，就知道他们不怀好意。同时又嗅出他们身上没涂蜜蜡，就想到要让黄蜂去叮他们。虽然如此，也不能说她做得不对。因为他们是来杀她的，让想杀自己的人吃点苦头，难道不是天经地义吗？

有关薛嵩的家，另有一种说法是这样的：它是一片柚木的大陆，可以在八根木柱上升降——当然，是通过一套极复杂的机构，由滑轮、缆绳、连杆、齿轮，还有蜗轮、蜗杆等组成，薛嵩在自己门前转动一个轮子，轮子带动整套机构，缓缓地升起来。当然，速度极慢，他的花园和房子，连同地基，就绝不是人眼可以看出的。要连转三天三夜，才能把整个院子升到离地三丈的柱顶。把它降下来相对要容易得多，但薛嵩轻易不肯把它降下来，怕再升起来太困难。根据这个说法，那天晚上，刺客们摸进薛嵩的家，马上就发现在平地上有个孤零零的笼子，红线睡在里面。他们点亮了灯笼火把，把笼子团团围住，但找不到入口，就问红线说：你是怎么进去的？这个小女孩回答得很干脆：不告诉你们。她坐在笼子中央的蒲团上嗑瓜子，离每一边都很远，这样，想从栅栏缝里用刀来砍她就是徒劳的了。那些刺客互相抱怨，为什么不带条长枪来，以便用枪从栅栏缝里刺她；与此同时，他们还抓住栅栏使劲摇撼。红线则轻描淡写地说道：省点劲吧，柚木的，结实着哪。那些刺客看到要杀的对象近在咫尺却杀不到，全都气坏了。有人就用刀去砍柚木栅栏，才砍了一下，红线就变了脸色，打了一个唿哨。砍到第二下，红线尖叫了起来：薛嵩！薛嵩！有人在他们头顶上应道：干什么？红线叫道：把房子放下来！于是随着一阵可怕的嘎嘎声，刺客们头顶上的天就平拍了下来。反应快的刺客及时侧了一下头，被砸得头破血流，摔倒在地。反应慢的继续直愣愣地站着，脑袋就被拍进腔子里，腔子又被拍到胯下，只剩下下半身，继续直愣愣地站着。

对于这件事，必须补充说，房子从头顶上砸下来，对红线却是安全的，因为那柚木房基上有个四方的洞，正好是严丝合缝嵌在笼子上。按照红线的设想，这房子应该一直降到地面上，把所有的刺客都拍进地里。但实际上，它降到齐腰高的地方就停住了。红线喝道：怎么回事？薛嵩不好意思地说：卡住了。滑轨有毛病，总是这样……红线说：真没用！她纵身跃起，甩开了身上的枷锁（假如有的话），从笼顶上一个暗口钻了出去，赶去帮薛嵩修理机器。那些倒在地上未死的刺客就叹息道：原来入口是在顶上的啊。

根据这种说法，那些刺客回到老妓女门前时，头上也是红肿着的，但不是蜂螫的，而是砸的了。根据这种说法，刺客头子不是刺客里最聪明的人。他手下有个人比他还要聪明，当他们倒在地上时，那个人拉了头子一下说：咱们就这样躺着，等人家修好机器来砸死我们吗？刺客头子很不满意这个说法，但也找不出反驳的理由，就下了撤退的命令。他们从地基和地面之间爬出来以后，那人又出了个很好的主意：咱们现在摸回去，谅他没有第二层房子来砸我们。刺客头子不喜欢别人再给他出主意，就朝他龇出了满嘴雪白的牙。于是这些人就这样退走了。

假如这队刺客照这人的主意摸回去，就会看到薛嵩和红线打着火把，全神贯注地修理那些复杂的机器，这故事后来的发展也很不一样了。认真地想一想，我认为那些刺客会悄悄地摸上去，把红线抓住一刀杀掉，把薛嵩抓走，交给老妓女，让他在老妓女的监督之下，给凤凰寨造房子，修上下水道。这种说法我虽然不喜欢，但它也是一种待穷尽的可能。

三

1

第二天早上，我们又来上班。把上面提到的故事写在纸上之后，我又开始冥思苦想起来。昨天的事情说明，在暴躁、易怒的外表下，我内心柔弱，多愁善感，就像那个小妓女。说起来难听，但我对此并无不满。本着这种态度，我开始为领导考虑，有我这样的下属真够他一呛：报上来的研究题目尽在那些部位，怎么向上级交代呢？我现在想了起来，我住院时他来医院看过我，提来了一袋去年的红香蕉苹果。那种水果拿在手里轻飘飘的，倒像是胖大海。这种果子我当然不吃，送给了一位农村来的病友，叫他拿回去喂猪——不知猪对这些苹果有何评价。但不管怎么说吧，他来看过我，还带来了礼物……现在我是真心要拟个过得去的研究题目，但怎么也拟不出。我觉得自己可以原谅：我刚被车撞过。所以，我把题目放下，又去写故事了。

塞万提斯说，堂吉诃德所爱的达辛尼亚，是托波索地方腌猪肉的第一把好手。薛嵩也是湘西地方烧玻璃的第一把好手。假如他想在第二年春天烧玻璃，头年秋天就到山上去割一大车蓑草，晾干以后，交给寨子里一个女人，叫她拿草当柴来烧，还给她一些坛子。这样她就有了一车白来的干草，但她只能把它烧掉，不能派别的用场——虽然蓑草还可以用来做蓑衣——还要把烧成的灰都收集起来。这样，经过一冬，薛嵩就得到很多洁白如玉的灰，都盛在坛子里。这种灰有很大的碱性——他得到了烧玻璃的第一种原料，就是碱。他还到河滩上采来最洁白的沙子，这是第二种原料，到山上采集最好的长石，这是第三种原料，还有第四和第五种原料，恕我不一一尽数，搜集齐了一起放到坩埚里去烧，然后把烧融的玻璃液倒到熔化的锡上冷却——一块平板玻璃就这样制好了。这块玻璃有时厚，有时薄，这是因为薛嵩虽然很注意原料的配比，却总忘掉它的总量。分量多了，玻璃液就多，浇出的玻璃就厚，反之则薄。假如太薄，玻璃上会有星星点点的圆洞，就如擀面擀薄了的景象。这种玻璃使薛嵩大为欢喜。等到玻璃凉了，他把它拿起来，看着这些洞哈哈大笑。这种玻璃没棱没角，像块面饼。多数是方形，也有梯形和三角形的。薛嵩自会给玻璃配上窗框，给窗框配上房子，这些房子有些是三角形，有些是梯形，依玻璃的形状而定。这种玻璃蓝里透绿，透过它往外看，就如置身于深水里。

薛嵩还是打造铜器的第一把高手。他把铜皮放在木头上，用木榔头敲。随着这些敲击，铜皮弯曲起来，逐渐成形。他再用铁榔头砸出边来，用锡焊好，一个铜夜壶就造好了。他还是制造陶器、浇铸铁器、编造竹器的高手，最优秀的皮匠和厨师。至于做木匠，他到湘西才开始学，也已成了高手。总而言之，他有无数手艺，多到他自己也记不清，像这样的人当然很有用，只是要把他盯紧一些，否则他会胡闹。在烧制玻璃时，他发现黏稠的玻璃液可以拉出丝来，就五迷三道地想用这种丝来造衣服。这样平板玻璃就造不成——全被他拉成了丝。而这种衣服是透明的，穿上以后伤风败俗。让他造夜壶也要小心，稍不留神，夜壶就不见了，变成一个铜人。铜皮下面有滑轮，有肠衣做的弦牵动，还有一颗发条心脏，这样就可以到处乱跑，还能说几句简单的话。虽然还有夜壶的功能，但很讨人嫌。黑更半夜的，它每隔一小时就跑到你面前来滴滴嘟嘟地说：请撒尿。根本不管你想不想尿。老妓女就有这样一把夜壶，她很不喜欢，把它放在柜子里，它就在柜子里乱转，在柜子里滴滴嘟嘟地说：请撒尿。好在他还有从善如流的好处，你不喜欢这把夜壶，他马上就去打另一把，直到你满意为止。不过，这都是他迷上红线以前的事。现在你再找他做事，他总是说：我忙，等下回吧。

根据现在这种说法，老妓女迷恋薛嵩，不只是迷恋他巧夺天工的手艺，还迷恋他勤勤恳恳的态度。以前，他来看老妓女，看到她因年迈走了形的身体，就说：大妈，你要是信得过我，就让我给你做个整形手术。拉拉脸皮，垫垫乳房，我觉得没什么难的。老妓女不肯，这是因为她觉得人活到什么年龄就该有什么样子，不想做手术；还因为学院派不喜欢这类雕虫小技，但最本质的原因是：薛嵩没做过这种手术。这家伙胆子大得很，只在猫屁眼上练了两次，就敢给人割痔疮。后来，他一面和老妓女做爱，一面拨弄她瘪水袋似的乳房，说道：越看我越觉得有把握。要是别人胆敢这样不敬，老妓女就要用大嘴巴抽他。但是薛嵩就不同了。有一阵子，老妓女真的考虑要做这个手术。这是因为薛嵩小手小脚，长着棕色发亮的皮肤，头上留着短发，脑后还有一绺长发，老妓女喜欢他。既然喜欢，就该把身体交给他练练手。

有关这位老妓女，我们已经说过，她总把阴毛剃得精光。她嘴上有些黄色的胡子，因为太软，用刀剃不掉。薛嵩给她做过一个拔毛器，原理是用一盏灯，加热一些松香，把胡子粘住，然后使松香冷凝，就可以拔下毛来（据我所知，屠宰厂就用这个原理给猪头煺毛，直到发现松香有毒），现在坏了（确切地说，是没有松香了，也不知怎么往里加），老妓女只好用粉把胡子遮住，看上去像腿毛很重的人穿上了长筒丝袜。有关这个拔毛器，还要补充说，薛嵩的一切作品都有太过复杂、难于操纵的毛病。如果不繁复，就不能体现自己是个能工巧匠。繁复本身却是个负担——我现在就陷入了这种困境……

2

后来，他们把薛嵩逮住，给他套上枷锁，押着他去干活。因为薛嵩已有两年多不务正业，积压的工作很多。但只要押着他的人稍不注意，薛嵩就会脱开枷锁跑掉，跑到坟头上去凭吊红线，因为根据这种说法，红线已经死掉了。薛嵩经常跑掉，使老妓女很不高兴，虽然他不会跑远，而且总能在坟头上逮到，但老妓女害怕他在这段路上又会遇上一个小姑娘，从此再变得五迷三道。所以她就命令薛嵩造出更复杂的锁，把他自己锁住。造锁对能工巧匠来说，是一种挑战。薛嵩全心全意地投入这项工作。他造出了十二位数码锁、定时锁，还有用钥匙的锁，那钥匙有两寸宽，上面有无数的沟槽，完全无法复制。这些锁的图纸任何人看了都要头晕，它们还坚固无比，用巨斧都砍不开。但用来对付他自己，却毫无用处。他可以用铁丝捅开，也可以用竹棍捅开，甚至用草棍捅开这些锁。假如你让他得不到任何棍子，他还能用气把它吹开。老妓女以为他在耍花招，就直截了当地命令道：去造一把你自己打不开的锁。薛嵩接受了这个任务，他长考了三天三夜，既没有画图纸，也没有动手做。最后，他对老妓女说：大妈，这种锁我造不出来。老妓女说：胡扯！我不信你这么笨！此时她指的是薛嵩不会缺少造锁的聪明。后来她又说：我不信你有这么聪明！此时指的是薛嵩开锁的聪明。最后她说：我不信你这么刚好！这就是说，她不信薛嵩开锁的聪明正好胜过了造锁的聪明。实际上，聪明只有一种，用于开锁，就是开锁的聪明；用于造锁，就是造锁的聪明。薛嵩叹了一口气，摇了摇头，走开去做别的工作了。

希腊先哲曾说：上坡和下坡是同一条路，善恶同体；上坡路反过来就是下坡路，善反过来就是恶。薛嵩所拥有的，也是这样一种智慧。他设计一种机构时，同时也就设计了破解这种机构的方法——只消把这机构反过来想就得到了这种方法。在他那里，造一把自己打不开的锁，成了哲学问题。经过长时间的冥思苦索，他有了一个答案，但一直不想把它告诉老妓女。那就是：确实存在着一种锁，他能把它造出来，又让自己打不开，那就是实心的铁疙瘩。这种锁一旦锁上了，就再不能打开。作为一个能工巧匠，我痛恨这种设计。作为一个爱智慧的人，我痛恨这种智慧。因为它脱离了设计和智慧的范畴，属于另一个世界。

后来，薛嵩把这个方案交给了老妓女，老妓女虽然毫无智慧，但马上就相信此案可行。此后，薛嵩又亲手做了一个锁壳，把锁链装上，用坩埚烧开一锅铁水，在老妓女的监督下，把它浇在锁壳里。他就这样造了一把打不开的锁，完成了老妓女交给他的任务。锁是铁链的中枢，扣住了他自己的手脚。这样他迈不开腿，也抡不开手，既不能跑掉，也不能反抗，只能干活。对这个故事无须解释：自从红线死了以后，薛嵩已经心丧如死，巴不得像行尸走肉一样地活着。但作为讲故事的人，也就是我，尚须加以解释：这故事有一种特别的讨厌之处，那就是它有了寓意。而故事就是故事，不该有寓意。坦白地说，我犯了一个错误，违背了我自己的本意。既然如此，就该谈谈我有何寓意。这很明显，我是修历史的。我的寓意只能是历史。

我现在想，在我写的小说定稿时，要把这一段删掉——既已有了这种打算，就可以肆无忌惮地写。在我看来，整个历史可以浓缩成一个场景：一位贤者坐在君王面前，君王问道：有没有一种方法，可以控制天下苍生？这位智者、夫子，或者叫作傻逼，为了炫耀他的聪明，就答道：有的。这就是控制大家的意志。说他是智者，是因为他确实有这种鬼聪明。说他是傻逼，是因为他忘记了自己也是天下苍生的一分子，自己害起自己来了。从那一天开始，不仅天下苍生尽被控制，连智慧也被控制。有意志的智慧坚挺着，既有用，又有趣，可以给人带来极大的快感；没有意志的智慧软塌塌的，除了充当历史的脐带，别无用场了……所谓学院派，就是被历史的脐带缠住的流派……照这个样子写下去，这篇小说会成为学术论文，充其量成为学院派的小说。幸亏在我的故事里，红线没有被刺客杀死，薛嵩也没有被老妓女逮住。我还有其他的可能性。这篇小说我还是做得了主的，作为自由派的坚定分子，我不容许本节这种可能发生。请相信，已经写到的一切足以使我惭愧。我远不是薛嵩那样勤勉工作的人。

午后，万寿寺里升起了一片炎热的薄雾，响起了吵人的蝉鸣。我把写着的故事放到一边，又拿起了那份白色的表格，对着那三个红色的叉子想了半天，终于相信这三个题目里毫无崇高，根本就是个恶意的玩笑。假如我努力想出三个更崇高的题目，它们会是更恶毒的玩笑。总而言之，我所有崇高的努力都会导致最恶毒的玩笑。也许我该往相反的方向去想。于是我又撕了一张黄纸片，在上面写下三个最恶毒的玩笑：《唐代之精神文明建设考》《宋代之精神文明建设考》《元代之精神文明建设考》。之所以说它们是恶毒的玩笑，是因为我根本就不知道它们是怎样的东西，而且这世界上也不会有人知道。

我把这张纸片贴到表格上，拿着它出了门，到对面配殿里找我们的领导，也就是那个戴蓝布制帽、穿蓝布制服、带有马尿气味的人，把这张表格交给他，与此同时，心中忐忑不安，生怕他会翻了脸打我……谁知他看了以后，把表格往抽屉里一锁，对我说道：早就该这样写！虽然已经对这个结果有一点预感，但我还是被惊呆了……顺便说一句，我以为最恶毒的玩笑是《当代之精神文明建设考》，因为它是最没有人懂得的陈词滥调，也许你能告诉我，这是否就是最崇高的题目？假如是的话，那么，最恶毒的努力带来的反而是崇高。这是怎么回事，我真的不懂了。

3

我终于从领导那里得到了一句赞许的话。但这话在我心中激起了最恶毒的仇恨。怀着这种心情，我把刺客们行刺薛嵩的经过重写了一遍：从前，有一群刺客去袭击薛嵩。午夜时分，他们摸进了薛嵩的家，摸进了这位能工巧匠的内心。他们的目的是杀死红线，把薛嵩抓走，交给雇主，就算是完成了任务。但是这个任务没有完成。这是这个故事不可改变的梗概。在这个梗概之下，对那些刺客来说，依然存在着种种可能性。

举例来说，有一种可能是这样的：那些刺客摸到薛嵩家门口，那里有座木头门楼。打起火来一照，看到门楼上方挂了一块柚木的匾，上面用绿油漆写了两个谦虚的隶字：薛宅。门的左侧钉了一块木牌，上面用红油漆歪歪斜斜地写着“红线客居于此”，底下是一段苗文。据我所知，当时的苗文是一种象形文字。那段文字的第一个符号是一只鸟，仿佛是一只鸽子。第二个符号肯定是一条蛇。再后面是颗牛头。但你若说它是颗羊头，我也无法反对。随后是颗骷髅头，但也可能是个湖泊、一个茄子或是别的瓜果，或者是别的任何一种东西。底下还有些别的符号，因为太潦草，就完全无法形容，更不要说是辨认。据说苗文就是这样，头几个符号只要能读懂，后面就可以猜到，用不着写得太仔细。刺客里有一位饱学之士，他在火光下咬着手指，开始解读这些文字。很显然，这段苗文是红线所书。这第一个符号，也就是鸽子，是指她自己。按照汉族的读法，应该读作“奴家”“贱妾”，或者“小女子”“小贱人”之类。第二个字，也就是那条蛇。该刺客认为是男性生殖器的象征。虽然还不知怎么解释，但肯定不是个好意思。再往下怎么读，就很成问题。假如是牛头，就是好意思。要是羊头就是坏意思。总而言之，虽然是饱学之士，也没读懂红线写了些什么。这只能怪她写得太潦草了。这些刺客气壮山河地来杀人，却在门前被一片潦草的苗文难住，这很使他们气馁。很显然，这些刺客也属学院派。学院派的妓女请来的刺客，当然也是学院派。

后来，那些刺客说道：不管她写的是什么，咱们冲进去。这种干净利落的态度虽然带有自由派的作风，却正是刺客们需要的……于是一脚踹开了门，呐喊一声杀进了薛嵩家里。随即就发现，好像是到了一个木板桥上，桥面下凹，这桥还有点飘飘忽忽的不甚牢靠——好像是座悬索桥，只是看不到悬索在哪里。那些刺客停了下来，经过简短的商议，认为既然身处险地，只有向前冲杀才是出路。于是大家呐喊一声向前冲去，冲了一阵，停下来一看，还在那座木桥上，而且还在桥面的最低点上。于是停下来商量，这一回得到的结论是：既然身在险地，还是速退为妙。于是呐喊一声，朝后冲去。又冲了许久，发现还在原地。然后又一次合计，又往前冲；停下来再合计，又往后冲。其实，他们根本不在桥上，而是在一个大木桶里。这只桶由一根轴担在空中，他们往前冲，桶就往前滚，往后冲就往后滚。前滚后滚的动力就是这些刺客本身的移动。薛嵩和红线远远看到了那只桶在滚，也不来干涉，只是觉得有趣。直到天明，桶缝里透进光来，刺客们才觉得不对，用刀把桶壁砍破钻了出来。此时大家的嗓子也喊哑了，腿也跑软了，自然没有兴趣继续前进，去杀红线、捉薛嵩，而是退了回去。按照这种说法，刺客们去杀红线，却冲进了一只木桶。如你所知，这只是众多可能中比较简单的一种。

还有更复杂的可能性：薛嵩的家里是一座精心设计的迷宫，到处是十字路口、丁字路口、环形路口、立体交叉的路口，假如不是路口，就是死胡同。到处是墙壁，墙上却没有门。好不容易看到一扇门，呐喊一声冲进去，却落进了茅坑里。他们在里面瞎摸了一夜，终于从原路退了回来。总而言之，刺客们在薛嵩家里没有找到薛嵩，也没有找到红线，只带回了一大堆的感叹：这个薛嵩，简直是有毛病！

薛嵩的家里还可能是一片湖泊，在水边停了几只小船。那些刺客上了船，顺着两边都是芦苇的水道撑起船来。从午夜到天明，从天明又撑到午夜，每个人都精疲力尽，饥肠辘辘，最后总算是回到了原来下船的地方。出于某种恶意，船上的篙、桨，等等，全都难用得要命，后来才发现这些船具里都灌了铅，而且都灌在最不凑手的地方。那些水道的水也很浅，他们在烂泥里撑船——甚至可以说是在陆地上行了船。有很多地方的芦苇是假的，水也是假的——是涂在地上的清漆，但在朦胧中看不出真假，就把船撑上了山，又撑了下来，连设计这个圈套的薛嵩也不得不佩服这些刺客的蛮力。在陆地上行舟当然很累，撑了这一圈船之后，每个人的手上都起了燎浆大泡，并且感到腰酸腿疼。在这种情况下，他们也没兴趣继续前进，去杀红线、逮薛嵩。总而言之，薛嵩是如此地诡计多端，假如没有一些他那些机关的情报，就没法把他逮住。所以，他们就回去拷问小妓女，想要问出些有价值的口供。我已经说过，这些刺客是不可靠的。所以他们还想拷问老妓女。如果可能，他们还想拷问一切人。作为这篇小说的作者，我知道一切情报。所以，我才是他们最想拷问的人。

考虑各种可能性时，不应该把红线扣除在外。如前所述，她和各种各样的冷血动物都很有交情，养了很多青蛙、蜥蜴、毒蛇，还有癞蛤蟆。她让这些爬虫互相通婚，生出了各种千奇百怪的变种。当那些刺客冲到她面前时，她打开了一个竹篓，放出她的虾兵蟹将来：有没有脚的蜥蜴，长得像大头鱼，全靠身体的力量在地上一跳一蹦；有硕大无比的蟾蜍，腿却短得要命，长着三角脑袋，看上去有点像鳄鱼；有身材肥胖的眼镜蛇，长了一百条腿，所有的腿都在飞快地挪动，但因为腿太多，互相妨碍，身体移动得却不快；还有有毒的青蛙，嘴上长着角质的凸起，张开蜻蜓般的翅膀飞在空中。这种诡计绝非学院派所为。很显然，红线也是自由派。假如一个深山里的苗族女孩也是学院派，只能说明学院派根本就不存在。所有这些妖魔鬼怪一起朝刺客们扑来，龇出了毒牙、喷射着毒液，吓得他们转身就跑。现在，他们很想找人打听一下，这个红线到底是个会妖术的女巫，还是仅仅患有精神病。假如是前者，他们就不想再去杀她；有妖术的人死掉以后会变成更加难缠的恶鬼，还不如不杀。假如是后者，就非杀她不可，因为他们这么多大男人，总不能被一个女疯子吓跑了。总而言之，最后的结果是，如果没有知情人领路，就找不到红线，也找不到薛嵩。我的故事再次开始就是这样的。而那位白衣女人则朝我厉声喝道：越编越不像样子了，你！

第六章

一

1

用不着睁开眼睛，我就知道来到了清晨——清晨的宁静和午夜不同。有个软软的东西触着我的身体，从喉头到胸膛，一路触下来；我想，这是她的双唇。还有些发丝沙沙地拂着身体的两侧。与此同时，我嗅到她的体味，就如苦涩的荷花；还能感到她在我腹部呼气，好像一团温暖的雾。我虽然喜欢，也感到恐惧，因为再往下的部位生得十分不雅。我害怕她去亲近那里。也许就是因为恐惧，那东西猛地竖起来了。她在上面拍了一下，喝道：讨厌！快起来！我翻身坐了起来，甩着沉重的脑袋，搞不清楚谁讨厌，是我还是它。

在睁开眼睛之前，我知道自己发生了一种深刻的变化，但不是又一次失去记忆：昨天做的事情和写的稿子还保存在我心里，但我对自己的所作所为不满，觉得太过粗俗。从今以后，我要变得高雅些。一面下着这样的决心，一面我也觉得，自己有点做作。

因为老婆这个字眼十分庸俗，我决定把她称作白衣女人。因为她总穿白印花布的连衣裙，那布料又总是很软，好像洗过很多遍。所以她紧紧地裹在那种布料里，非常赏心悦目。她从我身边走过时，我顺手一抄，在裙子上捻了一把。她马上说道：别乱来啊——快起来，要迟到了。我立刻把手收了回来，放在嘴里咬着，用这种方式惩办这只手，心里想着：看来，这个举动格调不高……我该克服这种病态的爱好。我现在经常把手放在嘴里咬，但这不再使我焦虑。因为现在我已经悟到了，人要有高尚的情操，这就是说，我知善明恶，不再是混沌未凿。别的问题很快就会迎刃而解了。

对这位白衣女人，需要补充说，她骑自行车的样子也十分优雅；因为她挺直了脖子，姿势挺拔，小腿在裙子下从容不迫地起落，行驶在灰色的雾里，就如一只高傲的白天鹅，巡游在朝雾初升的湖里……我一不小心闯了红灯，然后一面看着路口的民警，一面讪讪地推着车子转了回来，回到路口的白线之内。这时她满脸都是笑意，说：你是不是又想被汽车撞一下？我认真地想了想，想到病房里龌龊的空气，还有别人在我耳畔撒尿的声音，由衷地答道：不想。我不想被汽车再撞一下，会撞坏的。她笑了起来，拉住我肩头的衣服，伸过头在我面颊上吻了一下，还说，真逗。我还想听到她再说什么，但是绿灯亮了。我们又骑上自行车，驶往万寿寺。

现在重读我的手稿，有些地方不能使我满意。比方说，那个老妓女奶袋尖尖，长了一嘴黄胡子，走起路来像一只摇摇晃晃的北极熊，全无可取之处。这不是我的本意。作为失去记忆的人，我的本意总是隐藏着。按照这种本意，故事里不该有全不可取的人——即便她是学院派的妓女。更何况这位白衣女人，如果不说她是一位学院派，就不足以形容她的气质。我对学院派怀有极大的善意，但因为本意是隐藏着的，所以把我也瞒过了。

所以，很可能那个学院派的老妓女并不老，有四十四五岁的样子；体形依然美好，腰依然很细，四肢依然灵活，乳房虽然稍有松弛，但把它在人前袒露出来时，她并不感到羞愧。她的脸上虽有不少细碎的皱纹，但却没有黄胡子，只有一些黄色的茸毛长在手背，还有小臂的外侧上。总的来说，她的身体像个熟透的桃子，虽然柔软，但并无可厌之处，只是再熟就要烂掉了。这样描写一个中年妇女使我的良心感到平安，因为这说明我毕竟是善良的。实际上，这个女人不仅不老，心地也不坏，只是有些古怪；一旦决定了的事，就再不肯改变。假如这样考虑这个故事，与前就大不相同了。

我的故事重新开始时，老妓女既不老，也不难看，只是有点神神道道的，或者说，有点二百五。这一点体现在她家的凉台上。这里有一道木栏杆，或者说是一道扶手。这道扶手有很多座子，上面安装了一些瓷罐，里面放着各种瓜子，有白瓜子、黑瓜子、葵花子、玫瑰瓜子、蛇胆瓜子等等，所以从外面看起来，这间房子里住的好像不是一个妓女，而是一群鹦鹉。她经常把男人送到凉台上，一面嗑瓜子，一面歪着头上下打量他，终于吐出了瓜子皮，摇摇头，说道：难看死了。这是指他腰间篾条吊起的龟头而言。那东西吊歪了就像个吊死鬼，是有点难看。在凉台的柱子上，挂着一束篾条。她取下一条，拿在手里，用命令的口吻说道：解下来！这是命令那个男人把拴好的竹篾条解下来，她要亲手来拴这根篾条。那个男人解下腰间的篾条时，她还把手上的篾条揉来揉去，使之柔软，然后就像裁缝给人量腰围一样，把双手伸向他的腰间，几经周折，终于拴好了那根蔑条，吊好了那粒龟头，然后她就退后，继续嗑瓜子，欣赏自己的杰作。这回它倒是不歪，只是仰着头，像一个癞蛤蟆仰头漂浮于水面上的样子。打量了好久之后，她终于得出了自己的结论，说道：更难看！就一头冲回自己屋里去，再也不出来了。别人来找她时，她也总在嗑瓜子，歪着头打量他的腰间，最后终于吐出两片瓜子皮，也说：真难看——解下来吧，就自顾自进房子里去了。

有关这位老妓女，还要补充说，她是柔软的。肚子柔软，面颊柔软，臀部柔软，乳房也柔软。柔软得到处起皱纹。虽然还能保持良好的外形，但眼看就要垮掉了。在她乳房下面，有两道弧形的皱纹，由无数细小的皱纹组成；凑近了一看，就像绳子一样。她常让薛嵩看这两条皱纹，还说：我都这样了，你还不来多陪陪我。在她肘弯外面，有两块松松的皮，有铜钱大小，颜色灰暗，好像海绵垫子一样；在这两块松皮上面，也有无数的皱纹。同样的松皮也长在了膝盖上，比肘部的还要大。她常拿这四块松皮给男人看，并且哭天抢地似的说道：你们看看，这还得了吗？我就要完蛋了！还不快陪我玩玩？小妓女和寨子里的苗族女人一致认为，情况远没有她说的这样严重，这女人用这一手拉拢男人。在这种场合，她们认为她并不老，还很年轻。在另一种场合她们就认为此人又老又丑。如此说来，她们对她有两种自相矛盾的看法：假如说又老又丑值得同情，她们就认为她不老不丑；假如说又老又丑不值得同情，她们就说她又老又丑。这样一来，她们对她的态度也就不矛盾了。

这个女人对别人的态度也充满了矛盾。每次她看到小妓女在凉台上和别人调情，就厉声呵斥道：真下流！给男人做垫子！下流死了！轮到她自己时，又满不在乎地说：这没什么，哪个女人不给男人做垫子。这两种态度也是自相矛盾，一种用来对己，另一种用来对人。寨子里的女人都恨她恨得要死，她也恨每个女人恨到要死。这倒没什么稀奇，女人之间都是这样子的。所有的女人中她最恨红线，这倒不足为奇，因为红线抢了她的男人。

这个女人很爱薛嵩，因为薛嵩是凤凰寨里最温柔的男人。假如他不来过夜，她就自己一个人睡，把一个木棉枕头夹在两腿之间；到了第二天早上，就到处和别人说：这个浑蛋昨晚上又没来。早晚我要杀了他！人家以为她只是说说而已，但她真的干出来了。虽然不是杀薛嵩，只是杀红线，但已够惊世骇俗的了。她有几个东罗马金币，是她毕生的积蓄，闲着没事的时候经常拿来用牙咬，她觉得用牙咬比用眼睛看更开心。那些金币上满是她的牙印。后来，她就用这些钱雇了一些刺客去杀死红线，抢回薛嵩。据我所知，她马上就后悔了。一方面是因为她舍不得这些钱，另一方面她也觉得要别人的命未免太过分。后来，那个小妓女问她为什么要干这种事时，她赖皮赖脸地答道：我吃醋啦。怎么啦，你就没吃过醋吗？

2

根据这种说法，这女人并没有说要杀掉小妓女，是那些刺客自作主张地把那女孩捉了来，嘴里塞上了臭袜子，捆倒在她家的地上。那女人说：你们怎能这样！这是我的邻居啊。刺客头子说：你不懂。暗杀这种事，最怕走漏风声。他从老妓女手里接过几个金币，掂了掂那几块沾满了唾液、温暖的金子（老妓女为了告别自己的金币，又最后咬了它们几口），就说：放心吧，老太太，既然收了你的钱，一定帮你把事情办好，买卖就是这么一种做法。老妓女听了恨得牙根痒痒，因为她不觉得自己是老太太。她安慰小妓女说：别着急，等事情办好就放你。但没留神，她自己也被捆了起来，嘴里也塞上了臭袜子。然后那些刺客就在她家里搜了一阵，把她所有的金币银币都搜走了。原来这帮刺客还兼做强盗的生意。后来，那帮刺客兼强盗就出发去杀红线，他们还要杀掉薛嵩。除此之外，他们还要把薛嵩家好好搜上一搜，因为薛嵩毕竟是节度使，家里一定有些值钱的东西。用刺客头子的话来说，要做就做彻底，“买卖就是这种做法嘛”。临走时，他们把两个妓女背对背地拴在了一起，这样谁也跑不掉。等他们走后，小妓女就从鼻子里哼哼着骂老妓女，说道：老婊子，你真不是个东西。老妓女挨了一会儿骂，也从鼻子里答道：小婊子，骂两句就算了，别没完呀。咱俩以前是邻居，现在更是邻居了。又过了一会儿，她提议道：这么坐着有点累。咱们侧躺着好不好？这是个很合理的建议，小妓女虽然很生她的气，也只好同意了。

在我新写的故事里，那个女人和那个女孩被背靠背地捆着，像一对连体双胞胎。我好像在什么地方见过这样的连体双胞胎——整个脊背长在一起，后脑勺也长在一起，泡在一个玻璃瓶子里——想必是在某个自然博物馆里。但我不想去找那个拥有一对连体双胞胎的自然博物馆。像所有的人一样，我去过不少博物馆、图书馆、电影院，所以就是找到了也没有什么意义。

她们侧躺在地上，嘴里塞着臭袜子，但还是唠叨个不停。女孩说：老婊子，你这是干了些啥。女人说：我也不知这是干了些啥，我要是知道就好了。女孩说：他们杀了薛嵩回来，准要把咱俩都杀掉。这回好了吧？合了你的意了吧？女人答道：你少说几句吧。你不过是丢了一条命，我连我的金子都丢掉了！你有过金子吗？小妓女从来不攒钱，有了钱就花掉，她也知道这是种毛病，所以被噎住了。但她依旧心有不平，终于说道：待会儿他们要杀，让他们先杀你。我看见你挨杀，心里也高兴一点。那女人沉吟了片刻，就答应了：好吧，我岁数也大些，就先死一会儿吧。过一会儿她又说：你的屁股还挺滑溜的嘛。女孩因此大怒道：滑溜不滑溜的，都要死掉了。这都怪你！老妓女感到理屈，就不说话了。

两个妓女被背靠背地捆着，侧躺在地板上，直到天明时那些刺客狼狈地回来。这些蓝色的人气急败坏，急于杀人泄愤，就把那小妓女从老妓女背上解了下来，不顾她们之间的约定，要把她先杀掉。如前所述，她不肯引颈就戮，在地上翻翻滚滚用脚蹬人，还说，我们已经商量好了，要杀先杀她。那些刺客反正要杀一个人，杀谁都无所谓。于是就来杀老妓女。谁知她也不肯引颈就戮，也在地上翻翻滚滚，用脚来蹬人，还说：我付了钱让你们杀人，人没有杀掉，倒来杀我，真他妈的没道理！这就让那些刺客陷入了两难境地：假如小妓女不肯引颈就戮，他们可以先杀老妓女；假如老妓女不肯引颈就戮，他们可以先杀小妓女；现在两个妓女都不肯引颈就戮，他们就像布里丹的驴子不知该吃哪堆草那样，不知该杀谁好了。就在这时，白昼降临到这个地方，林间的雾气散去了，阳光照了进来，虽然阳光里还带有一点水汽……

在早上的阳光下，林间的空地上躺着两个女人的身体。一个很年轻，充满了朝气，别人看了还能心平气和。另一个已经略见衰老，略显松弛，但依然美好，看起来就十分刺激。这是因为后一种身体时常被隐藏起来，如今被暴露在光天化日之下，就很能勾起人的邪念。前一个身体说道：老婊子！你说过让他们先杀你！后一个身体答道：他们想杀就让杀吗？没那么便宜！假如你是刺客头子，不知你会得出何种结论。我觉得这个结论应该是：前者和我们是一头的，后者不是。过了一会儿，后一个身体说道：喂，你们！好意思这么对待我吗？我可是给了你们钱的啊。前一个身体则说：好不要脸！还给他们钱……此时的结论似乎该是：后者和我们是一头的。前者不是。既然两个身体都可能和我们一头，刺客头子决定试上一试。他给她们讲了自己在薛嵩家里的不幸遭遇，然后提出一个问题：有没有一条路，或者一个方法，可以悄悄地摸进去，出其不意地逮住薛嵩和红线？这两个身体同声答道：不知道！此时的结论当然是：她们都不是和我们一头的。

3

如前所述，那个刺客头子也是学院派刺客，我既决定对学院派抱有善意，就不能厚此薄彼，只好对他也抱有善意。这个家伙要杀人，这一点当然不好。但反正不是杀我。他常把人看作身体，这就带有一点福科的作风——可惜我不记得福科是谁。他看起人来，总是有意地不看他（或她）的脸，这样每个人就更像身体，更不像人。这个刺客头子从脸到足趾都是蓝色的，蓝得有点发紫。他的这种蓝色是天生的。假如他身上破了，还会流出蓝色的血，滴在地上好像一些蓝油漆。他手下的人虽然也是蓝的，但不是天生的，而是涂的蓝颜色，这些手下人总带着蓝墨水，一旦碰破了皮，就往伤口里倒，假装蓝血——这是为了和领导保持一致。这个人的信条是：做事就要做彻底。他决定把这两个身体通通杀掉。他对身体有一种冷酷无情的态度，这样就和薛嵩有了区别。薛嵩对所有的身体都有好感，所以他就成了个老好人。在这个故事里，薛嵩就是这个样子。

在这个故事里，薛嵩始终保持了小手小脚，是个留着寸头的、棕色皮肤的男孩子。他忙忙乱乱地在寨子里到处跑，有时跑进老妓女的视野里。后者当然不会放弃这个机会，所以就说：薛嵩，来陪我玩！薛嵩马上就答应，跑过来伏在老妓女的身上，双手捧住她的某一只乳房，把乳头放在拇指和食指之间认真地打量——那样子像个修表匠。当然，他还要打量别的地方。最后的结论是：大妈，你好漂亮啊。假如这是曲意奉承，就可以说明自由派与学院派的关系：薛嵩是自由派，老妓女是学院派，自由派要拍学院派的马屁，不漂亮也得说漂亮。可惜薛嵩根本不会曲意奉承，他真的觉得老妓女漂亮。

后来，薛嵩跪了起来，解掉腰间的竹篾条，还很客气地问道：可以吗？随后就和老妓女做爱，很自然，很澎湃。总而言之，他使老妓女觉得他真的爱她；然后就说：大妈，我还有别的事，一会儿再来陪你。就跑掉了。假如他根本不爱她，说一会儿来看她是谎话，这也能说明点问题。亚里士多德说：谎言自有理由，真实则无缘无故。想想这个理由吧：学院派很崇高，让人不能不巴结。除了拍马屁，还要说些甜言蜜语来讨她的好。但是，很不幸，他也真爱这个老妓女。他真想一会儿就来看她。既然是真的，就不能说是拍马屁了。

更加不幸的是，他走着走着，别的女人也会在篱笆后面叫道：薛嵩，来陪我玩。他也会跑进去，伏在人家身上说：

大姐，你好漂亮啊。过一会儿也要去解竹篾条，并且说：可以吗？倘若对方说不可以（这种情况很少见），他就把篾条重新系上，并且说：真遗憾，但你的确很漂亮。然后就走掉了。在更多的情况下他要和那女人做爱，而且很自然，很澎湃，然后又说：对不起，我还有别的事，一会儿再来陪你。就走掉了。这也是实话，假如不是在别处绊住了，他真想回来看她。假如有位八十岁的老太太叫他：薛嵩，陪我玩。他也会跑进去，把玩她老态龙钟的身体，然后说：老奶奶，你真是个漂亮的老奶奶。然后不和她做爱，走掉了。他做得很对。假如是个三岁的女孩叫他，他就跑进去抱抱她，然后说：小妹妹，你真漂亮，可惜太小了，不能和你玩。然后走掉了。假如走在路上，听到一头母水牛在背后"哞"地一叫，他也要回头看看，然后对它说：捣什么乱啊你。然后走掉了。这个寨子里所有的女人都喜欢薛嵩，因为他对女人的身体深具爱心，热爱一切年龄、一切体态的身体。这寨子里的一切男人都恨薛嵩，也是因为他对女人的身体深具爱心，喜欢一切年龄、一切体态的身体。作为一个男人，他还有些可赞美之处，但作为一寨之主，他简直混账得很。像他这样处处留情的人物，当然属于邪恶的自由派。

这个故事现在的样子使我十分满意，因为里面没有一个女人是可厌的。作为一个自由派的男人，我喜欢一切女人，不管是老的还是小的，是漂亮的还是丑的，不管她声音清丽委婉，还是又粗又哑，性情温柔还是凶猛泼辣，我都喜欢。唱过了这些高调之后，我也要承认，还是温柔漂亮一点的女人我喜欢得更多一点，不管她是自由派还是学院派。

4

在这个故事里，薛嵩也遇到了红线。此后他就把一切年龄、一切体态的妇女都弃之如敝屣。这一下就不像自由派了。红线也无甚出奇之处，只是个子很高，腿很长，身材苗条。假如是汉族女人，长到这样高以后，就会自然地矮下去——也就是说，低着头，猫着腰，向比自己矮的人看齐。但苗族女孩不会这样。红线在林子里找了一棵老树，在树皮上刻上自己的高度，每天都去比量，巴不得再长个一寸两寸。她就这样被薛嵩看到了。后者马上就对她入了迷，开始制造各种抢婚的工具，从一个多情种子，变成了一个能工巧匠。这就使老妓女为之嫉妒、痛苦，请了人来杀她。有关这件事的前因，我觉得自己已经解释得足够清楚了。

至于这件事的后果，就是她请来的人把她自己给逮住了，而且那些人还要拷打她，想从她那里获得薛嵩的情报——老妓女本来可以自愿说出些情报，但被捆上了就不能说，她也是有尊严的人哪——把她脸朝里地绑在一棵树上，说道：老婊子，打你了啊！她还是满不在乎地说：打吧。于是，藤条就在她背上呼啸起来了。我可以体会到这种看不见的疼痛。后来，人家把她放开，让她趴在满是青苔的地上；空出了那棵长满了青苔的老树。此时她背上满是伤痕和鲜血。那个小妓女在一边看了，恶狠狠地说了一声："该！"但老妓女还是镇定自若，对一个样子和善的刺客说：劳驾，给我拿把瓜子来。再以后，她就趴在地上嗑瓜子。虽然背上被抽开了花，她的臀部依然很美，腰也很细。小妓女看了，感到莫名的愤怒，痛恨她的身体，更恨她满不在乎的态度。像这样把痛苦和死亡置之度外，她可学不来……

后来，那个刺客头子对着那棵空出的树，做了一个优雅的手势，对小妓女说：小婊子，现在轮到你了。那女孩跺跺脚走了过去，抱住那棵树，伏在了老妓女的体温上，让人家把她捆在树上。她感到悲愤和委屈，就一头撞在树上，把头都撞破了。刺客头子看到这种不理性的举动，就劝止说：别这样。打你是我们的工作，不用你自己来做。于是，那小妓女觉得简直要气死了，大喊一声：你们！一个气我，一个打我！到底还让不让人活？刺客头子闻声又劝止道：别这样。让你死或让你活，是我们的事。不用你来操心。这就使小妓女完全走投无路了。

二

1

说到我自己，虽然不是妓女也不是刺客，但我觉得自己是自由派。这个流派层次较低，但想要改变也不是一朝一夕的事。下午，我们院里的热水锅炉坏了，原来流出滚烫的清澈液体，现在流出一种温吞吞的黄汤子。因为这种汤子和化粪池堵塞后流出的东西有可疑的近似之处，渴疯了的人也不敢尝试。在这种情况下，我跑到隔壁面馆去打了两壶开水，一壶自己喝，另一壶送给了白衣女人；这种自力更生的做法就像我写到过的自由派小妓女。但别人却不是我这样的。有好几位老先生经常跑到锅炉面前，扭开龙头，看看流出的黄汤子，再舔舔干裂的嘴唇，说一声：后勤怎么还不来修！就痛苦地走开了；丝毫想不到隔壁有家面馆。这种逆来顺受的可爱态度，和学院派的老妓女很有点相似。但我也不敢幸灾乐祸，恐怕会招来杀身之祸……

对于这个热水锅炉，需要进一步的描述：它是个不锈钢制成的方盒子，通着三百八十度的三相电。我觉得只要是用电的东西，就和我有缘分。我切断了电源，围着它转了好几圈。最后得出一个结论：只要能找到管钳，卸掉水管，我就能把它修好；没有管钳，用手拧不动水管（我已经试过了），就只好望洋兴叹。下一个问题就是：到哪里去找管钳。这么大的一个单位，必定有修理工，还会有工作间，能找到那儿就好了。我可不像薛嵩，东西坏了也不去修。但我对这个院子不很熟悉，转着圈子到处打听哪里能借到工具。转来转去，终于转到了白衣女人的房间里。她听到了我的这种打算，马上又着脖子把我撵回自己屋里；还说：你自己出洋相不要紧，别人可要笑话我了。我保证不去出洋相，但求她告诉我哪里能借到管钳。她说她不知道。看来也不像假话。然后，我在自己屋里，朝着摊开的稿纸俯下身来，心里却在想：真是不幸，连她也不理解我。看来她也是个学院派……

我总忘不了坏掉的锅炉在造成干渴，这种干渴就在我唇上，根本不是喝水可解。行动的欲望就像一种奇痒，深入我的内心。但每当我朝院里（那边是锅炉的方向）看时，就能看到一个白色的身影在那边晃动。看来，白衣女人已经知道我禁不住要采取行动，正在那边巡逻——她比我自己还了解我。又过了一会儿，我开始出鼻血，只好用手绢捂着鼻子跑出去，到门口的小铺买了一卷卫生纸。又过了一会儿，纸也剩得不多了。我只好捏着鼻子去找那位白衣女人。她见了我大吃一惊，说道：怎么了？又流鼻血了？我也大吃一惊：原来我常流鼻血，这可不是什么好消息……她在抽屉里乱翻了一阵说：糟了，药都放在家里。这是我意料中事，我瓮声瓮气地说道：我一个人也能回家去，但要把车也推回去，要不明早上没得骑。她倒有点发愣：你是什么意思？现在轮到我表现自由派的缜密之处：我的意思是，我自己推车走回去，但要劳你在路上捏住我的鼻子……但一出了门，我就知道还欠缜密：这个样子实在古怪，招得路上所有的人都来看我。除此之外，她还飞腿来踢我的屁股，因为鼻子在她手里，我全无还手之力，这可算是乘人之危了。她小声喝道：不准躲！不让你修锅炉你就流鼻血，你想吓我吗？……这话太没道理，鼻血也不是想流就能流得出的。何况，流鼻血和修锅炉之间关系尚未弄清，怎能连事情都没搞明白就踢我！因为她声音里带点哭腔，我也不便和她争吵。回到家里，躺在床上，用了一点白药，鼻血也就止住了。她也该回去上班。但她还抛下了一句狠话：等你好了再咬你……

2

白衣女人曾说，我所用的自由派、学院派，词义很不准确。现在我有点明白了。所谓自由派，就是不能忍受现状的人，学院派则相反。我自己就是前一种，看到现状有一点不合理就急不可耐，结果造成了鼻子出血。白衣女人则是学院派，她不准我急不可耐，我鼻子出了血，她还要咬我。小妓女和老妓女也有这样的区别，当被捆在一起挨打时，这种差别最充分地凸现了出来。

我写到的这个故事可以在古书里查到。有一本书叫作《甘泽谣》，里面有一个人物叫作薛嵩，还有一个人叫作红线。再有一个人叫作田承嗣，我觉得他就是那个浑身发蓝的刺客头子。这样说明以后，我就失掉了薛嵩、红线，也失掉了这个故事。但我觉得无关紧要。重要的是通过写作来改变自己。通过写作来改变自己，是福科的主张。这样说明了以后，我也失去了这个主张。但这也无关紧要，重要的是照此去做。通过写作，我也许能增点涵养，变成个学院派。这样鼻子也能少出点血。

那个蓝色的刺客头子把小妓女捆在树上，一面用藤条在她背上抽出美丽的花纹，一面坦白了自己的身份。如前所述，他就是田承嗣，和薛嵩一样，也是一个节度使。这就是说，他假装是个刺客头子，拿了老妓女的钱，替她来杀红线，实际上却不是的。他有自己的目的，想要杀死薛嵩，夺取凤凰寨。我想他这样说是想打击妓女们的意志，让她们觉得一切都完了，从此俯首帖耳——这个成语叫我想到一头驴。当然，他的目的没有达到。那个小妓女听了，就尖叫道：老婊子！看你干的这些事！你这是引鬼上门！那个老妓女一声不吭，继续嗑着瓜子，想着主意。后来，她站了起来，走到田承嗣的身边，说道：老田，放了她。田承嗣纳闷道：放了她干什么？那女人说：把我捆上啊。田承嗣又纳闷道：把你捆上干什么？那女人说：我替她挨几下。田承嗣说：挨打是很疼的呀。老妓女说：没有关系。我也该多挨几下。这样一来，这个老妓女就表现出崇高的精神：用自己的皮肉去保全别人的皮肉。在这个故事里，还是第一次出现了这种精神。这说明我变得崇高了。看来，通过写作来改变自己，并不是一句空话呀……

在这个故事里，田承嗣是卑鄙的化身——现在我已认定，田承嗣根本就不是学院派，他不配。起初我觉得，老妓女的自我牺牲会把他逼入两难的境地。假如他接受了老妓女的提议，放了小妓女去打老妓女，崇高的精神就得以实现，他所代表的邪恶就受到了打击。假如他不打老妓女，继续打小妓女，那老妓女就要少挨打。按照他邪恶的价值观，少挨打是好的。老妓女的崇高精神没有受到惩罚，对他来说是一种失败。照我看，他是没办法了。很不幸的是，田承嗣也有自己邪恶的聪明。他叫手下的人把老妓女捆在另一棵树上（很不幸的是，凤凰寨里有很多的树），同时加以拷打。小妓女还嘲笑她说：老婊子，瞧你干的这些事！你真是笨死了。她只好摇头晃脑地说：真是的，我笨死了。但是，小婊子，我可是真心要救你啊。小妓女干脆地答道：救个屁——这其实不是一句有意义的话，只是一声感叹；然后，她就低下头去，闭上眼睛，忍受背上的疼痛。在这个故事里，我想要颂扬崇高的精神，结果却让邪恶得了胜，但我决定要原谅自己，因为我已失去了记忆，又是个操蛋鬼，对我也不能要求过高。再说，邪恶也不会老得胜……

3

鼻血止住之后，我在家里到处搜索，没有找到户口本，却找到了几页残稿，写道："盛夏时节，在长安城里，薛嵩走过金色的池塘，走上一座高塔去修理一具热水锅炉……"在我失去记忆以前，这是我写下的最后的字句。打个不恰当的比喻，这像是我前生留下的遗嘱。看来，我想修理锅炉不是头一次了。我觉得可以从此想到很多东西。可惜的是，一下子不能都想起来。

以此为契机，我却想起了这样一件事：在大学里，有个同宿舍的同学戴一副断了腿的水晶眼镜，不管我怎么苦苦哀求，他都不肯摘下来叫我修理。这孙子说，这副眼镜是他爸爸的遗物，他就要这么戴到死……这眼镜他小心藏着，不让我碰。但我一见他用绳子拴着眼镜就心痒难熬。终于有一天，我在宿舍里把他一闷棍打晕，并在他苏醒之前把镜腿换上了……然后，他就很坚决地从宿舍里搬走了。他倒没有告我打他，只是到处宣扬我有精神病。别人对他说：你可以把新装上的镜腿再拆下来，这样，你父亲的遗物还是老样子。他却说：拆了干啥？招着王二再来敲我的脑袋？我没有那么傻！从这件事里，我很意外地发现自己上过大学——我是科班出身的。现在我可以认为自己是个学院派的历史学家，这是一个好消息。还有一个坏消息：我很可能是个有修理癖的疯子。正如白衣女人指出的，我所指的自由派，就是些气质像我的人。现在我知道了自己可能是疯子，自由派这个名称就有了问题：我总不好把疯子算作一派吧。

我对白衣女人用脚来踢我的事很是不满——就算我犯了疯病，也是为所里的器具损坏而疯，是一种高尚的疯病，踢我很不够意思——最起码应该脱了鞋在家里踢，穿着鞋在街上踢是不应该的。但细细一想，她还是对我好。继而想到，她说过，让我骑车小心，还说自己不愿意当寡妇，也是不希望我死之意。这使我从心里感到一丝暖意。说实在的，我自己也不想早早地死掉。我又回过头来写我的故事——我现在能做到的只是在故事里寻找崇高。在这个故事里，那个蓝色的刺客头子，也就是田承嗣，逮住了两个妓女，拷问她们薛嵩在哪里——在此必须重申，田承嗣不是自由派也不是学院派，他哪派都不是。

这两个女人——一位学院派的妓女和一位现代派的妓女，表现出崇高的气节，没有告诉他。其实他根本多此一问，薛嵩就在他们身后。黎明时分，薛嵩把他的柚木院子高高地升了起来，这片浮动的土地连同上面的花园、房屋，高踞在八根柱子上，而那八根柱子又高踞在林梢顶上，在朝霞的衬托之下，好像一个庞大无比的长腿蜘蛛。薛嵩站在这个空中花园的边上，隔着十里地都能看见。而寨中心那片空地离得很近，顶多也就是一两里地。奇怪的是，那些刺客和两个妓女都没有往那边看。

薛嵩遭人袭击之后，一直在努力升高他的院子。院子越高，离地面越远，也就越安全。他长时间地不言不语，好像怯懦已经吞食了他的内心。但到了黎明时分，他忽然呐喊一声，从地上一跃而起，奔进房子去拿他的武装。首先，他戴上一顶铜盔，这东西大体上和消防队员戴的头盔差不多，只是更高、更亮，盔顶有鱼鳍一样的冠子，用皮带扣在颏下，这样他一下子高了有一尺多。然后他又穿上护胸甲，这东西表面是一层发乌的青铜，镌有大海和海上的星辰。在青铜后面是亮闪闪的黄铜，黄铜背后是厚厚的水牛皮。最里面的一层是柔软的黄牛皮。这个结构的奥妙之处在于青铜硬而且脆，可以弹开锋利的刀锋，黄铜质地绵密，富有韧性，可以提供内层防护。至于牛皮，主要是用来缓冲甲面上的打击，这就深得现代复合装甲结构之精髓。此后他穿上护裆甲，那东西的形状就如一个龟头向上的生殖器，其作用也是保护这个重要的器官；只是那东西异常之大，把大象的家伙装进去，也未必装得满——看到红线疑惑的目光，薛嵩解释了两句：敌人也不知我有多大，吓吓他们。他把这个东西拴在腰间，拴上护肩甲、护腿甲、护胫甲，威风凛凛，有如一位金甲天神。

但是，所有这些甲胄都只有前面，没有后面；后面用几根皮带系住。所以，薛嵩也只是从前面看时像位金甲天神，从后面一看，裸露着脊梁，光着屁股，甚是不雅观。薛嵩用巨雷般的低沉嗓音说道：敌人只能看到我的前面，休想看到我的后面。这话说得颇有气概。他还穿上了皮底的凉鞋，鞋底有很多的钉子，既有利于翻山越岭，又可以用来踢人。着装以后，薛嵩行动起来颇为不便。他有一把连鞘的青铜大剑放在地上，他让红线给他拿起来，以便拴在腰上。看到那剑又宽又厚，红线就用了很大的力气去拿。结果是连人带剑一起从地上跳了起来，原因是那剑很轻。薛嵩抹了一下鼻子，不好意思地说道：空心的。把剑佩好，他把铜盔上的面具拉了下来，露出一副威猛的面容。然后，这样一位薛嵩就行动了起来，准备向外来的袭击者展开反攻。

4

有关薛嵩的院子，必须补充说，它不但可以在柱子上升降，那些柱子又可以水平移动。只要转动一些绞盘，整个院子连同支撑它的柱子就可以像个大螃蟹一样走动，成为一个极为庞大的步行机械。实际上，薛嵩可以使他的院子向寨中的敌人发起冲击，但要有个前提：必须有一百个人待在上面，按薛嵩的口令扳动绞盘。假如有一百个人，这座院子就会变成一架可怕的战争机器，连同地基向敌人冲击。不幸的是，此时院子里只有两个人，缺少了人手，它就瘫了不能动。细究起来，这又要怪薛嵩自己。他只让自己和红线登上柚木平台，换言之，除了红线，他谁都不信任……

白衣女人说，她最讨厌我在小说里写到各种机械、器具；什么绞盘啦、滑轨啦，她都不知道是些什么东西。她说得有道理，但我满脑子全是这种东西，不写它写什么？写高跟鞋？这种东西她倒是很熟悉，但我对它深恶痛绝，尤其是今天被穿着高跟鞋的脚踢了两下以后，就更痛恨了。她听了挑起眉毛来说：哟！记仇了。好吧，以后不穿高跟鞋。她就是不肯说以后不再踢我。我的背后继续受到威胁……

红线以为，薛嵩会冲出自己的柚木城堡，向聚集在寨中心的刺客们冲锋。这样他将面对数十倍于己的敌人，前面虽然武装完备，后面却还露着屁股，这样顾前不顾后肯定不会有好的结果。她对于战争虽然一窍不通，但还懂得怎么打群架。所以她也武装了起来：把头发盘在了头上，把家里砍柴、切菜的刀挑了一个遍，找到一把分量适中，使起来趁手的，拿在右手里。至于左手，她拿了一个锅盖。薛嵩家里的一切东西都是他亲手做的，既结实，又耐用，样子也美观，总之，都很像些东西，这个锅盖也不例外。它是用柚木做的，有一寸来厚，完全可以当盾牌用。红线跟在薛嵩后面，准备护住他的后背，满心以为他就要离开家去打交手战，谁知薛嵩不往门外跑，却往后面跑去。他打开了库房的大门，从里面推出一架救火云梯似的东西——那东西架在一辆四轮车上。红线帮他把这个怪东西推到了门前的空地上，薛嵩用三角木把车轮固定住，把原来折叠的部件展开来；这才发现它原来是一张大得不得了的弩。原来，薛嵩并不准备冲出去，他打算待在城堡里——也就是说，躲在安全的地方施放冷箭。既然如此，红线就不明白薛嵩为什么要做张做势地穿上那么多的铠甲。我觉得这个问题的答案应该是：造造气氛。

薛嵩的弩车停在城堡的边缘上。弩上的弓是用整整一棵山梨树做成的，弓弦是四股牛筋拧成的绳子。他和红线借助一个绞盘把弓张开，装上一支箭——那箭杆是整整的一根白蜡杆，我以为叫作一支标枪更对。此时，这张弩的样子就像一辆现代的导弹发射架，处于待发的状态。薛嵩登上瞄准手的位子，摇动方向机和高低机，把弩箭对准了敌人。如前所述，这里离寨中心相当远，只能看见影影绰绰的一群人。就这样一箭射出去，大概也能射着某个人。但薛嵩的伎俩远不止此。他还有个光学瞄准镜，由两个青铜阳燧组成。众所周知，阳燧是西周人发明的凹面镜，原来是用来取火的。薛嵩创造性地把它们组装在一起，变成了一个反光式的望远镜。透过它看去，隔了两里多地，人头还有大号西瓜大。他在里面仔细地瞄准，只是不知在瞄谁。这个目标对我自己来说，是一个悬念。

5

我说过，从前面看去，薛嵩是一位金甲天神。从反面一看就不是这么回事，因为他光着屁股。假如全身赤裸，这个部位倒是蛮好看的：既丰满、又紧凑；但单单把它露在外面，就说不上好看，甚至透着点寒碜。这就如一位正面西装革履的现代人，身后却露出肉来，谁看了也不会说顺眼。我们知道，浑身赤裸时，薛嵩是个心地善良的好人；打扮成这个样子以后是个什么人，连红线都不知道。他就这样伏在弩车上，仔细地瞄准，然后扳动了弩机；只听见砰的一声，那支弩箭飞了出去……

正午时分，空气里一声呼啸，薛嵩的弩箭穿进了人群，把三个人穿了起来，像羊肉串一样钉在了一棵大树上。这三个人里就有老妓女，她被两个刺客夹在中间，像一块三明治。那根弩箭从她的胃里穿过去，她当然感到钻心的疼痛。她还知道，这是薛嵩搞的鬼，就朝他家的方向愤怒地挥了一下拳头。但马上她的注意力就被别的事情吸引过去了。在她身后那个刺客痛苦地挣扎着，把腰间的篾条都挣开了，那个东西硬邦邦抵在她的屁股上，总而言之，他就像北京公共汽车上被叫作“老顶”的那种家伙。她扭过身去，愤怒地斥责道：往哪儿捅？这儿要加钱的，知道吗？后面那个刺客被射穿了心口下面的太阳神经丛，疼得很厉害，无心搭理她。在她前面的那一位被从左背到右前胸斜着贯穿，伤口很长，已经开始临死的抽搐，不听使唤的手臂不停地碰到她身上。老妓女又给了他一巴掌，说道：挤那么紧干吗，又不是没有地方！那人捯着气，勉强答道：对不起，我也不想这样……再后来，老妓女自己也没有了力气，不再争辩什么，就这样死去了，临死时，朝柚木城堡伸出右手的中指，这是个仇恨的手势。这个老妓女留下了一个不解之谜：到底薛嵩是有意射她呢，还是无意的。小妓女总觉得他是无意，我总觉得他是有意。当然，薛嵩自己总不承认自己是有意的。

放完了这一箭，薛嵩摇了摇头，没有说什么，倒是红线大叫起来：射错人了！然后，薛嵩在弩上装上一支新弩箭，转动绞车把弩张开时，红线继续呆呆地站着，也不来帮忙，忽然又大叫了一声：射错人了！但薛嵩还是一声不吭地忙着，张好了弩，他又跑回瞄准手的座位上去，继续瞄准，而红线则又一次呐喊道：射错人了！射着自己人了！薛嵩回头一看，发现红线正用反感的眼神看着他，就说：别这么看我！这是打仗，你明白吗？战场上什么事都会发生……说完，他就回过头去继续瞄准了。红线定了定神，回头朝寨心望去，发现那片空场上只剩了一个人——无须我说你就知道，原来那里有一大群人，现在都不见了。只剩下一个人，就是那个小妓女。说来也不奇怪，那些刺客发现自己在远程火力的威胁之下，自然要躲起来。假如那个小妓女坚信薛嵩不会射她，她也可以不躲起来。但实际上却不是这样——实际上，她也信不过薛嵩，但有一大伙人躲在她的身后，还有一个人从背后揪住她的头发，让她躲不开。现在，她面朝着薛嵩家的方向站着，满脸都是无奈。

也许我需要补充说，薛嵩一箭射死了老妓女和两个刺客，使田承嗣和他的手下人大惊失色，觉得他很厉害。他们赶紧躲了起来——当然，可以躲到大树后面、躲到河沟里，但他们觉得躲在小妓女背后比较保险。他们以为，这个女孩和薛嵩的交情非比一般，她和薛嵩太太红线又是手帕交，薛嵩决不会射她，因此，她身后一定是最保险的地方了。但薛嵩离他们很远，所在的方位又是逆光，所以他们一点都看不到薛嵩在干啥；假如看到了，一定会冒出红线一样的疑问：敌人都躲了，只剩一个自己人，你瞄的到底是谁呀？假如他们知道这问题的答案，更会大为震惊。实际上，薛嵩瞄的就是小妓女，虽然他不想射死她。他把瞄准镜的十字线对在那女孩的双乳正中，心里想着：天赐良机！他们排成了一串……这一箭可以穿透十二个人。这说明他想要射死的绝不是小妓女，而想要穿过她，射死她身后的十一个人。当然，我们知道，这个女孩被穿透之后，很难继续活下去。但这一点薛嵩已经忘记了。他只记得射死了十一个人以后，就可以夺回凤凰寨了。

我发现，只要我开个恶毒的玩笑，就可以得到崇高。薛嵩把弩箭瞄准小妓女，就是个恶毒的玩笑；但崇高不崇高，还要读者来评判。他瞄得准而又准，正待扳动弩机，忽然听见砰的一声响，整个弩车猛地歪到一边——原来是红线一刀砍断了弓弦。薛嵩从歪倒的弩车里爬了出来，扶正头上的头盔，朝红线嚷道：怎么搞的？你搞破坏呀你！但红线一言不发，只是瞪大了眼睛看着他。她的眼睛不瞪就很大，瞪了以后连眼眶都看不到了。

6

那个白衣女人看过我的故事，摇摇头，说道：你真糟糕。在这个故事里，薛嵩一箭射死了老妓女，又把箭头对准了小妓女；她就是指这点而言。我问：哪里糟糕？她说：想出这样的故事，你的心已经不好了。我连忙伸手去摸左胸时，她又喝道：往哪儿摸？没那儿的事！我说你品行不好！如你所知，我现在最关心这类问题，就很虚心地问道：什么品行叫作好，什么品行叫作不好？她说出一个标准，很简单，但也很使我吃惊：品行好的男人，好女孩就想和他做爱。品行不好的男人，好女孩宁死也不肯和他做爱。我现在的品行已经不好了，这使我陷于绝望之中。

实际上，是薛嵩的品行有了问题。我发现他很像我的表弟。如前所述，我表弟的手脚都很小，他的皮肤是棕色的，留着一头板寸。傍晚我们到王朝饭店去看他，坐在lobby里，看着大厅中央的假山和人造瀑布。我表弟讲着他的柚木生意，有很多技术性的细节，像天书一样难懂。许多年前，薛嵩就是这样对红线讲起他行将建造的凤凰城。他在沙地上用树枝画了不少波浪状的花纹，说道，长安城虽然美丽，但缺少一个中心，所以是有缺点的。至于他的城市，则以另一种图样来表示，一个圆圈，周围有很多放射出的线条。红线没看出后一个形状有任何优点，相反，她觉得这个图样很不雅，像个屁眼。不过她很明智，没把这种观感说出来。实际上，薛嵩说了些什么，她也没听懂。薛嵩是说，这座城市将以他自己为核心来建造。它会像长安一样美丽，但和长安大不相同。它将由架在众多柱子上的柚木平台组成，其中最大最高的一个平台，就是薛嵩自己的家。这个建筑计划我表弟听了一定会高兴，因为这个工程柚木的用量很大，他的柚木就不愁卖不出去了。

身在凤凰寨内，薛嵩总要谈起长安城。起初，红线专注地听着，眼睛直视着薛嵩的脸；后来她就表现出不耐烦，开始搔首弄姿，眼睛时时被偶尔飞过的蝴蝶吸引过去。在王朝的lobby里当然没有蝴蝶，她的视线时时被偶尔走过的盛装女郎吸引过去，看她们猩红的嘴唇和面颊上的腮红，我猜她是在挑别人化妆的毛病——顺便说一句，我觉得她是枉费心机，在我看来，大家的妆都化得蛮好——对于我们正在说着的这种语言，她还不至全然不懂，但十句里也就能听懂一到两句。等到薛嵩说完，红线说：能不能问一句？薛嵩早就对她的不专心感到愤怒，此时勉强答道：问吧！这问题却是：雪是什么呀？身为南国少女，红线既没见过雪，也没听说过雪，有此一问是正常的。但薛嵩还是觉得愤怒莫名，因为他这一番唇舌又白费了。我的表弟一面说柚木，一面时时看着我的表弟媳，脸上也露出了不满的神色，看得她说了一声Excuse me，就朝卫生间走去了。那位白衣女人说了一句Excuse me，也朝卫生间走去。后来她们俩再次出现时，走到离我们不远的沙发上坐下了——女人之间总是有不少话可说的。现在只剩下了我，听我表弟讲他乏味的柚木生意。

我已经知道柚木过去主要用于造船，日本人甚至用它来造兵舰，用这些兵舰打赢了甲午海战——由此可以得到一个结论：这种木头是我们民族的灾星——而现在则主要用来制造高档家具，其中包括马桶盖板。他很自豪地指出，这家饭店的马桶盖就是他们公司的产品，这使我动了好奇心，也想去厕所看看。但我表弟谈兴正浓，如果我去厕所，他必然也要跟去。所以我坐着没有动：两个男人并肩走进厕所，会被人疑为同性恋，我不想和他有这种关系……我还知道了最近五年每个月的柚木期货和现货行情，我表弟真是一个擅长背诵的人哪。我虽然缺少记忆，但也觉得记着这些是浪费脑子——这种木头让我烦透了。后来，我们在一起吃了饭。再后来，就到了回家的时刻。我表弟希望我们再来看他，不知道为什么，我有点不想再来了……

7

晚上我回家，追随着那件白色的连衣裙，走上楼梯。走廊里很黑，所有的灯都坏了。我不明白为什么没人来修理。楼梯上满是自行车。我被车把勾住了袖子，发起了脾气，用脚去踢那些自行车。说实在的，穿凉鞋的脚不是对付自行车的良好武器——也许我该带把榔头出门。那个白衣女人从楼梯上跑了下来，把我拉走了。她来得正好，我们刚上了楼，楼下的门就打开了，有人出来看自己的车子，并且破口大骂。假如我把那些骂人话写了出来，离崇高的距离就更远了。此时我们已经溜进了自己的家，关上了门，她背倚着门笑得透不过气来。但我却笑不出来：我的脚受了伤，现在已经肿了起来。后来到了床上，她说：想玩吗？我答道：想，可是我品行不好呀。她又笑了起来，最后一把抱住我说：还记着哪。这似乎是说，白天她说的那些关于品行的话可以不当真。有些话要当真，有些话不能当真。这对我来说是太深奥了……

有件事必须现在承认：我和以前的我，的确是两个人。这不仅是因为我一点都记不得他了，还因为怀里这个女人的关系。我一定要证明，我比她以前的丈夫要强。现在我们在做爱。我不知别的夫妇是怎样一种做法，我们抱在一起，像跳贴面舞那样，慢条斯理——我总以为别的姿势更能表达我的感情。于是，我爬了起来，像青蛙一样叉开了腿。没想到她从鼻子里哼了一声说：别乱来啊。就在我头上敲了一下。正好打中了那块伤疤，几乎要疼死了。不管怎么说吧，我还是坚持到底了……

我现在相信薛嵩的品行的确是不好的。以前红线不知道他有这个缺点，所以爱过他，很想和他做爱。现在看到他射死了老妓女，又想射死小妓女，觉察出这个问题，就此下定决心，再也不和他做爱。她甚至用仇恨的目光看看薛嵩的头盔，心里想着：这里没盛什么真正的智慧；里面盛着的，无非是一包软塌塌的、历史的脐带……

三

1

薛嵩的所作所为使红线大为不齿，我也被他惊出了一身冷汗。如你所知，我因为写他，品行都不好了。但我总不相信他真有这么坏。他不过是被自己的事业迷了心窍而已。身为一个男人，必须要建功立业……

我说过，薛嵩在长安城里长大。后来，他常对红线说起那座城市的美丽之处。他还说，要在湘西的草地上建起一座同样美丽的城市，有同样精致的城墙、同样纵横的水道、同样美丽的水榭，这种志向使红线深为感动。从智力方面来看，薛嵩无疑有这样的能力。遗憾的是，他没有建成这座新长安所需的美德——像这样一座大城，可不是两个人就能建成的啊。

身在凤凰寨内，薛嵩总要谈起长安城里的雪。他说，雪里带有一点令人赏心悦目的黄色，和早春时节的玉兰花瓣相仿。这些雪片是甜的，但大家都不去吃它，因为雪是观赏用的。等到大地一片茫茫，黑的河流上方就升起了白色的雾，好像这些河是温泉一样……假如能把长安的雪搬到这里就好了……起初，红线专注地听着，眼睛直视着薛嵩的脸，后来她就表现出不耐烦，开始搔首弄姿，眼睛时时被偶尔飞过的蝴蝶吸引过去。

薛嵩描述的长安城是一片白茫茫的雪地，在雪地上纵横着黑色的河岸。在河岸之间，流着黑色透明的河水，好像一些流动的黑水晶。但这也没什么用处。住在这里的人没有真正的智慧，满脑子塞满了历史的脐带。河水蒸腾着热气，五彩的画舫静止在河中，船上佳丽如云。这也没什么用处，这些女人一生的使命无非是亲近历史的脐带，使之更加疲软而已。她们和那位建造了万寿寺的老佛爷毫无区别……

忽然间薛嵩惊呼一声：我的妈呀！我都干了什么事

呀……然后他就坐在地上，为射死了老妓女痛心疾首，追悔不已。首先，他在弩车的轮子上撞破了脑袋，然后又用白布把头包了起来。这一方面是给死者戴孝，另一方面也是包扎脑袋。然后，他又在肩上挎了一束黄麻，这也是给死者戴孝之意。这都是汉人的风俗，红线是不懂的，但她也看出这是表示哀痛之意。然后，薛嵩就坐在地上号啕痛哭，又用十根指头去抓自己的脸，抓得鲜血淋漓。这些哀痛之举虽然真挚，红线却冷冷地说：一箭把人家射死了，怎么哭都有点虚伪。后来薛嵩拿起地上那把青铜剑，在自己身上割了一些伤口，用这种方法来惩罚自己。但红线还是不感动。最后他把自己那根历史的脐带放在侧倒的车轮上，想把它一剑剁下来，给老妓女抵命，红线才来劝止道：她人已经死了，你也用不着这样嘛。薛嵩很听劝，马上就把剑扔掉了。这说明，他本来就不想失掉身体的这一部分。不管你对上述描写有何种观感，我还是要说，薛嵩误杀了老妓女之后，是真心懊悔。其实，我也不愿给薛嵩辩护。我对他的故事也感到厌恶。假如我记忆无误，这已经不是第一次了。

薛嵩在凤凰寨里，修理翻掉的弩车。如前所述，红线一刀砍断了弓弦。假如它只是断了弦，那倒简单了；实际上，这件机器复杂得很，很容易坏，而且是木制的，不像铁做的那么结实，翻车以后就摔坏了。薛嵩把它拆开，看到里面密密麻麻装满了木制的牙轮、涂了蜡的木杆、各种各样的木头零件。随便扳动哪一根木杆，都会触发一系列复杂的运动。这就是说，在这个庞大的木箱子里，木头也在思索着。这东西是薛嵩的作品，但它的来龙去脉，他自己已经忘掉了。所以，薛嵩马上就被它吸引住了。他俯身到它上面，全神贯注地探索着，呼之不应，触之不灵。红线在地上找了一根竹签，拿它扎薛嵩的屁股。头几下薛嵩有反应，头也不回地用手撵那不存在的马蝇子，后来就没了反应。这件事使红线大为开心。她也俯身到薛嵩紧凑的臀部上，拿竹签扎来扎去，后来又用颜色涂来涂去，最后文出一只栩栩如生的大苍蝇。此后，薛嵩在挪动身体时，那苍蝇就会上下爬动，甚至展翅欲飞。这个作品对薛嵩很是不利——以后常有人伸手打他的屁股，打完之后却说：哎呀，原来不是真苍蝇！对不起啊，瞎打了你一下。由此看来，假如红线在他身上文一只斑鸠，他就会被一箭射死。那射箭的人自会道歉道：哎呀，原来不是真斑鸠！对不起啊，把你射死了……

2

在凤凰寨里，此时到了临近中午的时分。天气已经很热了，所以万籁无声。所有的动物都躲进了林荫——包括那些刺客和小妓女。但薛嵩还在修理他的弩车，全不顾烈日的曝晒，也不顾自己汗下如雨。起初，红线觉得薛嵩这种专注的态度很有趣，就在他屁股上文了只苍蝇，后来又在他脊梁上画了一副棋盘和自己下棋。很不幸的是，这盘棋她输了。再后来，她觉得薛嵩伏在地上像一匹马，就把他照马那样打扮起来——在他耳朵上挂上两片叶子，假装是马耳朵，此后薛嵩的耳朵就能够朝四面八方转动。搞来一些干枯的羊胡子草放在他脖子上，冒充鬃毛，此后薛嵩就像马一样地喷起鼻子来了。后来，她拿来一根孔雀翎，插在他肛门里当作马尾巴。这样一来，薛嵩的样子就更古怪了。

后来，那根孔雀翎转来转去，赶起苍蝇来了——顺便说一句，自从红线在臀部文上了一只苍蝇，这个部位很能招苍蝇，而且专招公苍蝇。这不仅说明红线文了只母苍蝇，而且说明这只苍蝇很是性感，是苍蝇界的电影明星——这根羽毛就像有鬼魂附了体一样，简直是追星族。一只金头苍蝇在远处嬉戏，这本是最不引人注意的现象，这根翎毛却已警惕起来，自动指向它的方向。等它稍稍飞近，羽毛的尖端就开始摇动，像响尾蛇摇尾巴一样，发出一种威胁信号，摇动的频率和幅度随着苍蝇逼近的程度越来越大。等到苍蝇逼近翎毛所能及的距离时，它却一动也不动了，静待苍蝇进一步靠近。直到它飞进死亡陷阱，才猛烈地一抽，把它从空中击落。你很难相信这是薛嵩的肛门括约肌创造了这种奇迹，倘如此，人的屁眼儿还有什么做不到的事情呢？我倒同意红线的意见，薛嵩有一部分已经变成马了……

这种情形使红线大为振奋，她终于骑到他身上，用脚跟敲他的肋骨，催他走动。而薛嵩则不禁摇首振奋，摇动那根孔雀翎，几乎要放足跑动。照这个方向发展下去，结果是显而易见的：薛嵩变成了一匹马。在红线看来，一个丈夫和一匹马，哪种动物更加可爱是显而易见的。特别是她觉得这匹马没有毛，皮肤细腻，骑起来比别的马舒服多了……

但是，故事没有照这个方向发展。薛嵩对红线的骚扰始终无动于衷，只说了一句“别讨厌”，就专注于他的修理工作。这态度终于使红线肃然起敬。她从他身上清除掉一切恶作剧的痕迹，找来了一片芭蕉叶，给他打起扇来了……虽然这个故事还没有写完，但我已经大大地进了一步。

现在，万寿寺里也到了正午时节，所有的蝉鸣声戛然而止。新粉刷的红墙庄严肃穆，板着脸述说着酷暑是怎样一回事。而在凤凰寨里，薛嵩蹲在地上，膝盖紧贴着腋窝，肩膀紧夹着脑袋，手捧着木制零件，研究着自己制造的弩车——他的姿势纯属怪诞，丝毫也说不上性感。但红线却以为这种专注的精神十足性感。因为她从来也不能专注地做任何事，所以，她最喜欢看别人专注地做事，并且觉得这种态度很性感……与此同时，薛嵩却一点点进入了这架弩车的木头内心，逐渐变成了这辆弩车。就在这时，红线看到垂在他两腿之间的那个东西逐渐变长了，好像是脱垂出来的内脏——

众所周知，那个东西有时会变得直撅撅，但现在可不是这个模样。仅从下半部来看，薛嵩像匹刚生了马驹的老母马。那东西色泽深红，一端已经垂到了地上。这景象把庄严肃穆的气氛完全破坏了。开头，红线用手捂着嘴笑，后来就不禁笑出声来了。薛嵩傻呵呵地问了一句：你笑什么？红线顾不上回答。这种嬉皮笑脸的态度当然使薛嵩恼怒，但他太忙，顾不上问了。那个白衣女人对这个故事大为满意，她说：写得好——你们男人就是这样的！这句话使我如受当头棒喝。原来我们男人就是这样地没出息！

3

我终于明白了我为什么对自己不满：我是一个男人，有着男性的恶劣品行：粗俗、野蛮、重物轻人。其中最可恨的一点就是：无缘无故地就想统治别人。在这些别人之中，我们最想要统治的就是女人。这就是男人的恶行，我既是男人，就有这种恶行……

看过了《甘泽谣》的人都知道“红线盗盒”的故事是怎么结束的：薛嵩用尽了浑身的解数，也收拾不了田承嗣。最后是红线亲自出马，偷走了田承嗣起卧不离身的一个盒子，才把他吓跑了。现代的女权主义文论家认为，这个故事带有妇女解放的进步意义，美中不足之处在于：不该只偷一个盒子，应该把田承嗣的脑袋也割下来。这真是高明之见，我对此没有不同意见。我要说的是：的确存在着一种可能，就是薛嵩最终领悟到大男子主义并不可取，最终改正了自己的错误。但是冰冻三尺非一日之寒，一个人在改变中，也会有反复。因为这个缘故，每次看到薛嵩的把把变粗变直，红线就会奋起批判：好啊薛嵩！你又来父权制那一套了！让大家都看看你，这叫什么样子？而这时薛嵩已被改造好了，听了这样的指责，他感到羞愧难当，面红耳赤地说：是呀是呀。我错了……下次一定不这样。

可惜仅仅认错还不能使那个东西变细变软，它还在那里强项不伏。于是，红线就吹起铜号，把整个寨子里的人都招来，大家开会批判大男子主义者薛嵩，那个直挺挺的器官就是他思想问题的铁证。说实在的，很少有哪种思想问题会留下这样的铁证——而且那东西越挨批就越硬。久而久之，薛嵩也有了达观的态度，一犯了这种错误就坦白道：它又硬了，开会批判吧——这哪叫一种人过的生活呢？好在有时红线也会说：好吧，让你小孩吃。就躺下来，和薛嵩做爱——像这样的生活能不能叫作快乐，实在大有疑问……

这样写过了以后，我忽然发现自己并没有统治女人的恶劣品行。我能把薛嵩的下场写成这个样子，这本身就是证明……我和他们没有任何关系。顺便说一句，我想到了自己对领导的许诺——我在工作报告里写着，今年要写出三篇

《精神文明建设考》——既然说了，就要办到。这个故事我准备叫它《唐代凤凰寨之精神文明建设考》。白衣女人对此极感兴奋，甚至倒在双人床上打了一阵滚，这使我感到一定程度的满足。滚完了以后，她爬起来说：可别当真啊。这又使我如坠五里雾中。我最不懂的就是：哪些事情可以当真，哪些事情不能当真。

4

不久之前，万寿寺厕所的化粪池堵住了，喷涌出一股碗口粗细的黄水。这件事发生在我撞车之前，这段时间里的事我多半都记不起来，只记起了这一件。它给我带来了极大的痛苦，因为我只要看到那片黄水，就有一种按捺不住的欲望，要用竹片去把下水道捅开——连竹片我都找好了。而那位白衣女人见到我的神情，马上就知道我在想什么。她很坚决地说：你敢去捅化粪池——马上离婚。因为这个威胁，那片黄水在万寿寺里漫延开来。这种液体带着黄色泡沫，四处流动。领导打了很多电话，请各方面的人来修，但人家都忙不过来。后来，那片黄水漫进了他的房间。他只好在地上摆些砖头以便出入，自己也坐在桌子上面办公。有些黄色的固体也随着那股水四下漂流。黄水也漫进了资料室，里面的几个老太太也照此办理，并且戴上了口罩。与此同时，整个万寿寺弥漫着火山喷发似的恶臭。全城的苍蝇急忙从四面赶来，在寺院上空发出轰鸣……这种情形使我怒发冲冠。没有一种道理说，所有的历史学家都必须是学院派，而且喜欢在大粪里生活。豁出去不做历史学家，我也一定要把壅塞的大粪捅开。

在此情形之下，那个白衣女人断然命令道：走，和我到北京图书馆查资料去。我坐在图书馆里，想到臭烘烘的万寿寺，心痒难熬。而那位白衣女士却说：连个助研都不给你评（顺便说一句，我还没想起助研是一种什么东西），你却要给人家捅大粪！我的上帝啊，怎么嫁了这么个傻男人！后来，我逃脱了她的监视，飞车前往万寿寺，在路上被面包车撞着了。因为这个缘故，她在医院里看到我时，第一句话就是：你活该！然后却哭了起来。当时我看到一位可爱的女士对我哭，感到庄严肃穆，但也觉得有点奇怪：既然我活该，她哭什么呢？我丝毫也没有想到这种悲伤的起因竟是四处漫延的大粪。当然，大粪并不是肇祸的真正原因。真正的原因是：我是现代派，而非学院派。现代派可以不评助研，但不能坐视大粪四处漫延……那白衣女人现在提起此事，还要调侃我几句：认识这么多年，没见过你那个样子。见了屎这么疯狂，也许你就是个屎壳郎？我很沉着地答道：我要是屎壳郎，你就是母屎壳郎。既然连被撞的原因都想了起来，大概没有什么遗漏了。薛嵩走上塔顶去修理锅炉的故事跨过丧失的记忆，从过去延伸到了现在……

第七章

一

1

早上我在万寿寺里，在金色的琉璃瓦下。从窗子里看去，这里好像是硫磺的世界，到处闪着硫磺的光芒，还有一股硫磺的气味。我多次出去寻找与硫磺有关的工厂，假如找到的话，我要给市政府写信，揭发这件事，因为硫磺不但污染环境，还是种危险品，不能放在万寿寺边上。结果是既没有找到工厂，也没有找到硫磺，而且一出了寺门气味就小了。事实是：我们正在污染环境，我们才是危险品。面馆里的人还抱怨说，我们发出的气味影响了他们的生意。这样我就不能写这封信了——因为人是不该自己揭发自己的呀。

从医院里出来已经有一个礼拜了。我有一个好消息：我的记忆正在恢复中，每时每刻都有新的信息闯进我的脑海。但也有很多坏消息，这是因为这些记忆都不那么受我的欢迎。比方说这一则：我不是历史学家。我已经四十八岁了，还是研究实习员，没有中级职称。学术委员会前后十次讨论我的晋升问题。头三次没有通过，我似乎还有点着急。到了第四次我就不再着急。第五次评上了，我又让了出去，让给了一个比我岁数大的人。领导说：这是你自己要让啊，可不要怪我们。我只微笑着点了一下头。第五次以后总能评上，我自己高低不同意晋职，说自己的水平不够。第十次发生在我撞车之前，我还是不同意晋升，并且再三声明，我准备在一百岁时晋升助理研究员，并在翌年死去。谁敢催我早日晋升就是催我早死。但不知为什么，他们收走了我的工作证，发回来时就填上了新职称。不管别人怎么说，我都不承认自己已经晋升了中级职称——就是这样，我还被车撞了，这完全是领导给我强行晋职所致——既然我没有职称，也就不是历史学家。但我还不至于什么人都不是：我大体上是个小说家。

在香案底下，我找到了一叠积满了尘土的文学刊物，上面都有署我名字的作品。我还出过几本小说集。今天，我还收到了一张汇款单，附言里写明了是稿费。还有一封约稿信，邀请我写篇短篇小说，参加征文比赛，但很婉转地劝我少一点“直露”的描写——我想这是指性描写。这些事我一点都记不得了。但既然是小说家，那就好好写吧。

我把薛嵩的故事重写了一遍，就是现在这个样子。中午，那个自称我老婆的白衣女人把它从头到尾看了一遍，不置可否地放下了。这使我感到失望。我总觉得，失掉记忆以后，我的才能在突飞猛进，可以从前后写出的手稿中比较出来。现在我正期待着别人来验证。我问她道：怎么样？她反问道：什么怎么样？这使我感到沮丧——她连我的话都听不明白了，或者说，我自己连话都说不明白了。这两种说法中，后一种更为通顺，但我更喜欢前一种。我说：这回的稿子怎么样？她淡淡地答道：你总是这样，反反复复的。说完就从房间里走了出去。按说我该感到更加沮丧才对。但是我没有。她走路的样子姿仪万方，我总是看不够。

2

在我失掉记忆之前，写道：盛夏时节，薛嵩走过金色的池塘，去给学院修理一台热水锅炉。现在我必须接着写下去。在写这件事之前，我必须说说这件事使我想到了些什么：我自己念研究生时，就常常背着工具袋，去给系里修理东西。我自己还念过研究生，有硕士学位，这使我不胜诧异。系里领导直言不讳地说：他们录取我，不是看中了我的人品和学业，而是看中了我修理东西的手艺——这就提示我，我的人品和学业都不值得回忆，只有手艺是值得回忆的。历史系和别的文科系不同，有考古实验室、文物修复室，加上资料室、计算机教室，好大的一份家业，要修的东西也很多。顺便说一句，领导对我说这样的话，不是表扬我有手艺，而是提醒我，修理东西是我应尽的义务，不要指望报酬了……对薛嵩来说，学院是什么地方、要修的是一台什么锅炉，等等，只要你把薛嵩当成了我这样的人，就无须解释。只要让他知道有座锅炉坏了，这就够了，他立即就会去修理。

薛嵩要修的锅炉在一座八角形的楠木大塔上，这座大塔又在一个新月形的半岛的顶端，这个半岛伸在一个荒芜的湖里。在湖水的四周，没有一棵树。湖里也没有一棵芦苇，只有金色透明的湖水。正午时分，塔上金色的琉璃瓦闪着光。我以为，这是很美丽的景色。但薛嵩没有看风景，他走进了塔里。在塔的内部，是一个八角形的天井，有一道楼梯盘旋而上，直抵塔顶。这是很美丽的建筑。但薛嵩也无心去看，只顾拾级而上。在塔的每一层，学院里的姑娘们在打棋谱，研究画法，弹着古琴研究音律，看到有个男人经过，都停下来看他。这都是些很美丽的女人。但他也无心去看，一直登到塔顶去看那个坏了的锅炉。这是因为，这台坏掉的锅炉——说实在的，这算不上是一台锅炉，只是一个大肚子茶炊，是精铜铸成的，擦得光可鉴人——是他的一块心病，是来自内心的奇痒。在茶炊顶上，有一具黑铁制成的送炭器，是个马鞍镫子一样的东西，用来把炭送进炉膛。这个东西前不久刚修理过，现在又坏了。在折断的铁把手上，留下锉过的痕迹。这是破坏……问题在于，谁会来破坏一具茶炊？薛嵩直起身来，看着塔里来来去去的女人们。在这些女人中，有一个爱上他了。所以她总要破坏茶炊，让他来此修理。现在的问题是：她是谁？在塔里那些像月亮一样美丽的姑娘中，她是哪一个？在我已经写过的女人里，她又是谁？

我依稀觉得，这就是我自己的故事。系里的每件仪器我都修过，这不说明别的，只说明历史系拥有一批随时会坏掉的破烂。考古实验室的主任是个有胡子的老太太，我看过一台仪器后，说道：旧零件不行了，得买新的。她说：你把型号写下来，我去买。我二话不说，背起工具包就走；因为我觉得她不让我去买零件，是怀疑我要贪污，这是对我人格的羞辱——这样走了以后，她更加怀疑我要贪污。对于羞辱这件事，我有这样的结论：当一件羞辱的事降临到你头上时，假如你害怕羞辱，就要毫无怨言地接受下来，否则就会有更大的羞辱。但这是真实发生了的事，不是故事。

有一次，在我的故事里，我走上了一座高塔去修理一具茶炊。在这座塔的内部，到处是一片金黄：金丝楠木做的护壁、楼梯扶手，还有到处张挂的黄缎子；表面上富丽堂皇，实际上俗不可耐。相比之下，我倒喜欢塔顶上那片铁。它平铺在锃亮的茶炊下面，身上堆满了黑炭。这种金属灰溜溜的，没有光泽，但很坚硬。不漂亮，但也不俗气。

我走上陡峭的楼梯，从喧嚣的声音中走过。这些琴、瑟、笙、管，假如单独奏起来，没有人会说难听，但在一座塔里混成一团，就能把人吵晕。我又从令人恶心的香烟中走过，这些檀香、麝香、龙涎、冰片，单独闻起来都不难闻，混在一起就叫人恶心。这地方还有很多姑娘，单看起来个个漂亮，但都穿着硬邦邦的黄缎子，描眉画目，乱糟糟地挤在了一起，就不再好看。在这座大塔的天井里，正绞着一道黄色、炽热的旋风。我虽是从风边走过，但已感到头晕。

在那片黑铁上，紧靠着茶炊有一道板障，板障下面放了一个大板凳，有个姑娘坐在上面。她可没穿黄缎子，几乎是全裸着的，双脚被铁索锁住。仔细一看，她不是自愿坐在这里的。在她身后的板壁上有个铁环，又有一道铁索套住了她的脖子，把她锁在了铁环上。还有一根大拇指粗细的木棍，卡在她的嘴里，后面有铁箍勒住。至于双手，则被反锁在身后。这个姑娘闭着眼睛缩成一团，在热风里出着汗，浑身红彤彤的，好像在洗桑拿浴——这是全楼最热的角落，因为热气是上升的，又有填满了红炭的茶炊在烤着。她脸上没有化妆，头发因酷热而干枯，看不出是不是漂亮。但我以为她一定是漂亮的，因为她是这样地不同凡响。陪我来的老虔婆介绍说，学院里规矩森严。这个姑娘犯了门规，正在受罚。我顺嘴问道：她吃豆子了吗？随着我的声音在板壁间响起，那个姑娘朝我睁开了眼睛，张开嘴巴，露出咬住木棍的两排整齐的牙齿，朝我做了个鬼脸。与此同时，老虔婆也宣布了她的罪状：破坏茶炊。这种罪名完全在我的意料之内。

在那个老虔婆的监视下，我解开了脚上套着的白布口袋，踏上那片黑铁，套这两个口袋，是要防止我这俗人污染了学院神圣的殿堂——顺便说说，我给考古室修东西时，脚上倒不用套袋子，只是要穿白大褂——把沉重的帆布工具袋放在黑铁上。就在这时，那双被铁链锁在一起的脚对我打出一个手势：左脚把右脚抱住，在趾缝之间透出一根足趾，上下摆动着。这是一条马尾巴。我知道这是讥笑我的袋子，说它像个挂在马尾巴下面的马粪袋子。这个帆布袋子上满是污渍，不用她说我也知道它像什么。对于这种恶毒攻击，我也有反击的手段。我用左手比成一个马头，把右手的食指放到马嘴里去，这是比喻她像马一样戴着衔口。然后，我拿着一把扳手站了起来，假装无意地看了她一眼，只见她正做出个苦脸，假装在哭。这就是说，我的比方太过恶毒，她不喜欢了。但转眼之间她脸上又带上了娇笑，含情脉脉地看着我。我不动声色地转过身去，开始修理茶炊。如前所述，我早就知道锅炉会坏，坏在哪里，所以我把备件带了来。但我不急于把它修好，慢吞吞地工作着。那个老虔婆耐不住高温，说道：师傅您多辛苦，我去给你倒杯茶来。就离去了。假如我真的相信她会给我倒茶，那我就是个傻瓜。此时，茶炉间里只剩下了我们两个人。

3

正午时节，那位白衣女人在我房间里，看我的稿子，和我聊天，这使我感到很幸福。一点半以后，我们那位戴白边眼镜的领导就出现在院子里，不顾烈日当头和院子里的恶臭来回徘徊着。随着时间的推移，他踱步的路线朝我门口靠近。等到两点整，他干脆就在我门前跺着脚绕圈子。有点脑子就能猜出来，他是告诉我们，上班时间已到，应该开始工作。不用有脑子你也能猜到，他就是我故事里的那个老虔婆。因为他的催促，白衣女人只好从我这里走出去，回到自己屋里。

在我的故事里，离去的却是那个老虔婆。我马上扑到她面前，迅速地松开铁箍，她就把那根木头棍子吐了出来，还连吐了两口唾沫，说道：苦死了。你猜那是根什么木棍？黄连树根。学院派整起人来可真有些本领……然后，我把这个浑身发烫、头发蓬松的姑娘抱在了怀里，一面亲吻她的脖子，一面松掉她脖子上的铁锁，让她可以站起来。然后，轻轻咬着她的耳朵，抚摸着她的乳房。这地方比平常柔软。她说：天热，缺水，蔫掉了。我马上拿出木头水壶，给她喝了几口，又往蔫掉的地方浇了一些。现在我看出这姑娘已经不很年轻，嘴角有了皱纹，脖子上的皮也松弛了。但只有这种不很年轻的姑娘才会真正美丽……

我像一个夜间闯进银行的贼，捅开她身上的一重重的锁。看来学院真不缺买锁的钱。这世界上没有捅不开的锁，只是多了就很讨厌——转到她后面才能看到，那一串锁就像那种龙式的风筝。把所有的锁都捅开之后，我就可以和她做爱，在这个闷热、肮脏的茶炉间里大干一场。为此我摊开了工具袋，她也转过身去，蹲了下来，让我在她背上操作。不幸的是，这串锁只开到了一半，楼梯上响起了沉重的脚步声。她小声嚷道：别开了！快把我再锁上！于是又开始了相反的过程，而且是手忙脚乱的。但是上锁总比开锁容易。把那个木头衔口放回她嘴里前，我和她热烈地亲吻——她的嘴很苦，黄连树根的味道不问可知。等到那老虔婆走进茶炉间时，她已经在板凳上坐下，我也转过身去，面向着茶炊，做修理之状。如前所述，我早就知道这茶炊要坏，而且知道它会坏在哪里，所以带来了备件。但现在找不到了。怎么会呢？这么大的东西，这么点地方？我满地乱爬着找它，忽然看到那双被铁链重重缠绕的脚在比着一个手势：右脚的大脚趾指向自己。这下可糟了。那东西锁在她身上了！现在没有机会把它再拿下来……

白衣女人离开之后，领导继续在我门口徘徊。谁都不喜欢有人在门口转来转去，所以我起身把窗子全部打开，让他看看我屋里没有藏着人。但他不肯走，还在转着，与此同时，臭味从外面蜂拥而入。所以我只好关上窗子，请领导进来坐。他假作从容地咳嗽一声，进了这间屋子，在白衣女人坐过的方凳上坐下；我也去写自己的小说，直到他咳嗽了最后一声——他每咳嗽一声，我就从鼻子里哼一声，这样重复了很多回，在此期间，我一直埋头写自己的小说——清清嗓子道：看来我们需要谈谈了。我头也不回地答道：我看不需要。嗓音尖刻，像个无赖。他又说：请你把手上的事放一放，我在和你说话。我把句子写完，把笔插回墨水瓶，转过身来。他问我在写什么，我说是学术论文。他说能不能看看，我说不能。就是领导也不能看我的手稿，等到发表之后我自会送他一份。随着这些弥天大谎的出笼，一股奸邪的微笑在我脸上迅速地弥散开来。看来，我不是个良善之辈。我又把自己给低估了……

领导和我谈话时并没有注意到，我不是一个人，是一个小宇宙：这其中不仅有红线，有薛嵩，有小妓女和老妓女，还有许多别人。举个例子，连他自己也在内，但不是穿蓝制服、戴白边眼镜，而是个太阳穴上贴着小膏药的老虔婆。假如他发现自己在和如此庞大的一群人说话，一定会大吃一惊。除此之外，我还是相当广阔的一段时空。他要是发现自己对着时空做思想工作，一定以为是对牛弹琴。除了时空，还有诗意——妈的，他怎么会懂得什么叫作诗意。除了诗意，还有恶意。这个他一定能懂。这是他唯一懂得的东西。

在我这个宇宙里，有两个地方格外引人注目：一处是长安城外金色的宝塔，另一处是湘西草木葱茏的凤凰寨。金色的宝塔是阳具的象征，又是学院所在地。看起来堂皇，实际上早就疲软了，是一条历史的脐带……领导对我说，我现在有了中级职称，每年都要有一定的字数（他特别指出，这些字数必须是史学论文，不能拿小说来凑数），如果完不成，就要请我调离此地。不是和我为难——这是上级的规定。说完了这些屁话，他就起身从我屋里踱了出去。他走之后，我感到愤怒不已，决定摔个墨水瓶子来泄愤。然后我就惊诧不已：墨水瓶子根本就摔不碎……

我把故事和真实发生的事杂在一起来写，所以难以取信于人。如果我说，我们领导教训了我一顿，一转身就变成了一条老水牛，甩着沾了牛屎的尾巴，得意扬扬地从我房里走了出去，两个睾丸互相撞击，发出檐下风铃的金属声响，你也不会诧异——但墨水瓶子摔不碎不是这类事件。我有很多空墨水瓶，贴着红色的标签，印着中华牌碳素墨水、57ml，还有出厂日期，等等。你把它往砖地上一摔，它就不见了，只留下一道白印。与此同时，头上的纸顶棚上出现了一个黑窟窿。再摔一个还是这样，只是地上有了两道白印，头上有两个黑窟窿。这些空瓶子就这样很快地消失了，地上没有一片碎玻璃，顶棚上有很多窟窿——隔壁的人大声说道：顶棚上闹耗子！最后剩下了一个墨水瓶，我把它拿在手里端详了一阵：这种扁扁的瓶子实在是种工程上的奇迹，设计这种瓶子的肯定是个大天才。我把它拿到外面去，灌满了水，在石头台阶上一摔，这回它成了碎片。随着水渍在台阶上摊开，我感到满意，走回自己屋里。

4

我站起来，转向老虔婆，一本正经地告诉她，茶炊坏得很厉害，无法马上修好。那个老太太擦着额头上的汗说：那怎么办？楼下这么多姑娘要喝水……越过老虔婆，身后的姑娘在板凳上往后仰，做哈哈大笑之状。我说：我回去做备件，做好了明天再来。现在没有理由再待在这里。我只好提起工具袋……那个姑娘朝我送了一吻，这一吻好似猩猩的吻——这当然是因为嘴里衔着木棍。这一吻可以把我的左颊和右颊同时包括在内。趁那老虔婆不注意，我朝她做了个鬼脸，走出了这座塔，走到外面金色的风景里去，但也把一缕情丝留在了身后。无论是我，还是薛嵩，对已经发生的事情还算是满意。唯一不满的是那黄连树根，谁也不愿把那么苦的东西放到爱人嘴里。假如有一种木头是甜的就好了。我可用它做根衔口，把塔里的黄连树根换掉……说实在的，塔里的茶炊设计得不好，尤其是送炭器。那地方不该做成马镫状，而是应该做成滚筒状。当然，做成滚筒状，破坏起来就更难了。

我在金色的风景里徘徊……实际上，我是在万寿寺里，面对着一张白色的稿纸。如前所述，我总是用发黄的旧稿纸写小说，现在换上了这种纸，说明我想写点正经东西。在昏迷之中，我已经写出了题目：《唐代精神文明建设考》。这个题目实在让我倒胃……回头看看那座金色的塔，它已经是金色余晖中的一道阴影。很多窗口都点起了金色的灯火。在这个故事开始时，我走上这座塔，假作修理茶炉，实际上是来会我爱的姑娘；在这个故事结束时，我用重重枷锁把她锁住，把黄连木的衔口塞在了她嘴里。现在我发现，我把这个故事讲错了。实际上，是别人用重重锁链把我锁住，又把黄连木的衔口塞到了我的嘴里。我愤然抓起那张只写了题目的稿纸，把它撕得粉碎，然后在晚风中，追随那件白色的衣裙回到家里。在不知不觉之中就到了午夜。在床上，她拿住了我的把把，问道：怎么，没有情绪？我答道：天热，缺水，蔫掉了……与此同时，我在蔫蔫地想着：能不能用已知的史料凑出个《唐代精神文明建设考》？假如不能，就要编造史料。这件事让人恶心：我是小说家，会编小说，但不编史料……

在长安城外的大塔上，在乌黑闷热的茶炉间里，戴着重重枷锁缩成一团，我也准备睡了。这个故事对我很是不利：灼热的空气杀得皮肤热辣辣的，嘴里又苦得睡不着。板凳太窄，容不下整个屁股，脖子上的锁链又太紧，让我躺不下来。唯一的希望就是：薛嵩还会再来。他会松开我身上的锁链——起码会把脚腕上的锁链松开。此后，就可以分开双腿，用全身心的欢悦和他做爱。生活里还有这件有趣的事，所以活着还是值得的——这样想着，我忽然感到一种剧烈的疼痛，仿佛很多年后薛嵩射出的标枪现在就射穿了我的胸膛……不管我喜不喜欢，我现在是那个塔里的姑娘，也就是那个后来在凤凰寨里被薛嵩射死的老妓女。对她的命运我真是深恶痛绝——这哪能算是一种人的生活呢？不幸的是，每个人都有自己的命运，你别无选择。假如我能选择，我也不愿生活在此时此地。

第二天早上，带着红肿的眼睛和无处不在的锁链的压痕，我从板壁上被放了下来，回到自己的房间里。这间房子在塔角上，两面有窗子，还有通向围廊的门。在门窗上钉有丝质的纱网。就是在正午，这里也充满了清凉的风，何况是在灰色的清晨。地板上铺着藤席，假如我倒下去，立刻就会睡着，但现在塔里已是起身的时节。现在已经别无选择，只能用冷水洗脸，然后在镜前描眉画目，遮掩一夜没睡的痕迹，以免被人笑话。再然后，穿上黄缎子的衣服，在席子上端坐。在我面前的案上，放着文房四宝。一大叠绢纸的最上面一张，在雪白的一片上，别人的笔迹赫然写着题目：《先秦精神文明建设考》。很显然，这个题目不能医治，而是只能加重我的瞌睡。现在我有几种选择：一种是勉强瞎诌上几句。这么大的人了，连官样文章都写不出，也实在惹人笑话。另一种选择是用左手撑着头，做搜索枯肠状，右手执笔在纸上乱描。实际上我既不是在搜索枯肠，也不是在乱描，而是在打瞌睡。还有一种选择是不管三七二十一，躺倒了就睡。等他们逮到我，想怎么罚就罚好了。但这都不是我的选择。我端坐着，好像在打腹稿，眼睛警惕着在门外逡巡的老虔婆，一只脚却伸到了席子下面，足趾在板缝里搜索着，终于找到了几条硬硬的东西。我把其中一条夹了出来，藏在袖子里——这是一把三角锉。这样，我又能够破坏茶炊。然后被锁在茶炉间里。然后薛嵩就会来修理。然后就有机会和他做爱。性在任何地方都重要，但都不如在这座塔里重要。在这里，除此之外再没有值得一做的事了。

后来，这个塔里的姑娘离开了长安城，随着薛嵩来到了凤凰寨。在这个绿叶和红土相间的地方，岁月像流水一样过去，转眼之间就到了生命的黄昏。她始终爱着薛嵩，但薛嵩却像黄连木一样地苦——他用情不专，到处留情……而且，不管是有意无意，反正最后还是薛嵩把她射死了。对此，我完全同意红线的意见：薛嵩是不可原谅的。看着他假模假式的哀痛之状，红线几番起了杀心——假如她要杀他，就可以把薛嵩当作一个死人了，因为那就如白衣女人要杀我，是防不胜防的。但是最后红线决定不杀薛嵩，这是因为薛嵩是个能工巧匠——一个勤奋工作的人。一个人只要有了这种好处，就不应该被杀掉。

5

上述故事可以发生在薛嵩到凤凰寨之前，也可发生在薛嵩离开凤凰寨之后；所以，它可以是故事的开始，也可以是故事的终结。故事里的女人可以是老妓女，也可以是小妓女、红线，或者是另外一个女人。只有薛嵩总是不变。这是因为我喜欢薛嵩。

这座金色宝塔里佳丽如云，长安最漂亮的女人住在里面。进这座塔是女人最大的光荣，但是在这座塔里面，漂亮绝无用武之地。学院也是这样的地方，能进学院说明你很聪明，但在学院里面又最不需要聪明。在这里待久了，人会变得癫狂起来——我就是这么解释自己。我学了七年历史，本科四年、研究生三年，又在万寿寺里待了十年半。再待下去我也不会更聪明。假如那个塔里的姑娘也待了这么久，她应该是三十五六岁，在女人最美丽的年龄。再待下去，她也不会更加美丽。

转眼之间已经入秋，塔里的人脱下身上的黄缎子，换上开司米的长袍。我大概是最后换季的人，因为我喜欢秋天的凉意——现在已是深秋时节。深秋时的早晨有种深灰色的雾笼罩着一切，穿过窗纱，钻进网里来——既是雾，又是露水。黄缎子不再簌簌作声，开司米表面也笼罩着一层水珠。此时我正对着镜子更衣。这面镜子有粗笨的镜座，厚重的镜片，都用黑色的古铜制作，镜背上描有银丝的图案，镜面上镀了一层锡——但薛嵩骗管总务的老虔婆说，镀的是银。这座塔里的器具多半是薛嵩所制，因为薛嵩做的东西总是最好的。正因为如此，塔门口就立了一块牌子：不通琴棋书画者，以及薛嵩，禁止入内。如你所知，这块牌子拾了古希腊毕达哥拉斯学派的牙慧。在这座宝塔里，人们认为琴棋书画的层次很高，能工巧匠的层次很低。薛嵩是所有的能工巧匠中最出色者，所以他层次最低；即便他琴棋书画无所不通，也不能让他入内。坦白地说，我认为这种算法是有问题的：就算能工巧匠层次低，能工巧匠中最出色者层次应该是较高才对；不应该把他算成层次最低。但是，我也不想去和老虔婆说理。因为女人给自己的爱人说理，层次已经很低，假如说赢了，层次就会更低。既然如此，就不如不说理。

在那座金色的宝塔下面，所有的苹果树都竖起了绿叶，和南方的橡皮树相似，并且挂满了殷红的果实。这些果子会在枝头由红变紫，最后变成棕黑色，同时逐渐萎缩，看上去像枯叶或者状似枯叶的蛾子。所幸这是一些红玉苹果，只好看，不好吃，所以让它们干掉也不特别可惜。全中国只有这个地方有苹果树，别的地方只有“楸子”，它也属苹果一类，树形雄伟，有如数百年的老橡树，但每棵上只结寥寥可数的几个果子，吃起来像棉花套子——虽然是甜的。水边的枫树和山毛榉一片鲜红，湖水却变成了深不可测的墨绿色。

在这片景色的上空，弥散着轻罗似的烟雾，一半是雾，一半是露水。

在镜子里看到的身体形状依旧，依然白皙，但因为它正在变软，就带着一点金黄色。因此它需要薛嵩。薛嵩也因为这身体正在变软，所以格外地需要它。假如一个身体年轻、清新、质地坚实，那就只需要触摸。只有当它变软时，才需要深入它的内部。看清楚以后，她穿上细毛线的长袍，这件衣服朦朦胧胧地遮住了她的全身，有如朦胧的爱意。但是朦胧的爱意是不够的，她需要直接的爱。

对这个金色宝塔的故事，必须有种通盘的考虑。首先，这塔里有个姑娘，对着一面镀锡的青铜镜子端详自己。她的身体依旧白皙，只是因为秋天来临，所以染上了一丝黄色。秋天的阳光总是带着这种色调，哪怕是在正午也不例外。在窗外，万物都在凋零。这是最美的季节，也是最短暂的季节。所以，要有薛嵩——薛嵩就是爱情。

其次，薛嵩在塔外，穿着一件黑斗篷在石岸上徘徊，从各个方向打量这座塔，苦思着混进去的方法。他在想着各种门路：夜里爬上宝塔；从下水道钻进地下室，然后摸上楼梯；乘着风筝飞上去。所以，塔里要有一个姑娘，这个姑娘就是爱情。

除此之外，还有第三种考虑，早上，这个石头半岛上弥漫着灰色的青烟——既是雾，又是露水。青烟所到之处，一切都是湿漉漉的，冰人指尖，令人阴囊紧缩，阴茎突出，或者打湿了毛发，绷紧了皮肤。这种露水就是爱情。所以，要有薛嵩，也要有塔里的女人。我自己觉得这最后一种考虑虽不真实，但颇有新奇之处，是我最喜欢的一种。作为一个现代派，我觉得真实不真实没什么要紧。但白衣女人却要打我的嘴巴：我们不是爱情，露水才是爱情？滚你的蛋吧！这就提出了一种新的思路：对方不是爱情，环境也不是爱情。“我们”才是爱情。现在的问题是：谁是那些“我们”？

二

1

我给系里修理仪器时，经常看到那位白衣女人。她穿着一件白大褂，在蓝黝黝的灯光下走来走去；看到我进来就说：哟，贪污分子来了。我一声不吭地放下工具，拖过椅子坐下，开始修理仪器。这种态度使她不安，开始了漫长的解释：怎么，生气了？——开个玩笑就不行吗？——嘿！我知道你没贪污！说话呀！——是我贪污行不行？我贪污了国家一百万，你满意了吧？……我是爱国的，有人贪污了国家一百万，我为什么要满意？但我继续一声不吭，把仪器的后盖揭开，钻研它的内脏。直到一只塑料拖鞋朝我头上飞来，我才把它接住，镇定如常地告诉她：我没有生气，何必用拖鞋来扔我呢。我从来没有贪污过一分钱，却被她叫作贪污分子，又被拖鞋扔了一下，我和那个塔里的姑娘是一样地倒霉。

秋天的下午，我在塔里等待薛嵩。他的头发乱蓬蓬地支棱着，好像一把黑色的鸡毛掸子，披着一件黑色的斗篷，在塔下转来转去，好像一个盗马贼。在他身后，好像摊开了一个跳蚤市场，散放着各种木制的构架，铁制的摇臂，还有够驾驶十条帆船之用的绳索。除此之外他还在地上支起了一道帷幕，在帷幕后面有不少人影在晃动。这样一来，他又像一个海盗。天一黑他就要支起一座有升降臂的云梯，坐在臂端一头撞进来，现在正在看地势。因为没有办法混进这座塔，他就想要攻进来。通常他只是一个人，但因为他是有备而来，所以今天好像来的人很多。

对于薛嵩，塔里已经有了防范措施，在塔的四周拉起了绳网。但如此防范薛嵩是枉然的，也许那架云梯会以一把大剪子为前驱，把绳网剪得粉碎；也许它会以无数高速旋转的挠钩为前驱，把绳网扯得粉碎。塔里的人也知道光有绳网不够，所以还做着别的准备。如前所述，我在等待薛嵩，所以我很积极地帮助拉绳网，用这种方式给自己找点别扭。

在绳网背后，有一些老虔婆提来了炭炉子，准备把炭火倒在薛嵩头上，把他的云梯烧掉。我也帮着做这件事：用扇子扇旺炭炉子。但做这些又是枉然的。薛嵩的云梯上会带有一个大喷头，喷着水冲过来，连老虔婆带她们的炭炉子都会被浇成落汤鸡。又有一些老虔婆准备了油纸伞，准备遮在炭炉上面。这也是枉然的，薛嵩的云梯上又会架有风车，把她们的油纸伞吹得东歪西倒。塔里传着一道口令：把所有的马桶送到塔顶上来，这就是说，她们准备用秽物来泼他。听到这道命令，我也坐在马桶上，用实际行动给防御工作做点贡献。但这也没有用处，薛嵩的云梯上自会有一个可以灵活转动的喇叭筒，把所有的秽物接住，再用唧筒激射回来。只有一位老虔婆在做着最英明的事情，她把塔外那块牌子上“薛嵩不得入内”的字样涂掉了。这样他就可以好好地进来，不必毁掉塔上的窗子。但这也是枉然的，薛嵩既已做好了准备，要进攻这座塔，什么都不能让他停下来。塔里所有的姑娘都拥到了薛嵩那一侧的围廊上，在那里看他做进攻的准备，这就使人担心塔会朝那一面倒下来……

有关这座宝塔，我已经说过，塔里佳丽如云。全长安最漂亮的女人都在里面，所以，能进这座塔就是一种光荣。但是光有这种光荣是不够的。还要有个男人在外面，为你制造爱情的云梯，来进攻这座反爱情的高塔。因为这个缘故，那些姑娘在围廊上对薛嵩热情地打招呼、飞吻，而薛嵩正在捆绑木架，嘴里咬着绳索不能回答，只能招招手。因为他是个暂时的哑巴，所以谁是他此次的目标暂时也是个谜。说实在的，我也不想过早揭开谜底。

天刚黑下来，薛嵩已经把云梯做好，坐在自己的云梯上，就如一个吊车司机。但整个升降臂罩在一片黑布帷幕下面，就如一座待揭幕的铜像。他打算怎样攻击这座塔也是一个谜——所有的姑娘都屏住了呼吸，把双手放在胸前，准备鼓掌。我也想看看他这回又有什么新花样，但我不会傻到站在围栏边，因为所有的老虔婆都在围栏边上找我。我混在防御的队伍里，忙前忙后，这一方面是反抗自己的情人，也就是和自己作对，另一方面也是在躲风头。每当有老虔婆从身边走过，我就把头低下去，因为我很怕被人认出来。但这是现代派的劣根性。有个人老是低着头显得很扎眼，招来了一个老虔婆站在我身边。我把头低下去，她就把头低得更低，几乎躺在了地上。最后，她对我说道：孩子，低着头就能躲过去吗？这时我勇敢地抬起头来，含笑说道：要是抬着头，你早就认出来了。

那个塔里的姑娘被认出之后，就在一群虔婆的簇拥之下来到了总监的面前。她勇敢地提出一个建议说：薛嵩大举来犯，意在得到她。虽然她最憎恶薛嵩，但准备挺身而出，把自己交给薛嵩，任凭他凌辱；牺牲自己保全全塔，这是最值得的。一面说着，一面憋不住笑，看得出说的是反话。因为自己的情人来大举进攻本塔，对她来说是个节日，所以她很是高兴。总监婆婆表扬了她的自我牺牲精神，但又说，我们决不和敌人做交易，宁可牺牲全塔来保全你一人。当务之急是把你藏起来，不让薛嵩找到。这话本该让人感动，但那姑娘却发起抖来，因为总监婆婆说的也是反话。她赶紧提出个反建议，说应该大开塔门，冲出去和薛嵩一拼。很显然，这个建议薛嵩一定大为欢迎；他不可能没有准备——再说，她也可以趁机跑掉。总监婆婆又指出，我们不能冲到外面和男人打架，有失淑女的风范。然后，不管乐意不乐意，她被拥到了塔的底层。这里有一块巨大的青石板，揭开之后，露出了一个地穴，一道下去的石阶和一条通往黄泉的不归路。假如有姑娘犯了不能饶恕的错误，总监婆婆就送她下去，然后自己一个人上来，此后，这姑娘就不再有人提起。总监指着洞边的一个竹筐说道：把衣服脱掉吧，下面脏啊。好像这姑娘还会回来，再次穿上这件衣服。这就显得很虚伪。

我们知道，总监是舍不得这件开司米的长袍，它值不少钱，不该和这姑娘一样在地下室里烂掉。而她现在很需要这件长袍，因为她冷得发抖。但她没有提出反驳，只是眼圈有点红，嘴唇咬得有点白，但是益增妩媚。她憋了一会儿气，终于粗声大气地说道：这也没什么。就把衣服脱掉，赤身裸体地站着。然后，总监笑眯眯地看着她说：不是不信任你，但要把你的手绑起来。此时那姑娘的嘴唇动了动，显出要破口大骂的样子。但她还是猛地转过身去，把双手背着伸了出来，说道：讨厌！捆吧！总监婆婆接过别人递过来的皮绳；亲自来捆她的双手。那姑娘恶狠狠地说道：捆紧些啊！挣脱了我会把你掐死。总监婆婆说：这倒说的是。我要多捆几道。于是就把她捆得很结实。然后总监取出一条精致的铁链子，扣在姑娘的脖子上，很熟练地收了几下，就勒得她不能呼吸，很驯服地倚在自己肩上。顺便说一句，总监婆婆的手指粗大，手掌肥厚，小臂上肌肉坚实，一看就知道她很有力气。她用右手控制住女孩，左手拿起了灯笼，有人提出要跟她去，她说：不用，下面的路知道的人越少越好；就把女孩拖下了石头楼梯——下楼时手上松了一下，让她可以低头看路，一到了底下就勒紧了链子，让那姑娘只能踮着脚尖走路，看着黑洞洞的石头天花板。就这样呼吸了不少霉臭味，转了不少弯，她们终于走到一面石墙前。在昏黄的灯光下，可以看到墙上不平之处满是尘土，墙角挂满了蜘蛛网。那女孩想：这个地方怎么会有飞虫？蜘蛛到此来结网，难免要落空。她为蜘蛛的命运操起心来，忘掉了铁索勒住脖子的痛苦……

总监婆婆把灯笼插在墙上的洞里，用墙上铁环里的锁链把女孩拦腰锁住，然后松掉了她脖子上的铁链。此后那姑娘就迫不及待地呼吸着地下室里的霉臭气。总监婆婆说道：好啦，孩子，你在这里安全了。没人能到这里来玷污你的清白……那女孩忍着喉头的疼痛，扁着嗓子说：快滚，免得我啐你！总监说，你说话太粗，没有教养。看来早就该来这里反省一下——反省这个词我很熟，人们常对我说，但我对它很是反感。女孩说：反省个狗屁。总监婆婆不想再听这种语言，就拿起灯笼准备离去。此时女孩说了一句：薛嵩一定会来救我的。虽然薛嵩本领很大，却不一定能找到地下来，更不一定能在迷宫似的地下室里找到她。她把不一定说成了一定，是在给自己打气。但是总监婆婆却转了回来，插好了灯笼说：你提醒得好。万一薛嵩进到这里来，你开口一叫，他就找到你了。所以，要把你的嘴箍起来。然后，她老人家从长袍的口袋里掏出一根黄连木的衔口来。

此后，那女孩就把头拼命地扭到一边，紧闭着牙关；直到总监婆婆狠命地揪住了她的头发，使劲扭她的鼻子，她才说道：我真多嘴！算我自己活该吧……于是，她转过头来，使劲张开了嘴巴。总监婆婆以为她要咬她，往后退了退。但她又说：箍上吧。然后像请大夫看喉咙一样张大了嘴，仔细地咬住了黄连木，然后低下了头，让婆婆把衔口的皮绳拴在脑后。再以后，她扬起了头，像个吹口琴的人一样环顾四周。这回总监婆婆真的要走了，但她又觉得必须交代几句，就说：其实，你是个很好看的姑娘。我不想这样待你。那女孩在鼻子里哼出一句话，好像是“操你妈”。总监婆婆又说：等薛嵩走了之后，也许我会来放你。因为这是弥天大谎，所以她自己也有点不好意思。女孩又哼了一句，好像是“操你姥姥”。然后，总监就离去了，把这女孩留在坟墓一样的黑暗里。

2

我孤身在黑暗里，品尝着黄连木的苦味，呼吸着地下的霉臭气。生活中重要的是光亮，但这里没有光亮。生活中重要的是风，但这里没有风。生活中重要的是声音，但这里没有声音。地下的寒意从身体的表面侵入腋下、两腿之间。这种处境和死亡不同的是，我还可以想事情。思维这种乐趣，与生俱来，随死亡而去。当人活着的时候，这种乐趣是不可剥夺的……那位白衣女人看到此处说：你瞎扯什么呀！我从来不这样想问题。这评论使我如受电击：我觉得在写自己，但听她的意思，此处是在写她。实际上，她说得更对。我恍恍惚惚地说：这样一来，你就不是学院派了——这句话招致我额头上的一次敲击和一顿斥骂：混账！我要是学院派，能嫁给你吗？看来，她的确是嫁给我了。虽然我不愿相信，但对此不应再有疑问。我总觉得，说一个人是学院派是一种赞誉。对于男人来说，这是称赞他聪明，对于一个女人来说，这是称赞她漂亮。只有极少数的人不需要这种赞誉，比方说，我和薛嵩。那个地下室里的女孩在黑暗中站着，渐渐感到腿上很累，又不能躺下来休息……地下室里没有一点声音，寂静使耳膜发起疼来。最后她觉得，反正没人看见，可以哭一会儿。于是，对面响起了抽泣声。这使她知道对面不很远的地方有堵墙壁。忽然她仿佛听到一声嗤笑，赶紧停止了哭泣，凝神去听，什么都没听到。但是她又觉得在霉臭味里杂有薛嵩特有的体臭——这个家伙经常弄得一身大汗，嗅起来有点馊。于是她使劲去嗅，结果马上就被霉味把鼻子呛住了。然后她就叫起来，但那块黄连木压住了她的舌头，只发出了一阵呜呜的声音。然后她又凝神去听，还是什么都听不到……猛然间，没有任何征兆，她的乳房落进了男人温热的手掌。薛嵩的声音在她耳畔轰鸣着：怎么，不哭了？此后，她就什么都不想，什么都不听，冒了被铁链勒断腰的危险，踢开了薛嵩身上的斗篷，两只脚顺着薛嵩的腿爬了上去，紧紧地盘住了他的腰，和他做爱。

与此同时，薛嵩像雷鸣一样解释着今天发生的事情：外面扮作薛嵩的那个人是他的表弟。他自己早就钻了进来，一直躲在这里，看到了总监老太太怎么把她揪了进来，锁在墙上，又看到了她们俩怎么吵嘴。他还说，今天的计划非常之好，百分之百地成功了。但那女孩早就不想听他解释，她还觉得薛嵩的声音像是驴鸣——但这不是薛嵩之过，他并没有把嗓音放大，是这里过于安静之故——假如不是嘴被勒住，她早就喊他闭嘴了。最后，当薛嵩把她嘴上的嚼子解开时，她才说了一句早就想说的肺腑之言：你可真坏呀你！

在薛嵩的故事里出现了一个表弟，使我深为不快。如你所知，我也有一个表弟，而且我不喜欢和薛嵩搞得太相像。午夜时分，这位表弟在塔外面辛苦地工作着。他一会儿爬上云梯，一会儿爬下来跑到幕后，转动一个满是假人的圆盘，借助一个铜皮喇叭发出众多人的呐喊，敲锣打鼓，并且给到处点着的灯笼添油。直到他听到塔上的姑娘们欢声雷动，才松了一口气，从帷幕后面跑了出来。如你所猜到的那样，那些姑娘看到两个人影从塔下的乱石缝里钻了出来。其中一个披着男人的黑斗篷，长发披肩，身材娇小；另一个则身材高大，一丝不挂，长着紧凑的臀部和两条长腿，小腿的下半部还有一些毛。后一个把手搭在前一个肩上，两人从容不迫地走开。只有看到过薛嵩屁股上的肌肉是怎样地一起一伏，你才会知道什么叫作从容不迫。只有看到过薛嵩站定时的样子，你才知道什么叫作男人的屁股——那两块坚实的肌肉此时紧紧地收在他的腰后，托住他的上半身——我只是转述那些姑娘的看法，其实我也不能算见过男人的屁股。总而言之，薛嵩和他的臀部彻底动摇了学院派对爱情的说法：这种说法强调爱情必须以琴会友，在红叶上写情书，爱人之间用诗来对话，从来没有提到过屁股。当然，姑娘们不会把这个不雅的部位挂在嘴上，她们说的是：我就想有这么个人，把我从死亡中救出来，脱下斗篷裹住我的裸体，然后赤身裸体地走在我身边。因为她们都这样想，就给塔里带来了无数的麻烦；不久之后，这座塔就倒掉了。

从那位表弟的眼里看来，那天晚上的景象就大不相同。薛嵩和那女孩朝黑布帷幕走来，在黑毛毡的笼罩之下，那女孩的脸和从斗篷缝里伸出的手显得特别白。她脸上带着快活的微笑，但笑容里又有几分苦涩。而薛嵩前面的样子，塔里的姑娘们看了更会满意——他上身肌肉匀称，腹部凹陷下去，因为寒冷，阴囊紧缩着，已经松弛下来的阴茎依然很长很大，像大象鼻子一样低垂着。他自己也觉得这样子不雅——虽然赤身裸体地维护爱人可以得到塔上姑娘们的高度评价，但也会着凉的——就对表弟说，脱件衣服给我！那位表弟动手脱外衣，同时盯着表嫂猛看，她只好假作无意地侧过脸去。总而言之，经过短暂的准备，这三个人从幕后走了出来，和塔里的人告别。女孩大声叫着总监婆婆，这位婆婆本不想露面，但又想，不露面更不光彩，就走到围廊上，假作慈爱地说：本想等薛嵩走后再到地下室去放她，不想她已经脱困，真是可喜可贺。她还想说，今后这位姑娘就交付给薛嵩，希望他好好待她——把虚伪扣除在外，这会是很好的演说词，只可惜那女孩不想听下去，猛地转过身去，把斗篷一撩，露出了整个屁股，总监的演说词就被老虔婆们的一片嘘声淹没了。本来大家是要嘘女孩的屁股，结果把总监嘘到了，她也只好闭嘴，同时恶狠狠地想道：这个小婊子可真狡猾——这种坏女人走掉了也不可惜。然后就轮到了薛嵩，他把双手放到唇上，给塔上送去一个大大的吻，博得了姑娘们的彩声。至于那个表弟，他什么都没有说，因为这本不是他的故事。此后，这三个人就转身行去，把这座彻底败坏了的塔留在身后，走进了长安城……这个故事得到了白衣女人的好评，但我对它很不满意。因为故事里的薛嵩敢作敢为，像一个斗士，这不是我的风格。那个白衣女人拍拍我的头说：没关系，用不着你敢作敢为。有我就够了。

3

秋天的长安城满街都是落叶，落叶在街道两侧堆积起来，又延伸到街道的中间。在街道中间，露出稀疏的铺街石板。人在街上走着，踩碎了落叶，发出金属碎裂的声响，很不好听。但是深秋时节长安城里人不多。清晨时分，在街上走着的就只有三个人。风吹过时，这些落叶发出叮叮咚咚的声音，这就很好听了。秋天长安城里的风零零落落，总是在街角徘徊。秋天长安城里有雾，而且总是抢在太阳之前升起来，像一堵城墙，所以早上的阳光总是灰蒙蒙的。我们从翻滚的落叶中走过无人的街道，爬上楼梯，走过窄窄的天桥，低下头走进房门，进了一间背阴的房子。这里灰蒙蒙的一片，光线不好，好在顶上有天窗。这房子又窄又高，就是为了超过前面的屋脊，得到一扇天窗——就如个矮的人看戏时要踮脚尖。前面的地板上铺着发暗的草席，靠墙的地方放着几个软垫子，垫子里漏出的白羽毛在我们带进来的风里滚动着。薛嵩说：房子比较差啊。他的嗓子像黄金一样，虽然高亢，但却雍容华贵。这也不足为奇，他毕竟是做过节度使的人哪。那女孩说：没关系，我喜欢。她的声音很纯净，也很清脆。薛嵩抬头看看天窗——天窗不够亮，就说，我该帮你擦擦窗户。女孩说：等等我来擦吧，这是我的家啊。每次说到“我”，她都加重了语气。但她脸上稍有点浮肿，禁不住要打呵欠。按照学院派的规矩，打呵欠该用手遮嘴，但她手在斗篷下很不方便。于是她垂下睫毛、侧着脸，悄悄打着小呵欠，样子非常可爱；但最终她明白这种做作是不必要的，她自由了，就伸了一个大懒腰，使整个斗篷变成了一件蝙蝠衫，同时快乐地大叫一声：现在，我该睡觉了！

既然人家要睡觉，我们也该走了。薛嵩压低了声音说：要不要我给你买衣服？那姑娘微微愣了一下，看来她想自己去买，但又想到自己没有钱，就说：知道买什么样子的吗？薛嵩当然知道。于是，女孩说：好吧，你去买。我欠你。从这些对话里我明白这个女孩从此自由了，既不倚赖学院，也不倚赖薛嵩——虽然是他把她从学院里救了出来。我非常喜欢这一点。

后来，那姑娘像主人一样，把我们送到了街上。此时街上依旧无人，只有风在这里打旋。在这里，她把手从斗篷下面伸出来，搂住薛嵩的脖子，纵情地吻他，两件黑斗篷融成了一件。薛嵩大体保持了镇定，那姑娘却在急不可待地颤抖着——可以看出，她非常地爱他。除此之外，她刚从死亡的威胁中逃出来。这种威胁在我们看来只是计划的一部分，但对她就不一样，她可不知道这个计划啊……

后来，那姑娘放开了薛嵩。他们带着尴尬的神情朝我转过身来。我穿着白色的内衣，在冷风里发着抖，流着清水鼻涕，假装轻松地说：没关系，没关系，我可以假装没看见。如你所知，我是那个来帮忙的表弟，在高塔下面狂喊了半夜，嗓子都喊哑了，又敲了半夜的鼓，膀子疼痛不已。最糟的是，在高塔外面陈列着的那些器材——云梯、帷幕、灯笼、火把都是我的，值不少钱。此时回去拿就会被人逮住，只好牺牲了。这件事我决定永不提起，救了一个人，还让她出救命的钱，实在太庸俗。这笔钱她也不便还我，还别人救命的钱也太庸俗。当然，见死不救就更庸俗。不知为什么，我竟是如此地倒霉……

后来，那姑娘朝我走过来，拉住我的手说：谢谢你啊，表弟。在我面颊上吻了一下，就把我给打发了。我独自走开。长安城里的风越来越烈，所有的落叶就如在筛子上一样，剧烈地滚动着。那姑娘的体味就如没有香味的鲜花，停留在我面颊上——这是一种清新之气，一种潜在的芳香，因为不浓烈，反而更能持久。我独自下定了决心：在任何故事里，我都再不做表弟了。

4

现在来看这个故事，仿佛它只能发生在薛嵩从湘西回来之后。既然如此，我就必须把湘西发生的事全部交代清楚。我开始考虑红线怎样了，小妓女怎样了，田承嗣又怎样了，觉得不堪重负。尤其是田承嗣，他像只巨大的癞蛤蟆压在我身上，叫我透不过气来。癞蛤蟆长了一身软塌塌、疙疙瘩瘩的皮，又有一股腥味，被它压着实在不好受。史书上说，董卓很肥，又不讨人喜欢，但他有很多妾。董卓的小妾一定熟悉这种被压的滋味。除此之外，我一会儿是薛嵩，一会儿是薛嵩的情人，一会儿又成了薛嵩的表弟，这好像也是一种毛病。但我忽然猛省到，我在写小说。小说就不受这种限制。我可以在任何时间，任何地点，我可以是任何人。我又可以拒绝任一时间、任一地点，拒绝任何一人。假如不是这样，又何必要有小说呢？

后来，那个从塔里逃出来的姑娘就住在长安城里。我很喜欢这个姑娘，正如我喜欢此时的长安城：满是落叶的街道，鳞次栉比的两层楼房，还有紧闭的门窗。长安城到处是矮胖的法国梧桐，提供最初的宽大落叶；到处是年轻的银杏树，提供后来的杏黄色落叶，这种落叶像蝴蝶，总是在天上飞舞，不落到地上来；到处是钻天杨树，提供清脆的落叶。最后是少见的枫树，它的叶子像不能遗忘的鲜血，凝结在枝头。在整个自由奔放的秋季，长安是一座空城。你可以像风一样游遍长安，毫无阻碍。直到最后，才会在一条小街里，在遥远的过街天桥上看到这个姑娘，独自站着，白衣如雪。作为薛嵩，你看到的就是这样的景象，相当令人满意。但我更想做那个姑娘，在天桥上凭栏而立；看到在如血残阳之下，在狂涛般的落叶之中，薛嵩舞动着黑色的斗篷大踏步地走来。这家伙岂止像个盗马贼，他简直像个土匪……我做薛嵩做得有点腻，但远远地看看他，还觉得蛮有兴趣。

在长安城里看这篇小说，就会发现，它的起点在千年之后的万寿寺，那里有个穿灰色衣服的男人，活得像个窝囊废；他还敢说“做薛嵩做得有点腻”。把他想出了这一切扣除在外，他简直就是狂妄得不知东西南北。

在薛嵩到来之前，我走进自己的房间。除了不能改变的，这间房子里的一切都改变了。不能改变的是这座房子的几何形状，窄长、通向天顶，但我喜欢这种形状。以前的草席、软垫子通通不见了，四壁和地板都变成了打磨得平滑的橡木板。当然，推开墙上的某块木板，后面会有一个柜子，里面放着衣物、被褥，等等，但在外面是看不到的。头顶的天窗也没有了，代之以一溜亮瓦，像一道狭缝从东到西贯通了整个房间。于是，从头顶下来的光线就把这间房子劈成了两半。这间房子像极北地方的夏季一样，有极长的白天和极短的夜。从南到北的云在转瞬之间就通过了房顶，而从东到西的云则在头上徘徊不去。这个季节的天像北冰洋一样地蓝。这正是画家的季节。

从塔里逃出来之后，我是一个独立的人。也许，如你所猜测的那样，我是一个画家，也许是别样独立谋生的人，像这样的人不分男女，通通被称作“先生”。我喜欢做一个“先生”，只在一点上例外。这一点就是爱情。薛嵩走进这间房子，转身去关门。此时我体内闹起了地震，想要跳到他身上去，用腿盘住他的腿爬上去……女人就像这间房子，很多地方可以改变，但有一点不能改变。不能改变的地方就是最本质的地方。

后来，薛嵩朝我走来，我则朝后退去，保持着旧有的距离，好像跳着一种奇异的双人舞。就这样，我们在房间中间站住，中间隔了两臂的距离；黑白两色的衣衫从身上飘落下来，起初还保持着人体的形状，后来终于恢复了本色，委顿于地。薛嵩仿佛永远不会老，肤色稍深，像一个铜做的人，骨架很大，但是消瘦，肌肉发达，身上的毛发不多，只有小腹例外。这家伙有点斗鸡眼，笑起来显得很坏，但他是个好人。我认识他的时候他是这个样子，现在还是这个样子。他低下头去，动了动脚趾，然后带着一脸奸笑抬起头来。他是不会随便笑的——果然，他勃起了。那东西可真是难看哪……薛嵩留着八字胡，整个胡子连成了一片，呈一字形。而在他身体的下部，阴毛就像浓烈的胡须，那个东西就如翘起的大鼻子，这张脸真是滑稽得要死……

而我自己浑圆而娇小，并紧腿笔直地站着。腿之间有一条笔直的线，在白色的朦胧中几不可见。假如它不是这样地直，本来该是不可见的……我像在塔里时那样端庄，不顾他的奸笑，毫无表情。但微笑是不可抑制的，水面凝止的风景终究是会乱的——这道缝隙也因此变显著了——如你所知，我在万寿寺里写这个故事，那位白衣女人在我身边看着。她在我脑袋上敲了一下，叫道：变态哪！我也就写不下去了……

不管那位白衣女人说什么，我总愿意变得浑圆、娇小，躺在坚硬的橡木地板上，看亮瓦顶上的天空，躺在露天地上，天绝不会如此地遥远，好像就要消失；云也不会如此近，好像要从屋顶飘进来。起初，我躺得非常平，好像一块雕琢过的石材平放在地板上，表情平板，灰白的嘴唇紧闭，浑身冰冷，好像已经沉睡千年。然后，双唇有了血色，逐渐变得鲜红，鼻间有了气息；肩膀微微抬了起来，乳房凸现，腹部凹陷，臀部翘了起来。再以后，我抬起一只手，抱住薛嵩的肩头。再以后，这间屋子里无尘无臭的空气里，有了薛嵩的气味。坦白地说，这味道不能恭维，但在此时此地是好的。我的另一手按在他的腰际。就这样，我离开地板，浮向空中，迎接爱情。爱情是一根圆滚滚、热辣辣的棍子，浮在空中，平时丑得厉害，只有在此时此地才是好的。写完了这一句，我愤怒地跳了起来，对白衣女人吼道：你有什么意见可以直说，不要敲脑袋。这又不是一面鼓，可以老敲！这样一吼，她倒有点不好意思，噎了一下，才说：不是我要敲你——像这种事总不好拿来开玩笑。我说：我很严肃，怎么是开玩笑？她马上答道：得了吧，我又不是今天才认识你。你满肚子都是坏水，整个是个坏东西……说完她就走了。剩下我一个人发愣，想起了维克多·雨果的《笑面人》。那个人谁看他都是一副嬉皮笑脸的样子，只有他还挺拿自己当真——但我又想不起维克多·雨果是谁。我也不知这是怎么回事，但我知道假如去问那个白衣女人，肯定是找挨揍。

三

1

现在我终于明白，在长安城里我不可能是别人，只能是薛嵩。薛嵩也不可能是别人，只能是我。我的故事从爱情开始，止于变态，所以这个故事该结束了。此时长安城里金秋已过，开始刮起黑色的狂风。风把地上半腐烂的叶子刮了起来，像膏药一样到处乱贴，就如现在北京刮风时满街乱飞塑料袋。一股垃圾场的气味弥漫开来。我（或者是薛嵩）终于下定了决心，要离开长安，到南方去了。

在《暗店街》里，主人公花了毕生的精力去寻找记忆，直到小说结束时还没有找到。而我只用了一个星期，就把很多事情想了起来，这件事使我惭愧。莫迪阿诺没有写到的那种记忆必定是十分激动人心，所以拼老命也想不起来。而我的记忆则令人倒胃，所以不用回想，它就自己往脑子里钻。比方说，我已经想起了自己是怎样求学和毕业的。在前一个题目上，我想起了自己是怎样心不在焉地坐在阶梯教室里，听老师讲课。老师说，史学无他，就是要记史料，最重要的史料要记在脑子里。脑子里记不下的要写成卡片，放在手边备查。他自己就是这样的——同学们如有任何有关古人的问题，可以自由地发问。我一面听讲，一面在心里想着三个大逆不道的字：计算机。假如史学的功夫就是记忆，没有人可以和这种不登大雅之堂的机器相比。作为一个史学家，我的脑壳应该是个monitor，手是一台打印机。在我的胸腔里，跳动着一个微处理器，就如那广告上说的：Pentium，给电脑一颗奔腾的心。说我是台586，是不是给自己脸上贴金？

我的肠胃是台硬磁盘机，肚脐眼是软磁盘机。我还有一肚子的下水，可以和电脑部件一一对应。对应完了，还多了两条腿。假如电脑也长腿，我就更修不过来了。更加遗憾的是，我这台计算机还要吃饭和屙屎。正巧此时，老师请我提问（如前所述，我可以问任何有关古人的问题），我就把最后想到的字眼说了出去：请问古人是如何屙屎的？然后，同学笑得要死，老师气得要死。但这是个严肃的问题。没有人知道古人是怎样屙屎的：到底是站着屙，坐着屙，还是在舞蹈中完成这件重要工作……假如是最后一种，就会像万寿寺里的燕子一样，屙得到处都是。

说到毕业，那是一件更恐怖的事。像我这样冒犯教授，能够毕业也是奇迹。除此之外，系里也希望我留级，以便剥削我的劳动力。在此情况下，白衣女人经常降临我狗窝似的宿舍，辅导我的学业，并带来了大量的史料，让我记住。总而言之，我是凭过硬本领毕了业，但记忆里也塞进了不少屎一样的东西。无怪我一发现自己失掉了记忆，就会如此高兴……根据这项记忆，白衣女人是我的同门。无怪我要说：薛嵩和小妓女做爱，是同门之间切磋技艺——原来这是我们的事。很不幸的是，白衣女人比我早毕业。这样就不是学兄、学妹切磋技艺，而是学姐和学弟切磋技艺。这个说法对我很是不利，难怪我不想记住自己的师门。

2

我到医院去复查，告诉治我的大夫，我刚出院时有一段想不起事，现在已经好多了。他露出牙齿来，一笑，然后说：我说嘛，你没有事。等到我要走时，他忽然从抽屉里取出一本书来，说道：差点忘了！这书是你的吧？它就是我放在男厕所窗台上的《暗店街》。我羞怯地说道：我放在那里，就是给病友和大夫们看的。他把手大大地一挥，果断地说：我们不看这种书——我们不想这种事。我只好讪讪地把书拿了起来，放进了自己的口袋。这本书大体还是老样子，只是多了一些黄色的水渍，而且膨胀了起来。走到门诊大厅里，我又偷偷把书放在长条椅子上。然后，我走出了医院，心里想着：这地方我再也不想来了。

我和莫迪阿诺的见解很不一样。他把记忆当作正面的东西，让主人公苦苦追寻它；我把记忆当成可厌的东西，像服苦药一样接受着，我的记忆尚未完全恢复，但我已经觉得够够的，恨不得忘掉一些。但如你所知，我和他在一点上是相同的，那就是认为，丧失记忆是个重大的题目，而记忆本身，则是个带有根本性的领域，是摆脱不了的。因为这个缘故，我希望大家都读读《暗店街》，至于我的书，读不读由你。我就这样离开医院，回到万寿寺里。

我表弟在北京待够了，要回泰国。我纳闷他怎么待到今天才觉得够：成天待在饭店里不知有什么意思。傍晚时分，我们到机场去送他，他忽然变得很激动，拉着我的手说：表哥，不知什么时候再见。我敷衍地说道：是呀，是呀。心里却盼着他早点登机。只要他通过了边防口，我们就可以回家去。此后就会再也见不到这个不知从哪里来的，我怎么也想不起来的表弟。他语不成声地说道：还记得吗？姥姥给我们做的蒸糕……就如有一个晴空霹雳在头顶炸响，我想起了小时的大灾荒年月。

那时我在空地上寻找苦苦菜，然后，我们俩共同的外祖母，一个慈祥和蔼的老妇人，用这些野菜和着面粉蒸糕给我们吃。除了找野菜，我们俩还偷东西。半夜里出去，偷别人家自留地里的黄瓜、茄子、胡萝卜，假如有可能，还偷鸡，偷兔子。这些东西拿回来以后，姥姥看了就摇头。但她还是动手把这些东西做熟。然后，我和表弟就把这些没油没盐、煮得软塌塌的蔬菜和肉类吃掉。姥姥一点都不肯吃——我和我表弟是两个孤儿，但有一个满头白发、面颊松弛的姥姥。我一点都不后悔忘掉了自己做过贼的事，但我不该忘掉姥姥。我眼里充满了泪……与此同时，表弟还在喋喋不休地说：现在我可过上人的生活了，要钱有钱，要老婆有老婆——姥姥在天之灵会高兴的。他一句也没提到我。我看着这个满脸流油的家伙，心里暗暗想道：我把他忘掉，这就对了……

晚上我们回家去，坐在出租车里，我闷闷不乐。她问我怎么了，我说想起了姥姥，她也黯然神伤。这倒使我吃了一惊：莫不成我姥姥也是她姥姥？假设如此，她就是我的表妹。按照现行法律，表兄妹是近亲，禁止结婚。这件事使我怦然心动。回到家里，她拍我的脑袋说：可怜的孤儿……以后我得对你好一点。这当然是好消息。我问她准备怎样对我好，她说，以后再不敲我脑袋了。这个好消息太小一点了……后来，在床上，我亲热地提出了这个问题：你到底是不是我表妹？回答是：错！我是你姑妈啊。我赶紧丢下她坐了起来，浑身起满了鸡皮疙瘩——我想每个男人在无意中拥抱了自己的姑妈，都会有这种反应。然后，就着塑料百叶窗里漏进的灯光，我看到她满脸笑容，鸡皮疙瘩才消散了。看来她不是我的姑妈——岁数也不像。她说：好个坏蛋啊，提起了姥姥，正经了不到五分钟，又开始胡扯了——真是狗改不了吃屎啊。我正想用这句话来说她——当然，我不会把她比作狗。看来她不会是我表妹：这不像是对表哥的态度。今天的好消息是：我未曾犯下奸污姑母的罪行。坏消息则是表妹也没有了。

3

早上我来上班时，万寿寺的下水道又堵了。黄水在低洼地带漫着，很快就要漫到院子里来。我终于抑制不住狂怒，走进领导的办公室，恳请他撤销我助理研究员的职务，把我贬作一个管子工，这样我就可以名正言顺地去捅大粪。我还说，我宁愿自己死掉，也不想见到领导和资料室的老太太们坐在屎里——这种屎虽然有大量的水来稀释，但仍然是屎。我完全是认真的，但领导的脸却因此而变紫了。他跑了出去，很快又和白衣女人一起走回来，大声大气地吼道：身体既然没有恢复，就不要来上班。那白衣女人朝我快步走来——我不由自主地缩紧了脖子，以为她要打我一耳光——但她没有，只是小声说道：走，回家去……

然后，我们走在街上。我就像一只狗，跟着大发脾气的主人，做好了一切准备要挨上一脚，但主人就是不踢。过马路时，她紧紧揪住我的袖口，当我看她时，她又放开，说道：我怕你再被汽车撞了。而我，则在傻愣愣地想着：我是谁，为什么要这样愤怒？她是谁？为什么要这样关心我？我值得她这样关心吗？最后，她把我送到了楼梯口，小声说道：人家愿意坐在屎里，这干你什么事啊。就离去了。剩下我一个人去爬三层的楼梯。爬上第一层时，我对今天发生的一切都不能理解，觉得自己完全是对的——就是不能让人坐在屎里。爬到了第二层，我觉得眼前的世界完全无法理解。那白衣女人说，人家乐意坐在屎里，不干我的事——但别人为什么要乐意坐在屎里？但爬到第三层，手里拿着大串的钥匙，逐一往门上试时，我终于想到，是我自己出了毛病。没有记忆的生活虽然美好，但我需要记忆。

第八章

一

1

千年之前的长安城是一座美丽的城市。在它的城外，蜿蜒着低矮精致的城墙；在它的城内，纵横着低矮精致的城墙；整个城市是一座城墙分割成的迷宫。这些城墙是用磨过的灰砖砌成，用石膏勾缝，与其说是城墙，不如说是装饰品。在城墙的外面，爬着常青的藤萝，在隆冬季节也不凋零。

冬天，长安城里经常下雪。这是真正的鹅毛大雪，雪片大如松鼠尾巴，散发着茉莉花的香气。雪下得越久，花香也就越浓。那些松散、潮湿的雪片从天上软软地坠落，落到城墙上，落到精致的楼阁上，落到随处可见的亭榭上，也落到纵横的河渠里，成为多孔的浮冰。不管雪落了多久，地上总是只有薄薄的一层。有人走过时留下积满水的脚印——好像一些小巧的池塘。积雪好像漂浮在水上。漫天漫地弥散着白雾……

整座长安城里，除城墙之外，全是小巧精致的建筑和交织的水路。有人说，长安城存在的理由，就是等待冬天的雪……

长安城是一座真正的园林：它用碎石铺成的小径，架在水道上的石拱桥，以及桥下清澈的流水——这些水因为清澈，所以是黑色的。水好像正不停地从地下冒出来。水下的鹅卵石因此也变成黄色的了。每一座小桥上都有一座水榭，水榭上装有黄杨木的窗棂。除此之外，还有渠边的果树，在枝头上不分节令地长着黄色的枇杷，和着绿叶低垂下来。划一叶独木舟可以游遍全城，但你必须熟悉长安复杂的水道，还要有在湍急的水流中操舟的技巧，才能穿过桥洞下翻滚的涡流。一年四季，城里的大河上都有弄潮儿。尤其是黑白两色的冬季，更是弄潮的最佳季节；此时河上佳丽如云……那些长发披肩的美人在画舫上，脱下白色的亵袍，轻巧地跃入水中。此后，黑色的水面下映出她们白色的身体。然后她们就在水下无声无息地滑动着，就如梦里天空中的云……这座城市是属于我的，散发着冷冽的香气。在这座城中，一切人名、地名都不重要。重要的是实质。

在长安城里，所有的街道都铺着镜面似的石板，石质是黑色的，但带有一些金色的条纹。降过雪以后，四方皆白，只有街道保持了黑色，并和路边的龙爪槐相映成趣。那些槐树俯下身来，在雪片的掩盖下伸展开它们的叶子，叶心还是碧绿色，边缘却变成红色的了。受到雪中花香的激励，龙爪槐也在树冠下挂出了零零散散的花序，贡献出一些甜里透苦的香气。能走在这样的街道上真是幸运。她就这样走进画面，走上镜面似的街道，在四面八方留下白色的影子。

我在一切时间、一切地点追随白衣女人。她走在长安城黑色的街道上，留着短短的头发，发际修剪得十分整齐，只在正后方留了一绺长发，像个小辫子的样子。肩上有一块白色的、四四方方的披肩，这东西的式样就像南美人套在脖子上的毯子。准确地说，它不是白色，而是米色，质地坚挺，四角分别垂在双肩上、身后和身前。在披肩的下面，是米色的衣裙。在黑色的街道上，米色比白色更赏心悦目。在凛冽的花香中，我从身后打量着她，那身米色的衣服好像是丝制的，又好像是细羊毛。她赤足穿着一双木屐，有无数细皮带把木鞋底拴在脚腕上。她向前走去，鞋底的铁掌在石板上留下了一串火花……我写的这些，仿佛在和没有记忆的生活告别。

2

我来上班，站在万寿寺门口，久久地看着镌在砖上的寺名。这个名称使我震惊。如你所知，我失掉了记忆，从医院里出来以后，所见到的第一个名称，就是“万寿寺”，这好像是千秋不变的命运。我看着它，心情惨然。白衣女人从我身边走过，说道：犯什么傻，快进去吧。于是，我就进去了。

早上，万寿寺里一片沉寂，阳光飘浮在白皮松的顶端，飘浮在大雄宝殿的琉璃瓦上。阳光本身的黄色和松树的花粉、琉璃瓦的金色混为一体，整座寺院好像泡在溶了铁锈的水里。就在这时，她到我房间里来坐，搬过四方的木头凳子，倚着门坐着，把裙角仔细压在身下，在阳光中，镇定如常地看着我。就是这个姿势使我起了要使她震惊的冲动……在沉思中，我咬起手来。她站了起来，对我说：别咬手。就走出去了，姿仪万方……她就这样走在一切年代里。

我追随那位白衣女人。更准确地说，我在追随她的小腿。从后面看，小腿修长而匀称，肌肉发达。后来，我走到她面前，告诉她此事。她因此微笑道：是吗？你这样评价我——这种口气不像是在唐代，不在这个世界里；但是她呵出的白气如烟，马上就混入了漫天的雪雾，带来了真实感。我穿着一套黑粗呢的衣服，上面还带一点轻微的牲畜味。雪花飘到这衣服上就散开，变成很多细碎的水点；而且我还穿了一双黑色的皮靴。但她身上很单薄……这使我感到不好意思，想到：要找个暖和的地方。但是她微笑着说：没关系，我不冷。这些微笑浮在满是红晕的脸上，让人感觉到她真的不冷。再后来，我就和她并肩行去，她把一只手伸了过来，一只冰冷的小手。它从我右手的握持中挣脱出来，滑进宽大的衣袖，然后穿入衣襟的后面，贴在我胸前。与此同时，黑色的街道湿滑如镜。是时候了，我把她拉进怀里，用斗篷罩住。她的短发上带有一层香气，既不同于微酸的茉莉，也不同于苦味的夹竹桃，而是近乎于新米的芳香；与此同时，带来了裸体的滑腻。

在漫天的雪雾之中，我追随着一件米色的衣裙和一股新米的香气。除了黑色的街道和漫天的白色，在视野中还有在密密麻麻的雪片后面隐约可见的屋檐，我们正向那里走去。然后，爬上曲折的楼梯，推开厚厚的板门，看到了这间平整的房子，这里除了打磨得平滑的木头地板之外，再没有别的东西了。与平滑的木头相比，我更喜欢两边的板墙，因为它们是用带树皮的板材钉成的，带有乡野的情调。而在房子的正面，是纸糊的拉门，透进惨白的雪光。我想外面是带扶栏的凉台，但她把门拉开之后，我才发现没有凉台。下面原来是浩浩的黑色江水——那种黑得透明的水，和人的瞳孔相似；从高处看下去，黑色的水像一锅滚汤在翻腾着，水下黄色的卵石清晰可见。那位白衣女人迅速地脱去了衣服，露出我已经见过的身体……她一只手抓住拴在檐下的白色绳子，另一只手抓住我的领子，把修长、紧凑的身体贴在我身上——换言之，贴在黑色的毛毡上。顺便说一句，那条白色的绳子是棉线打成的，虽然粗，却柔软，隔上一段就有个结，所以，这是一条绳梯，一直垂到水里。又过了一会儿，她放开了我，在那条绳子上荡来荡去，分开飞旋的雪片，飘飘摇摇地降到江里去。此时既无声息，又无人迹，只有黑白两色的景色。我不知道这意味着什么。但是，它绝不会毫无意义。

3

在古代的长安城里，有一条黑色的江，陡峭的江岸上，有一些木头吊楼。我身在其中一座楼里。我所爱的白衣女人穿过飞旋的雪片到江中去游水。这个女人身体白皙、颀长，在黑色的吊楼里，就如一道天顶射下的光线，就如一只水磨石地板上的猫——这是她下到江里以前的事。我不知道她是谁，只知道她是我之所爱。等到她从江里出来时，皮肤上满是水渍。在水渍下面，身体变得像半透明的玉，或者说像是磨砂玻璃。整个房间充满了雪天的潮湿，皮肤摸起来像玻璃上细腻的水雾……在冷冽的水汽中，新米的香味愈演愈烈。

我在江边的木屋里，这里的地板很平整，平到可以映出人影。我终于可以听到那条江的声音了，流水在河岸边搅动着。从理论上说，有很多东西比水的比重大。但我想象不出有什么比流水更重。每有一个浪头冲到岸上，整座吊楼都在颤动。就在这座摇摇晃晃的房子里，我亲近她的身体。她既冷冽又温暖，既热情又平静。在黑白两色的背景之下，她逐渐变得透明，最后完全不见了。与此同时，新米的香气却越来越浓。与此同时她说：这难道不好吗？声音弥散在整个房间里。这很好，起码什么都不妨碍。我深入她的既虚无又致密的身体，那些不存在的发丝在我面前拂动，在我肩头还有两道若有若无的鼻息……等到一切都结束，她又重新出现在我的怀抱里；带着小巧的鼻翼冰凉的鼻子，乳房像一对白鸽子——老实说，形象并不像，我只是说它偎依在怀里的样子。这是我和那位白衣女人的故事，但它也可以是薛嵩和他情人的故事。是谁都可以。在这座城里，名字并无意义。

在玻璃一样的地板上，我也想要消失。失掉我的名字，失掉我的形体，只保留住在四壁间回响的声音和裸体的滑腻。然后，我就可以飘飘摇摇，乘风而行，漫游雪中的长安城。

江边吊楼敞开的窗户外面，雪片变得密密麻麻，好像有些蘸满了白浆的刷子不停地刷着。黑色斗篷的外面越来越冷，冷气像锥子一样刺着我的面部神经。而在那件斗篷内部，在这黑白两色的空间里，则温暖如春。她不再散发着新米的香气，而是弥漫着米兰的气味。米兰是一种香气甜得发苦的花。在我看来，黑白两色的空间，冷热分明的温差，加上甜得发苦的花，就叫作“性”。我不同意她再次消失，就紧紧地抓住她的手腕……于是，她挺直了身体，把白色的双肩探到斗篷外面，舔了一下嘴唇。不管怎么说吧，第二次像水流一样自然地过去了。以后，她在我身体两侧跪了起来，转了一个身；再以后，她倚着我，我倚着墙，就这样坐着。我不明白为什么，仅仅坐着会使我感到如此大的满足。

我不由自主地写下了这个故事，觉得它完全出于虚构。

那位白衣女人看了以后说：不管怎么说吧，我不同意你把什么都写上。这句话使我大吃一惊：听她的口气，这好像是发生过的事情。难道我和她在长安城里做过爱？我怎么不记得自己有这么大的年龄……我需要记忆。难道这就是记忆？

4

但我又曾生活在灰色的北京城里。这里充满了名字。我有一个姥姥，一个表弟，还有我自己，都有名字。我们住在东城的一条街上，这条街道也有名字。我在这条街上一个大院子里，这座院子也有门牌号数。我很不想吐露这些名字。但是，假如一个名字都不说，这个故事就会有点残缺不全——我长大的院子叫作立新街甲一号。过去这院子门口有一对石头狮子，我和我表弟常在石头狮子之间出入——吐露了这个名字，就暴露了自己。

因为想起了这些事，我又回到了青年时代。那时候我又高又瘦，穿着一件硬领的学生上衣，双手总是揣在裤兜里。那条蓝布裤子的膝头总是油光锃亮，好像涂了一层清漆。春天里，我脸上痛痒难当，皮屑飞扬，这是发了桃花癣。冬天，我的鼻子又总是在流水：我对冷风过敏。我好像还有鬼剃头的毛病——很多委托行都卖大穿衣镜，站在它的面前，很容易暴露毛发脱落的问题。我总是和我表弟在京城各家委托行里转来转去；从前门进去，浏览货架寻找猎物，找到之后，就去委托行的后门找人。走到后门的门口，我表弟站住了，带着嫌恶的表情站住，递过一团马粪也似的手绢，说道：表哥，把鼻涕擦擦——讲点体面，别给我丢人！我总觉得和他的手绢相比，我的鼻涕是世上绝顶清洁之物。实际上，那些液体也不能叫作鼻涕。它们不过是些清水而已。

在我自己的故事里，我修理过一台“禄来福来”相机。“禄来福来”又是一个名字。这是一种德国造的双镜头反光相机，非常之贵。到现在我也买不起这样的相机。然而我确实记得这架相机，它摆在西四一家委托行的货架上。这家委托行有黑暗的店堂，货架上摆着各种电器、仪器，上面涂着黑色的烤漆、皱纹漆，遮掩着金属的光泽——总的来说，那是在黑暗的年代。就如纳博科夫所说，这是一个纯粹黑白两色的故事。

我和我表弟常去看那台禄来相机，要求售货员把它“拿下来看看”。人家说：别看了，反正你们也买不起。口气里带着轻蔑。这仿佛是我们未曾拥有这架相机的证明。然而下一幕却是：我和我表弟出现在委托行附近的小胡同里。这个胡同叫作砖塔胡同，胡同口有一个庵，庵里有座醒目的砖塔，总有两三层楼高吧。我们俩在胡同里和个老头子说话，时值冬日，天色昏暗，正是晚饭前的时节。这条胡同黑暗而透明，从头透到尾，两边是灰色的房屋。此人就是委托行的售货员，头很大，屁股也很大，满脸白胡子茬，和我们的领导有些相像之处。我做了很大的努力，才使自己不要想起此人的名字——我成功了。但我也知道，这人的名字，起码他的姓我是记得的——此人姓赵。我们叫他赵师傅。当时叫“师傅”是很隆重的称呼，因为工人阶级正在领导一切……

我表弟建议这位可敬的老人，假如有人来问这架“禄来”相机，就说它有种种毛病，还建议他在相机里夹张纸条把快门卡住，这样该相机的毛病就更加显著了。总而言之，他要使这台相机总是卖不出去；然后降价，卖给我们。我表弟的居心就是这么险恶。说完了这件事，我们一起向马路对面走去。那里有家饭庄，名叫“砂锅居”……这地方的名菜是砂锅三白，还有炸鹿尾……与这些名字相连的是这样一些事实：姥姥去世以后，我和表弟靠微薄的抚恤金过活，又没有管家的人，生活异常困难，就靠这种把戏维持家用：买下旧货行里的坏东西，把它加价卖出去。做这种事要有奸商的头脑和修理东西的巧手。这两样东西分别长在我表弟和我的身上。从本心来说，我不喜欢这种事。所以，“禄来福来”这个名字使我沉吟不语。

5

我表弟到北京来看我，我对他不热情。我讨厌他那副暴发户的嘴脸，而且我也没想到立新街甲一号这个地点和禄来福来这个品牌。假如想到了，就会知道我只有一个表弟，我和他共过患难。把这些都想起来之后，也许我会对他好一点。

下一个名字属于一架德国出产的电子管录音机，装在漆皮箱子里，有三十公斤左右。在箱子的表面上贴了一张纸，上面写了一个“残”字。在西四委托行的库房里，我打开箱盖，揭掉面板，看着它满满当当的金属内脏：这些金属构件使我想起它是一台“格朗地”，电子管和机械时代的最高成就。它复杂得惊人，也美得惊人。我表弟在一边焦急地说：表哥，有把握吗？而我继续沉吟着。我没有把握把它修好，却很想试试。但我表弟不肯用我们的钱让我试试。他又对那个臀部宽广的老头说：赵师傅，能不能给我们一台没毛病的？赵师傅说：可以，但不是这个价。我表弟再次劝说他把好机器当作坏机器卖给我们，还请赵师傅说要“哪儿请”，但赵师傅说：哪儿请都不行，别人都去反映我了……这些话的意思相当费解。我没有加入谈话，我的全部注意力都被眼前的金属美人吸引住了。

那台“格朗地”最终到了我们手里。虽然装在一个漂亮箱子里，它还是一台沉重的机器，包含着很多钢铁。提着它走动时，手臂有离开身体之势。晚上我揭开它的盖子，揭开它的面板，窥视它的内部，像个窥春癖。无数奇形怪状的铁片互相啮合着，只要按动一个键，就会产生一系列复杂的运动，引发很复杂的因果关系。这就是说，在这个小小的漆皮箱子里，钢铁也在思索着……

我把薛嵩写作一位能工巧匠，自己也不知是为什么；现在我发现，他和我有很多近似之处。我花了很多时间修理那台格朗地，与此同时，我表弟在我耳边聒噪个不停：表哥，你到底行不行？不行早把它处理掉，别砸在我们手里！起初，我觉得这些话真讨厌，恨不得我表弟马上就死掉，但也懒得动手去杀他，后来就不觉得他讨厌，和着他的唠叨声，我轻轻吹起口哨来。再后来，假如他不在我身边唠叨，我就无法工作。哪怕到了半夜十二点，我也要把他吵起来，以便听到他的唠叨。我表弟却说道：表哥，要是我再和你合伙，就让我天打五雷轰！从此之后，我就没和表弟合过伙。我当然很想再合伙，顺便让天雷把表弟轰掉。但我表弟一点都不傻。所以他到现在还活着。

因为格朗地，我和表弟吵翻了。我把它修好了，但总说没修好，以便把它保留在手里。首先，我喜欢电子设备，尤其是这一台；其次，人也该有几样属于自己的东西，我就想要这一件。但他还是发现了，把它拿走，卖掉了。此后，我就失掉了这台机器，得到了一些钱。我表弟把钱给我时，还忘不了教育我一番：表哥，这可是钱哪。你想想吧。钱不是比什么都好吗——我就不信钱真有这么重要。如今我回想起这些事，怎么也想象不出，我是怎么忍受他那满身的铜臭的……吵架以后不久，他就去泰国投靠一位姨父。只剩下我一个人。我的过去一片朦胧……现在我正期待着新的名字出现……

二

1

晚上，我在自己家里。因为天气异常闷热，我关着灯。透过塑料百叶窗，可以看到对面楼上的窗子亮着昏黄的光。这叫我想起了马雅可夫斯基的诗句——“一张张燃烧的纸牌”。本来我以为自己会想不起马雅可夫斯基是谁，但是我想起来了。他是一个苏俄诗人。他的命运非常悲惨。我的记忆异常清晰，仿佛再不会有记不得的事情——我对自己深为恐惧。

在我窗前有盏路灯，透进火一样的条纹。白衣女人站在条纹里，背对着我，只穿了一条小小的棉织内裤。我站了起来，朝她走去，尽力在明暗之中看清她。她的身体像少女一样修长纤细，像少女一样站得笔直，欣赏墙上的图案。我禁不住把手放在她背上。她转过身来，那些条纹排列在她的脖子上、胸上，有如一件辉煌的衣装。

我还在长安城里。下雪时，白昼和黑夜不甚分明，不知不觉，这间房子就暗了很多；除此之外，敞开的窗框上已经积了很厚的雪。雪的轮廓臃肿不堪，好像正在膨胀之中。那个白衣女人把黑色的斗篷分作两下，站了起来，说道：走吧，不能总待在这里。然后就朝屋角自己的衣服走去。从几何学意义上说，她正在离开我。而在实际上却是相反的。任何一位处在我的地位的男子都会同意我的意见，只要这位走开的裸体女士长着修长的脖子，在乌青的发际正中还有一缕柔顺的长发低垂下来；除此之外，这位女士的身体修长、纤细，臀部优雅——也就是说，紧凑又有适度的丰满——这些会使你更加同意我的意见。在雪光中视物，相当模糊，但这样的模糊恰到好处……当她躬下身来，钻进自己的衣裙时，我更感到心花怒放……后来，她系好了木屐上的每一根皮带子，就到了离去的时节。我对这间已经完全暗下来的房子恋恋不舍。但我也不肯错过这样的机会，和她并肩走进漫天的大雪。如前所述，我不认为自己是学院派。但在这些叙述里，包含了学院派的金科玉律，也就是他们视为真、善、美三位一体的东西。

我在条纹中打量那位白衣女人，脖子、乳房、小腹在光线中流动。她对我说：什么事？我说：没有什么。就转过身去，欣赏我们留在墙上的图案。在墙上，我们是两个黑色的人影。有风吹过时，闪着电光的鳗鱼在我们身边游动。

忽然，她跳到我的背上，用光洁的腿卡住我的腰，双手搂住我的脖子，小声说道：什么叫“没有什么”？此时，在我身后出现了一个臃肿的影子。我不禁小声说道：袋鼠妈妈……这个名称好像是全然无意地出现在我脑海里。白衣女人迅速地爬上我的脖子，用腿夹住它，双手抱住我的头，说道：好呀，连袋鼠妈妈你都知道了！这还得了吗？现在我不像袋鼠妈妈，倒像是大树妈妈，只可惜我脚下没有树根。重心一下升到了我头顶上，使我很难适应。我终于栽倒在床上了。然后，她就把我剥得精光，把衣服鞋袜都摔到墙角去，说道：这么热的天穿这么多，你真是有病了……起初，这种狂暴的袭击使我心惊胆战，但忽然想起，她经常这样袭击我。只要我有什么举动或者什么话使她高兴，就会遭到她的袭击。这并不可怕，她不会真的伤害我。

2

我努力去追寻袋鼠妈妈的踪迹，但是又想不起来了，倒想到了一个地名：北草厂胡同。这胡同在西直门附近，里面有个小工厂。和表弟分手以后，我就到这里当了学徒工。在它门口附近，也就是说，在别人家后窗子的下面，放了一台打毛刺的机器。我对这架机器的内部结构十分熟悉，因为是我在操作它。它是一个铁板焊成的大滚筒，从冲压机上下来的零件带着锋利的毛刺送到这里，我把它们倒进滚筒，再用大铁锨铲进一些鹅卵石，此后就按动电门，让它滚动，用卵石把飞刺滚平。从这种工艺流程可以看出我为什么招邻居恨——尤其是在夏夜，他们敞着窗子睡，却睡不着，就发出阵阵呐喊，探讨我的祖宗先人。当然，我也不是吃素的，除了反唇相讥，我还会干点别的。抓住了他们家的猫，也和零件一起放进滚筒去滚，滚完后猫就不见了，在筒壁内部也许能找到半截猫尾巴。

后来，那家人的小孩子也不见了，就哭哭啼啼地找到厂里来，要看我们的滚筒——他们说，小孩比猫好逮得多；何况那孩子在娘胎里常听我们的滚筒声，变得呆头呆脑，没到月份就跑了出来，这就更容易被逮住了。这件事把我惊出了一头冷汗。谢天谢地，我没干这事。那孩子是掉在敞着盖的粪坑里淹死的——对于他的父母真是很不幸的事，好在还可以再生，以便让他再次掉进粪井淹死——假如对小孩子放任不管，任何事都可能发生。我就是这样安慰死孩子的父母，他们听了很不开心，想要揍我。但我厂的工人一致认为我说了些实话，就站出来保护我这老实人。出了这件事以后，厂领导觉得不能让我再在厂门口待着，就把我调进里面来，做了机修工。

进到工厂里面以后，我遇上了一个女孩子，脸色苍白，上面有几粒鲜红的粉刺，梳着运动员式的短头发。那个女孩虽没有这位白衣女人好看，但必须承认，她们的眉眼之间很有一些相似之处。她开着一台牛头刨。这台刨床常坏，我也常去修，我把它拆开再安装起来，可以正常工作半小时左右，但整个修理工作要持续四小时左右，很不合算。最后，她也同意这机器不值得再修了。这种机床的上半部一摇一摆，带着一把刨刀来刨金属，经常摆着摆着停了摆，此时她就抬起腿来，用脚去踹。经这一踹，那刨床就能继续开动。我从那里经过，看到这个景象，顺嘴说道：狗撒尿。然后她就追了出来，用脚来踹我。她像已故的功夫大师李小龙一样，能把腿踢得很高。但我并非刨床，也没有停摆啊……

我怀疑这个女孩就是袋鼠妈妈，她逐渐爱上了我。有一次，我从厂里出来，她从后面追上来，把我叫住，在工作服里搜索了一通之后，掏出一个小纸包来，递给我说：送你一件东西。然后走开了。我打开重重包裹的纸片，看到里面有些厚厚的白色碎片，是几片剪下的指甲。我像所罗门一样猜到了这礼物的寓意：指甲也是身体的一部分。她把自己裹在纸里送给我，这当然是说，她爱我。下次见到她时，我说，指甲的事我知道了。本来我该把耳朵割下来作为回礼，但是我怕疼，就算了吧。这话使她处于癫狂的状态，说道：连指甲的秘密你都知道了，这还得了吗？马上就来抢这只耳朵。等到抢到手里时又变了主意，决定不把它割下来，让它继续长着。

3

我有一件黑色的呢子大衣，又肥又长，不记得是从哪个委托行里买来的，更不知道原主是谁。我斗胆假设有一位日本的相扑力士在北京穷到了卖大衣的地步，或者有一位马戏班的班主十分热爱他的喜马拉雅黑熊，怕它在冬天冻着；否则就无法解释在北京为什么会有件如此之大的衣服。假如我想要穿着这件衣服走路的话，必须把双臂平伸，双手各托住一个肩头，否则就会被下摆绊倒——假如这样走在街上，就会被人视为一个大衣柜。当然，这种种不利之处只有当白天走在一条大街上才存在。午夜时分穿着它坐在一条长椅上，就没有这些坏处，反而有种种好处。北京东城有一座小公园，围着铁栅栏，里面有死气沉沉的假山和干涸的池塘，冬天的夜里，树木像一把把秃扫帚，把儿朝下地栽在地上。这座公园叫作东单公园——它还在那里，只是比当年小多了。

此时公园已经锁了门，但在公园背后，有一条街道从园边穿过，这里也没有围墙。在三根水泥杆子上，路灯彻夜洒落着水银灯光……我身材臃肿，裹着这件呢子大衣坐在路边的长凳上，脸色惨白（在这种灯下，脸色不可能不惨白），表情呆滞，看着下夜班的人从面前骑车通过。这是七五年的冬夜，天上落着细碎、零星、混着尘土，像微型鸟粪似的雪。

想要理解七五年的冬夜，必须理解那种灰色的雪，那是一种像味精一样的晶体，它不很凉，但非常地脏。还必须理解惨白的路灯，它把天空压低，你必须理解地上的尘土和纷飞的纸屑。你必须理解午夜时的骑车人，他老远就按动车铃，发出咳嗽声，大概是觉得这个僻静地方坐着一个人有点吓人。无论如何，你不能理解我为什么独自坐在这里。我也不希望你能理解。

午夜十二点的时候，有一辆破旧的卡车开过。在车厢后面的木板上，站了三个穿光板皮袄、头戴着日本兵式战斗帽的人。如果你不曾在夜里出来，就不会知道北京的垃圾工人曾是这样一种装束。离此不远，有一处垃圾堆，或者叫作渣土堆，因为它的成分基本上是烧过的蜂窝煤。在夜里，汽车的声音很大，人说话的声音也很大。汽车停住以后，那些人跳了下来，用板锹撮垃圾，又响起了刺耳的金属摩擦声。说夜里寂静是一句空话——一种声音消失了，另一种声音就出来替代，寂静根本就不存在。垃圾工人们说：那人又在那里——他大概是有毛病吧。那人就是我。我继续一声不响地坐着，好像在等待戈多……因为垃圾正在被翻动，所以传来了冷冰冰的臭气。

垃圾车开走以后，有一个人从对面胡同里走出来。他穿了一件蓝色棉大衣，戴着一个红袖标，来回走了几趟，拿手电到处晃——仿佛是无意的，有几下晃到了我脸上。我保持着木讷，对他不理不睬。这位老先生只有一只眼睛能睁开，所以转过头来看我，好像照相馆用的大型座机……他只好走回去，同时自言自语道：什么毛病。再后来，就没有什么人了。四周响起了默默的沙沙声……她从领口处钻了出来，深吸了一口气说：憋死我了——都走了吗？是的，都走了。要等到两点钟，才会有下一个下夜班的人经过。从表面上，我一个人坐在黑夜里；实际上却是两个人在大衣下肌肤相亲。除了大衣和一双大头皮鞋，我们的衣服都藏在公园内的树丛里，身上一丝不挂。假如我记忆无误，她喜欢缩成一团，伏在我肚子上。所以，有很多漫漫长夜，我是像孕妇一样度过的……但此时我们正像袋鼠一样对话，她把我称作袋鼠妈妈。原来，袋鼠妈妈就是我啊。

4

虽然是太平盛世，长安城里也有巡夜的士兵，捉拿夜不归宿的人。那些人在肩上扛着短戟，手里拿着火把，照亮了天上飘落的雪片——每个巡夜的士兵都是一条通天的光柱，很难想象谁会撞到这些柱子上。在我看来，他们就像北京城里的水银灯。假如你知道巡逻的路线，他们倒是很好的引路人。因为这个缘故，我们走在一队巡逻兵的后面，跟得很紧，甚至能听见他们的交谈，即便被他们逮住，也不过是夜不归宿——很轻的罪名。在北京城里也有守夜的人，他们从我面前走过，对我视而不见。因为他们要逮的是两个人，而非一个人……但我多少有点担心，被逮住了怎么办。为此曾请教过她的意见。她马上答道：那就嫁给你呗。在公园里被逮住之后，嫁过来也是遮丑之法。然后她又说：讨厌，不准再说这个了。看来她很不想嫁给我。

我最终明白，对我来说，雪就是性的象征。我和她走在长安城的漫天大雪之中，这些雪就像整团的蒲公英浮在空中。因为夜幕已经降临，所以每一团松散的雪都有蓝色的萤火裹住，就这样走到了分手的时节。雪蒙蒙的夜空传来了低哑的雷声，模糊不清的闪电好像是遥远的焰火。而在遥远的北京城里，分手的时节还没有到来。它是在黎明，而不是在午夜……后来，在北京城的冬夜里，我想到了这些事，就说：性是人间绝顶美丽之事。她马上就从大衣里钻了出来，惊叫道：袋鼠妈妈！你是一个诗人！再后来，在北京城的夏夜里，我喃喃说道：袋鼠妈妈是个诗人……她马上在飘浮着的灯光里跪了起来，拿住我的把把说：连他是诗人你都知道了——咱们来庆祝一下吧！这使我想了起来，我经常假装失掉了记忆，过一段时间再把它找回来，以便举行庆祝活动。现在庆祝活动在举行中，看来，我没有什么失落的东西了。

从她的角度来看，我和我的黑大衣想必像是一片黑黝黝的海水，而她自己像一只海狗（假如这世界上有白色的海狗）一样在其中潜水，当然这海里也不是空无一物……她浮出水面向我报告说：一个硬邦邦的大蘑菇哎。我无言以对。

她又说：咬一口。我正色告诉她：不能咬，我会疼的。后来她又潜下去，用齿尖和舌头去碰那个大蘑菇。而我继续坐在那里，忍受着从内部来的奇痒。外面黑色的夜空下，才真正地空无一物。再过一会儿，她又来报告说：大蘑菇很好玩。我由衷地问道：大蘑菇是什么呀？

夜里，我们的床上是一片珊瑚海，明亮的波纹在海底游弋，她就躺在波纹之中，好像一块雨花石，伸出手来，对我说道：快来。在闷热的夜里，能够潜入水底真是惬意。有一只鳐鱼拖着乌云般的黑影侵入了这片海底，这就是我。我们以前举行的庆祝活动却不是这一种。这是因为，当时我们还没有被人逮住。午夜巡逻的工人民兵走过，但只是惊诧地看着我的大肚子——那年月的伙食很难把肚子吃到这么大。当然，人家也不全是傻瓜。有一夜，一个小伙子特意掉了队，走到我面前借火。我摇摇头说，我不吸烟。他却进一步凑了过来，朝我的大肚子努努嘴，低声说道：这里面还有一个吧？我朝他笑了一笑。所以，在这个世界上，可能还有人记得，在七五年的寒夜里，水银灯光下马路边上那一缕会心的微笑。

5

在北京城的冬夜里，分手时节是在公园里的假山边上。

那件黑大衣就如蛇蜕一般委顿于地。地面上有薄薄的一层白粉，与其说是雪，不如说是霜。曙光给她的身体镀上一层灰色，因为寒冷，乳房紧缩于胸前。对于女人来说，美丽就是裸体直立时的风度——带着这种风度，她给自己穿上一条面口袋似的棉布内裤，然后是红毛裤、红毛衣、蓝布工作服。最后，她用一条长长的绒围巾把头裹了起来，只把脸露在外面——想必你还记得七十年代的女孩流行过一种裹法，裹出来像海带卷，现在则很少见——戴上毛线手套，从树丛里推出一辆自行车，说道：厂里见。就骑车走了。我影影绰绰地记得，在厂里时，她并不认识我。她看我的神情像条死带鱼。在街上见面时她也不认识我，至多侧过头来，带着嫌恶的神情看上一眼。晚上，在公园里见面时，她也不认识我，顶多公事公办地说一句：在老地方等我。只有在那件大衣的里面她才认识我，给我无限的热情和温存。

在那件旧大衣底下，我是一个彬彬君子。我总把手背在身后，好像一年级的小学生在课堂上听讲。很快我就忘掉自己长着手了。我很能体会一条公蛇能从性中体验到什么，而且我总觉得，只有蛇这种动物才懂得什么叫作性感。我不是一条蛇，这正是我的不幸之处。有时候她对我发出邀请，说道：摸摸我！我想把手伸出来，但同时想到，我是一个蛇一样的君子，就把手又背过去，简短地回答道：不摸。这种争论可以持续很久，到了后来，她只说一个字：摸！我只说两个字：不摸。听起来就是：摸！——不摸。在对答之间，隔了一分钟。按照这种情节，她能够保持处女之身，都是因为我坐怀不乱——我就是这么回想起来的，但又影影绰绰地觉得有点不对。也有可能是我要摸她，但她不让。需要说明，不论是公园还是校园，都常常不止我们两个人。别人把这种问答听了几十遍，自然会对我们产生兴趣。在黎明前的曙光里，常有一个男孩子（有时也有女孩子怯生生地跟着）走过来。听到脚步声，她赶紧把头从衣领处探出来，和我并肩坐着，像一个双头怪胎。这位男孩子笑笑说：我来看看你们在干什么呢。她就答道：没干什么。没干什么。然后，那个男孩就又笑了一笑，说：认识你们很高兴。她又抢答道：我们也很高兴。

然后从袖筒里伸出手来，和他握手告别。我也很想和这个小伙子握手告别，但伸不出手来——在这种地方，遇上的都是夜不归宿的人。而夜不归宿的都是些文明人。但我影影绰绰地觉得，这故事我讲得有点不对头了。

和分手时节紧密相接的是相见时节——中间隔了一个无聊的白天，这是很容易忘掉的——也是在这座假山边上。夜幕刚刚降临，游人刚刚散尽。她就是不肯钻进这件黑大衣。夜晚最初的灯光并不明亮，所以，白色的身体分外醒目。我说道：快进来，别让别人看到了。她说：我不。坏东西，你让我怎能相信你。我说：我不是坏东西。我是袋鼠妈妈。她却说：袋鼠妈妈是谁呀？最后，我只能像事先商量好的那样，背过身去，让她用一根棉线绳子把手绑在了背后。然后她才肯钻进大衣，捏捏那个硬邦邦的家伙，说道：好恶毒啊……幸亏我防了一手。还想帮它骗我吗？坐在长椅上时，我想，假如这样被人逮到，多少有点糟糕，然后，我就把这件事忘掉了。

三

1

我的过去不再是一片朦胧。过去有一天我结婚，乘着一辆借来的汽车前去迎亲。我的大姨子对我说：我妹妹是个疯子。晚上她要是讨厌，你别理她，径直干好事——很难想象哪个大姨子会建议未来的妹夫强奸自己的妹妹，除非他们以前就认识。但我分明不认识这个大姨子。这个女人的头很大，梳了两条大辫子，前面留了很重的刘海，背上背了一个小孩子。她弯着腰，让小孩骑在背上，头顶就在我眼前；三道很宽的发缝和满头的头皮屑就在我眼前。这个景象和晚上十点钟的农贸市场相似：那里满地是菜叶和烂纸。我可以发誓，这个背孩子的女人我见过不到三次，其中一次就是这一次，在这间低矮的房子里。头顶有一片低垂的顶棚，上面满是黄色的水渍。屋子里弥漫着浓郁的尿臊味……

从窗户看出去，是个陌生的院子，带着灰色的色调，像一张用一号相纸洗印的照片。院里有棵枣树，从树干到枝头到处长满了瘤子。这个院子我也很是陌生。院子里有个老太太的声音在吵吵闹闹，院子外面汽车喇叭不停地叫，好像电路短路了。我按捺不住手艺人的冲动，想冲出去把它修好。但我还是按捺住了——作为新郎，显然不宜有一双黑油手。这位新娘子是别人介绍我认识的——但愿她和白衣女人不是一个。我一面这样想，一面又隐隐地觉得这种想法不切实际。然后，她哇的一声从里屋冲了出来，穿着白色的睡袍，赤着脚，手里拿了一把小镜子，苍白的脸上每粒粉刺都鲜艳地红着，看来都是挤过的，嘴边还有一处流了血："哇，真可怕，要结婚就长疙瘩啦。"到脸盆架边撕了一块棉花，又跑回去了。她和我以前认识的女孩显然是一个，和现在的白衣女人又很像。我马上就会想到她是谁。

我终于纠正了自己的错误，早上起来，我向那位白衣女人坦白说，我失去了记忆，过去的事有很多记不得了。一个人失去记忆，就是变成了另一个人。我变成了另一个人，又不自觉声明，就这样过了半个多礼拜，在这期间，我一再犯下非法占有对方身体之罪。这个错是如此地罪大恶极，简直没有什么希望得到原谅。但是她听了以后，只略呈激动之态，还微笑着说：是吗，还有什么？快说呀。此时我也想给自己说几句话，就说：想必你也看出来了，我心地善良、作风朴实，有各种各样的优点，而且热爱性生活——我的本意是说，我虽已不是以前的王二，但也不无可取之处，希望她继续接受我。谁知她听了这末一句（热爱性生活）就大笑起来，并且挣扎着说道：Me too！Me too！那声音好像是在打嗝。一位可爱的女士这样说话，多少有点失态，我不禁皱起眉毛来。后来她终于不笑了，走过来拍拍我的脸说：你已经够逗的了，别再逗啦。直到此时我才明白，原来我是很逗的。

2

如你所知，毕业以后，我到万寿寺里工作。起初，我严守着这两条戒律：不要修理任何东西，不要暴露自己是袋鼠妈妈。所以我无事可做，只能端坐在配殿里写小说。因为一连好几年交不出一篇像样的论文，领导对我的憎恶与日俱增。夜里，在万寿寺前的小花坛里，一谈到这些憎恶，她就赞叹不止：袋鼠妈妈，好硬呀。然后我就谈到让我软一些的事：别人给我介绍对象。他们说，女孩很漂亮，和我很般配。就在我们所里工作，和我又是同学。假如我乐意，他们就和女方去说。她马上大叫一声，从大衣底下钻了出来，赤条条地跑到花坛里去穿衣服，嘴里叫着：讨厌，真讨厌！这样大呼小叫，招来了一些人，手扶着自行车站在灯光明亮的马路上，看她白色的脊背，但她对来自背后的目光无动于衷。我木然坐在花坛的水泥沿上，她又跑了回来，在我背上踢了一脚说，还坐在这里干什么？还不快点滚？而我则低沉地说道：可你也得把我放开呀……后来，我和她一起走进黑暗的小胡同，还穿着那件黑大衣，推着一辆自行车，车座上夹着我的衣服。我微微感到伤感，但不像她那样痛心疾首。但她后来又恢复了平静，说道：既然如此，那就结婚吧。这就是说，如果不是有人发现我和她般配，我到现在还是袋鼠妈妈。

那一天她不停地嗑瓜子，从早上嗑到了午夜，所到之处，都留下了瓜子皮。那一天她穿了一件红缎子旗袍和一双高跟鞋，这在她是很少有的装束。除此之外，她还在读安加沙·克里斯蒂的侦探小说，对任何人都不理不睬。我的丈母娘对此感到愤怒，就去抢她的书，抢掉一本她又拿出一本，好像在变古彩戏法。但是变古彩戏法的人身上总是很臃肿的，而这位新娘子则十分苗条，简直苗条得古怪；衣服也十分单薄，连乳头的印子都从胸前的衣服上凸了出来——我的丈母娘老想把印子抚平，并且用身体挡住我的视线，她说：妈，别挑逗我好不好——把老太太气得两眼翻白。时至今日，我也不知这戏法是怎么变的。唯一可行的解释是：我丈母娘和她通同作弊，明里抢走一本，暗里又送回来，用这种把戏来恫吓新女婿，让他以为自己未来的妻子有某种魔力。

但我又觉得不像：我丈母娘是个很严肃的人，鼓着肥胖的双腮，不停地唠叨。我很讨厌别人唠叨，如果不是要娶她女儿，我绝不会和她打任何交道……

我记得这是我们结婚的日子，这一天俗不可耐。所有的婚礼大概都是这个样子。因此她把自己对准了一本侦探小说，鼻梁上架了一副白边眼镜——她有四百度的近视。等到眼镜被抢走之后，她就眯起眼睛来，好像一只守宫（一种变色龙）在端详蚊子。到酒宴临近结束时，大家要求新娘子给男宾点烟。她把书收好站了起来。此时大家才看到，这位新娘子长了两只硕大的白眼珠，上面各有一个针尖大小的黑色瞳孔——都是没戴眼镜看书看的。她从桌子底下拿出一支大号手枪，把所有的男宾一一枪毙掉。你当然知道我的意思，她用手枪式的打火机给大家点烟。每点一位，就扭过头去闻闻自己的腋窝说：天热，有味了。这当然是说所有的宾客都早已死掉，已经有味了。

喜宴过后，到了新房里，这位新娘子又歪在了床上看克里斯蒂。我无事可干，只好抽烟。把身上带的四盒烟都抽完以后，很想再去买一盒。当时午夜时分，要买烟就得去北京站，那地方实在远了一点，所以我没有去。这些事说明她很能沉得住气。这好像也是我的长处。但我很不想往这方面来想。假如我们俩也可以贯通，那就要变成一个人。这样人数就更少了。那天晚上我把烟抽完后，就开始嗑瓜子。假如是葵花子，我嗑起来就没有问题。不幸是些西瓜子，瓜子皮又滑又硬，我不会嗑，嗑来嗑去，嗑不到子仁，只是吐出些黑白相间、鸡屎也似的残渣……

3

在长安城里，我和白衣女人分手，走过黑白两色的街道。现在飘落的雪片像松鼠的尾巴，雪幕因此而稀疏。这样的雪片像落叶一样在街道两侧堆积着。在我身后，留着残缺不全的脚印。也许我的下一篇论文该考一考长安城里的雪？它又要把领导气得要死。在他狭隘的内心里，容不下一点诗意。

在我自己的故事里，早已经过了午夜，但我还没按大姨子的告诫行事。她终于看完了那本克里斯蒂，并给它两个字的评价：瞎编。把它丢开。然后，她朝我皱起了眉头，说道：咱们要干什么来的？我摇摇头说：我也不记得。看来，我失去记忆不是头一次了……后来，还是她先想了起来：噢！今天咱们结婚！当然，这不是认真忘了又想起来，是卖弄她的镇定从容。我那次也不是认真失去了记忆，而是要和她比赛健忘。无怪乎本章开始的时候，我告诉她自己失去了记忆时，她笑得那么厉害——她以为我在拾新婚之夜的牙慧——但我觉得自己还不至于那么没出息……

后来，她朝我张开双臂，说道：来吧，袋鼠妈妈……必须承认，这个称呼使我怦然心动。那根大蘑菇硬得像擀面杖一样。我说的不仅是过去，还有现在——用当时的口吻来说，那就是：不仅是现在，还有将来。但我还是沉得住气，冷静地答道：别着急嘛。我一点都不急——我看你也不急。她说道：谁说我不急？就把旗袍脱掉，并且说：把你的大蘑菇拿出来！好像在野餐会上的口气。在旗袍下面，她什么都没有穿，只有光洁、白亮的肉体——难怪她白天苗条得那么厉害——于是我就把大蘑菇拿了出来。那东西滚烫滚烫，发着三十九度的高烧。请相信，底下的事我一点都记不得了。只记得她说了一句："你真讨厌哪，你……"因为想不起来，所以那个关节还在，我的过去还是一个故事，可以和现在分开。

现在，我除了长安城已经无处可去。所以我独自穿过雪幕，走过曲折的小桥，回到自己家里。在池塘的中央，有一道孤零零的水榭；它是雪光中一道黑影，是一艘方舟，漂浮在无穷无尽的雪花之上……那道雪白的小桥变得甚胖。这片池塘必定有水道与大江大河连接，因为涌浪正从远处涌来，掀起那厚厚的雪层。在我看来，不是池水和层积在上面的雪在波动，而是整个大地在变形，水榭、小桥、黑暗中的树影，还有灰色、朦胧、几不可辨的天空都在错动。实际上，真正错动变形的不是别的，而是我。这是我的内心世界。所以就不能说，我在写的是不存在的风景。我在错动之中咬紧牙关，让“咯吱咯吱”的声音在我头后响起。好像被夹在挪动的冰缝里，我感觉到压迫、疼痛。这片错动中的、黑白两色的世界不是别的，就是“性”。

我在痛苦中支撑了很久，而她不仅说我讨厌，还用拳头打我。等到一切都结束，我已经松弛下来，她还不肯甘休，追过来在我胸前咬了一口，把一块皮四面全咬破了，但没有咬下来。据说有一种香猪皮薄肉嫩，烤熟之后十分可口。尤其是外皮，是绝顶美味。这件事开始之前我是袋鼠妈妈，在结束时变成了烤乳猪。那天晚上，我被咬了不止一口——她很凶暴地扑上来，在我肩头、胸部、腹部到处乱咬，给我一种被端上了餐桌的感觉……但是，她的食欲迅速地减退，我们又和好如初了。

4

当一切都无可挽回地沦为真实，我的故事就要结束了。在玫瑰色的晨光里，我终于找到了我们的户口本，第一页上写着她的名字，在另一栏上写着：户主。我的名字在第二页上，另一栏上写着：户主之夫。我终于知道了她的名字，但现在不敢说；恐怕她会跳到我身上来，叫道：连我的名字你都知道了！这怎么得了啊！现在不是举行庆祝活动的适当时节，不过，我迟早会说的。

你已经看到这个故事是怎么结束的：我和过去的我融会贯通，变成了一个人。白衣女人和过去的女孩融会贯通，变成了一个人。我又和她融会贯通，这样就越变越少了。所谓真实，就是这样令人无可奈何地庸俗。

虽然记忆已经恢复，我有了一个属于自己的故事，但我还想回到长安城里——这已经成为一种积习。一个人只拥有此生此世是不够的，他还应该拥有诗意的世界。对我来说，这个世界在长安城里。我最终走进了自己的屋子——那座湖心的水榭。在四面微白的纸壁中间，在黑沉沉的一片中睁大红色的眼睛——火盆在屋子里散发着酸溜溜的炭味儿。而房外，则是一片沉重的涛声，这种声音带着湿透了的雪花的重量——水在搅着雪，雪又在搅着水，最后搅成了一锅粥。我在黑暗里坐下，揭开火盆的盖子，乌黑的炭块之间伸长了红蓝两色的火焰。在腿下的毡子上，满是打了捆的纸张，有坚韧的羊皮纸，也有柔软的高丽纸。纸张中间是我的铺盖卷。我没有点灯，也没有打开铺盖，就在杂乱之中躺下，眼睛绝望地看着黑暗。这是因为，明天早上，我就要走上前往湘西凤凰寨的不归路。薛嵩要到那里和红线会合，我要回到万寿寺和白衣女人会合。长安城里的一切已经结束。一切都在无可挽回地走向庸俗。